◉物語の島 アジア

두번의 자화상

二度の自画像

チョン・ソンテ［著］
吉良佳奈江［訳］

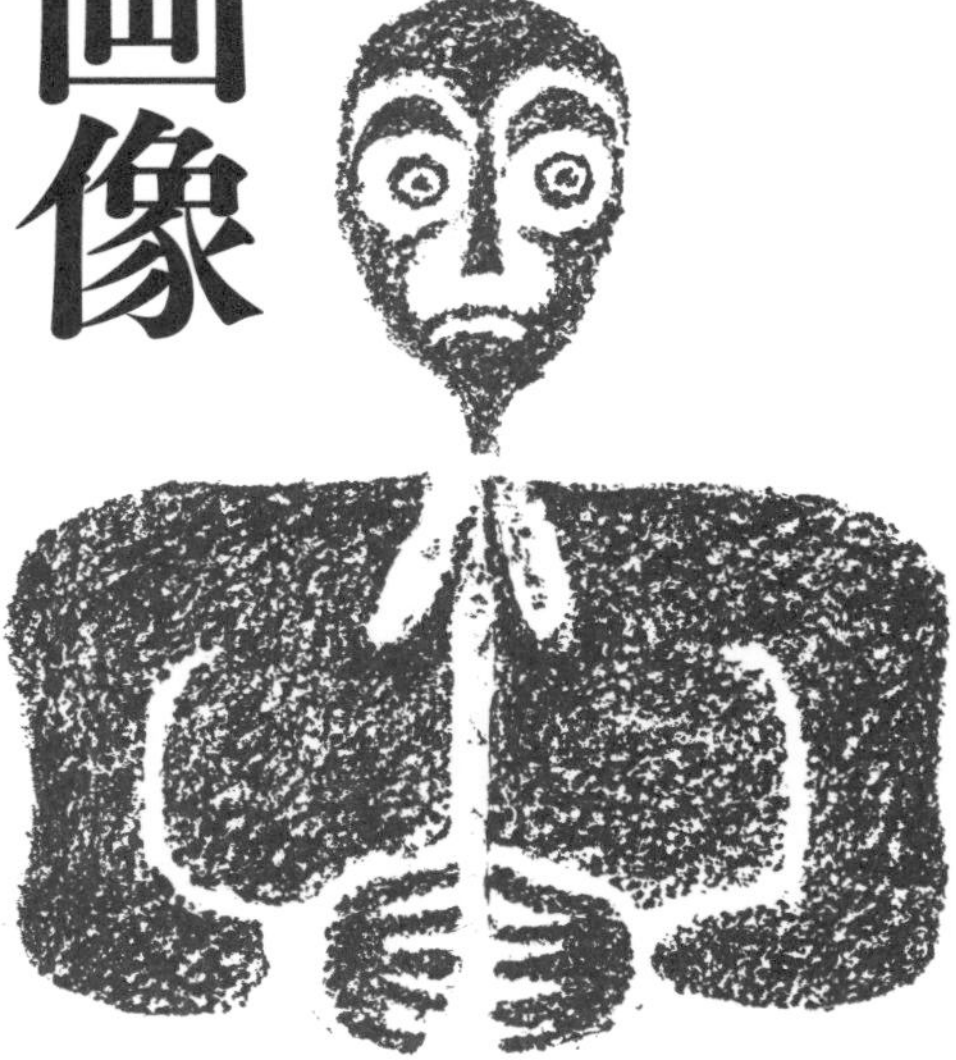

東京外国語大学出版会
Tokyo University of Foreign Studies Press

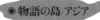

日本の読者へ

この小説集には表題に当たる短編はありません。私は小説集に意味を与えるために、改めて題名をつけました。作家生活も二十年になり、四十代に入って書いた短編をまとめました。この二十年を振り返ってみると、作家としての私の肖像は依然として混沌の中にあります。『二度の自画像』は、ですから青年作家が中年作家になって出した二度目の決算といったところです。

私の言葉が鍛えられた場は大学でした。韓国社会の民主化を求める学生運動が盛んだった一九八〇年代の終わりに、私は大学生になりました。当時の学生運動では軍部独裁の打倒と民主化、分断と統一運動、労働運動などさまざまなアジェンダを扱い、学生たちはそれらを組織的に学び社会を変えようとしていました。文学を学んでいた私にとっても、学生運動の議題は切実なものでした。私が大学で出会った世界の名前——民衆、分断、民主主義、資本、第三世界、連帯――にみなさんはこの小説集で出会うでしょう。

作家になったばかりの二十五歳の自分がたまに思い浮かびます。その時に心に刻んだことがあるとすれば、作家とは後ろを振り返る存在だということです。時間についてだけの話ではありません。ひとつの社会から取りこぼされてしまった存在と、その価値を呼び起こすのが作家なのだと私は思います。

作家生活をしていてやりがいを感じることのひとつは、海外の友人に出会って今の時代を共有することです。日本の友人である吉良佳奈江さんの翻訳で私の小説集が日本の読者に届いてうれしいです。また、東京外国語大学出版会の皆さんにも感謝申し上げます。

私は、この本が連帯の心で出版されることに意味があると思います。私の小説に招待する日本の読者の皆さんに、私たちのこんな気持ちが伝わればと願います。

全成太

二〇二〇年八月

二度の自画像

두번의 자화상

【目次】

日本の読者へ　1
遠足　9
見送り　47
釣りをする少女　77
えさ茶碗　111
おもてなし　145
『労働新聞』　183

墓参　219
望郷の家　249
白菊を抱いて　281
消された風景　319
桜の木の上で　341
物語をお返しします　375
訳者解説　400

This book is published with the support of
the Literature Translation Institute of Korea (LTI Korea).

二度の自画像

遠足

소풍

公園の駐車場は満車で、セホ一家はぐるりと入り口に戻ってきた。ハンドルを握るのは妻のジヒョンだ。

娘が幼稚園で習った童謡を口ずさんでいるので、車内はラジオをつけたようににぎやかだった。幸せを連れてくる、はにかんだその笑顔云々というフレーズがさすがに難しいようで口が回らない。息子はまたえらく先生気取りで、妹に何度もやり直しをさせていた。八十になる妻の母は、後部座席の孫たちの間で目を閉じて車酔いをこらえているようだった。それでもかわいらしい孫たちの様子に、口元をかすかにほころばせていた。胸元のカーネーションは孫娘が折り紙で作ったものだ。

セホは、まるで自分が荷物にでもなって積みこまれているような気分で、なんとか助手席に座っていた。二日酔いと疲労で、何もかもが面倒くさかった。今日くらいは妻からとげのある言葉を聞かずに済むようにとひたすら願った。妻の実家に行くたびに、あなたっていつもそうなんだからとジヒョンが突っかかってくるので、二人は新婚の時からうんざりするほど争ってきた。セホは納得がいかなかった。不機嫌に見えるのは体力がほとんど底をついた週末に限って行くからで、決して妻の実家に行くのが嫌なわけではなかった。

「お兄ちゃん《オッパ》、よつばのクローバー見たことある？」

娘がふと歌を中断して、兄に尋ねた。

「うん。こないだ道庁のキャンプに行って、よつば探しをしたんだ」

「お兄ちゃんも見つけたの？」

「クッキーランのメンコで当たりを出すよりも難しいぞ。ミンジが見つけるところ見てたんだ」

「難しいんだねえ。それでどうなったの？」

「何が？」

「ミンジお姉ちゃん《オンニ》だよ。幸せがやってきた？」

「願い事をして待っているんだって」

「どんな願い事？」

「わかるわけないだろ。願い事は人に言ったらだめなんだぞ」

「パパ《アッパ》、それ本当？」

「うん？」

「よつばのクローバーにお願いするの、本当に誰かに話したらだめなの？」

「お兄ちゃんの言うとおりだよ。願い事は秘密にしないと幸せが来ないぞ」

セホは車を止めるスペースがないかと探しながら、うわの空で答えた。娘は何か考えこんでいるようで車の中が静かになった。

駐車料金の精算ゲートが近づくと、ジヒョンが駐車券を探し始めた。カーナビの横に当然あるはずの駐車券が見あたらない。ジヒョンはダッシュボードと車の床まで見まわしてからセホを見た。俺が持っているはずないだろ、と目くばせして、セホはポケットを探って見せた。妻の実家を出発するときに寄った海苔巻き《キンパプ》チェーン店の領収書がズボンのポケットから出てきた。セホはジヒョンに嫌味を言った。

「おまえっていつもそうだな。よく探してみろよ」

ジヒョンはセホに預けていたショルダーバッグをひったくった。

そうこうしているうちに、彼らの番になった。

癇癪を起こしたジヒョンは、駐車場の係員に抗議し始めた。

「満車で入れないなら、入場規制なり案内なりしてもらわないと困ります」

係員の女性は、父母の日のお祭りがあるのでと理解を求めた。係員のいるブースからはビリビリと雑音の混じった無線機の音が聞こえてきた。係員は一目でわかるほど疲れていて、セホは、ジヒョンよりもその女性係員の気持ちの方がずっと理解できる気がした。ジヒョンが女性を見あげて言った。

「駐車場をぐるっと回って出てきたのよ、二周も」

「一周だけだよ、ママ《オンマ》」

後ろから娘が素早く母親の言葉に反応した。

「二周よ！」

妻が声を荒げた。車の中も外も雰囲気がひんやりとした。係員の女性がブースから手を差しだした。

「駐車券を下さったら処理いたします」

「さっき来たばかりですよ。私の話を疑うんですか？」

「いいえ。取り消し処理に必要なものですから」

女性係員が押し寄せる車列を見ながら、急かすように言った。

ジヒョンはため息をついた。そうして、スカートの上にショルダーバッグをひっくり返して中身をぶちまけた。化粧品、財布、携帯電話、ウェットティッシュとともに、カード払いの伝票と領収書が一束飛びだした。ジヒョンは領収書を一枚ずつ確かめた。自分は悪くないと抗議するような妻の行動を見て、セホは首を振った。係員の女性は口元をひきつらせた。

やがて出口のバーが上がった。

公園から出ていくまでのわずか一キロほどの道もやはり、外側の車線は行列で車の流れが止まっていた。

「うちの遠足、もう終わりなの？」

娘が元気なく言った。子どもたちは公園の広場でレンタルできる四輪自転車に乗れなくなったのでがっかりしていた。セホは重い体をひねって後部座席の子どもたちをなだめた。

「この先の林へ行ってみようか」

セホはジヒョンの顔色をうかがった。ジヒョンは渋滞している道だけを見ていて、特に何も言わなかった。

「パパ、桑の実を摘んで食べたあの林のこと？」

黙って座っていた息子が知ったような口ぶりで聞いた。

「桑の実？」

セホにはすぐに思いだせなかった。

「去年、林に遠足に行ったよね。パパとキャッチボールもしたよ」

「ああ、ボールを探しに行って桑の実を見つけたなぁ」

「また行こうよ、ねえ」

息子が座席の間から顔を出してねだり、つられて娘も会話に入ってきた。

「私、よつばのクローバー探す」

「……桑の実か、今採れるかな？」

セホは去年出かけたのを思いだしてつぶやいた。背後からずっと黙っていた義母の咳ばらいが聞こえた。

「こんな時期に熟した桑の実なんてないよ。あれはねえ、麦が実る時期においしくなるものだよ」

では舅の命日のころか。セホは腕を伸ばして娘の頬をなで、残念そうに言った。

「あとひと月、待たなくちゃだめだな」

大きな道に出ると、渋滞は次第になくなった。そろそろ敷物を広げるところが見つかるだろうと、家族がみな黙って右側の窓から車の外を眺めた。セホは去年子どもたちと日中を過ごした松林が、ただ遠ざかっていくのを見ていた。

「車止めて、ママ。そこが空いてるよ！」

息子があわてて声を上げた。彼は運転席と助手席の間、つまり母親と父親に口出ししやすい場所へ十歳の小柄な体を押しこんだ。

「止めるところなんてないじゃない」

ジヒョンがそっけなく言った。息子は一瞬肩をすくめたが、すぐに持ち前の元気を取り戻してまたしゃべり始めた。

「ねえ、さっきからなんか臭くない？　炊飯器みたいな臭いがするよ」

息子が父親に向かって突きだした鼻をクンクンさせると、セホは腕を伸ばして息子を押し返した。

「ちゃんと座っていないと危ないって言っただろ」

息子の態度はなぜかセホの気に障った。酒臭いことをわざとからかわれていると思ったのだ。ジヒョンに責められているときのようにイライラが募り、喉元まで甘酸っぱい息がせり上がってきた。

セホは車の窓を開けて風に当たった。車はクロフネツツジや雪柳などの背の低い灌木で彩られた庭園を通りすぎた。東屋のある広々とした芝生には行楽客が輪になっていた。木陰のいたるところにインディアンテントを張った家族や、カセットコンロで肉を焼く人たちの姿が見えた。

大きな道をさらに百メートルほど行ったところで、ジヒョンが路肩に車を止めた。今しがた彼らが走ってきた高速道路が目の前に見えた。歩道の向こうには添え木で支えられた若い白樺の造林地があり、その向こうにメタセコイアの林がうっそうと茂っていた。

「さあ、降りましょう」

ジヒョンがサイドブレーキをかけて言った。

「日陰は寒いんじゃないか?」

セホは防風林か何かのようにそびえるメタセコイアの林を見ながらつぶやいた。

後部座席から義母が降り、息子と娘も順に降りた。子どもたちはすぐさま林へと駆けだしていった。ジヒョンは大声で子供たちに注意した。

「走っちゃだめよ! 妹を連れていくのよ」

大人たちはその場に立ったまま、子どもたちを眺めた。セホは胸を開いて大きく息を吸いこんだ。生きていくのに特別なことなど必要ないという思いが胸をかすめた。こんなふうにドラマのような一場面があれば十分だった。このワンカットを撮るために、朝っぱらから高速道路を飛ばしてやってきたのだ。そう思うと、彼は五時間分のどうでもよいフィルムを捨て、両手が空っぽになったかのようにすがすがしく感じた。

「お義母さん、天気がとってもいいですね」

ジヒョンはトランクからおやつの入ったショッピングバッグを出すと、セホに車のキーを渡した。

「敷物を出すついでに、ブランケットがないか探してくれない？」

「わかった、先に行ってて。子どもたちを頼んだよ」

子どもたちの姿はとっくに林に消えて見えなかった。

妻と義母の後ろ姿を見ながら、セホは腰をかがめてトランクの中をのぞきこんだ。ホテルに納品する酒の箱から、彼はウイスキーのミニボトルを一本引っ張りだした。トランクの陰でドリンク剤を空けるように一口でウイスキーを流しこむと、車のバンパーに足をかけて体を起こした。ようやく息ができる気分だ。アルコールが指先まで染みていくのを感じつつ、彼はしばらくそのまま立っていた。

敷物は段ボールに押しやられてトランクの奥に埋もれていた。その段ボール箱を見ると気持ちが重くなった。養老院から引き取った父の遺品はトランクに積みっぱなしで、もう二か月になる。四十九日を済ませたころ、養老院から私物を引き取るようにと連絡がきた。父親は何もわからなくなって養老院のベッドに寝たきりで亡くなったので、個人の持ち物があるなんて思いもしなかった。入院するときに着ていったくたびれた服と靴を、どうにかして片付けなくてはならなかった。火葬場に持っていって焼却してもらえというアドバイスもあったし、今は時代も変わったからマンションのリサイクルボックスに入れておけば誰かが使うだろうと言う人もいたが、どちらもできずにいた。

　セホは父を失って、思っていたより苦痛も悲しみも大きくないことに一種の自己嫌悪のようなものを抱いていた。もちろん、こんな時はこれだけ悲しむべきだと決めつけているわけではなかった。ただ、これでいいのかと思うほど無感覚な自分に、ふと嫌悪を感じるだけだった。夜遅くタクシーに体を積みこんで酔って帰宅するときになると、そんな思いに囚われた。昨夜もそうだった。セホはタクシーを降りて、マンションの自分の部屋を見あげながらつぶやいた。

「俺にも子どもがいるからな。親父をなくした父親なんてみんなそんなものさ」

　本当に大声で叫びたかった。

　セホは敷物を出して空いたスペースにもう一度段ボール箱を押しこんだ。トランクの片隅に野球のグローブが目に入ったが、面倒くさくて手を引っ込めた。彼は酒の箱からミニウイスキーをもう一本取りだすと、ジャンパーのポケットに入れてトランクを閉めた。

　サングラスをかけ、水で口をすすいでから、セホはゆっくりと家族の消えた道へ向かった。

日向に出て座ると痛いほどの日差しだったが、日陰に引っ込むにはもったいない天気だった。一昨日は雨で、昨日は曇りだった。行楽客たちも日差しに誘われて出てきたのだろうが、人々はみな木々に引き寄せられるようにメタセコイヤの林に入っていった。

林の入り口で立て看板に記された案内文を見つけ、セホは立ち止まった。この地域にある農業高等学校が演習林として造成した、落羽松の林だという。メタセコイアのことを落羽松とも呼ぶのかと思ったが、案内文には落羽松はメタセコイアとともにヒノキ科の代表的な樹種で、メタセコイアとはまったく別の樹種だとはっきり書かれていた。中国が原産地であるメタセコイアとは異なり、落羽松はアメリカが原産地だった。樹皮が苔むして、その頂が見えないほどたくましい木をセホは眺めた。彼の目にはメタセコイアとどこが違うのかわからなかった。葉の色味はメタセコイアよりも薄く、樹皮が赤みを帯びているように感じたが、あくまでそれは感じであった。セホは案内文が設置された年度から計算して、落羽松の樹齢が四十年を超えていると知り、自分と年の変わらない木が目の前に高くそびえているという事実になんだか圧倒された。

ジヒョンから林の中のカフェに来るよう携帯メールが届いた。

セホは林へ向かった。柱のように四列に並んだ木々は、その人為的な間隔と隊列だけでも見ものだった。右側も左側もその列の終わりは見えなかった。雑草や灌木がなく、落ち葉だけが厚く積もった林の道はふかふかとして、空気はしっとりして涼しかった。その原始林のような木陰に立ってセホは服の胸元をかきあわせ、家族を見つけようと周りを見まわした。急に家族が恋しくなり、わけもなく不安になった。

まもなくセホは矢印の書かれた白い案内板を小道で発見した。カフェサイプラス四十メートル。

彼は左に向かった。娘の声が幻聴のように聞こえてきた。セホは敷物とブランケットを脇に抱えて、ゆっくりと歩いていった。

「パパ！」

娘の声だ。子どもたちはハンモックに寝そべっていた。黄緑色のハンモックが二本の落羽松の幹の間に見栄えよく揺れていた。小道の曲がり角に、林に面して〈Café Cyprus〉と看板を出した小さな丸太小屋があった。建物から庭に広がるバルコニーに六人用のテーブルが置かれ、そこは一点の影もなく日差しを浴びていた。

カフェの出入り口からジヒョンと義母が出てきた。義母は昨年軽い脳梗塞を患ってから歩行がすこしぎこちなくなっていた。義母は袖をつかみたいのかおずおずと手を伸ばしてジヒョンを追いかけたが、妻は気遣いもせずにすたすたとバルコニーへ歩いてきた。テーブルに荷物を広げながらジヒョンがセホに言った。

「もう、ほかの場所は探さないで、ここでのんびりしましょう」

セホがハンモックを力いっぱい揺らすと、子どもはキャーキャーと声を上げた。ケラケラと笑いながらバルコニーに上がったセホは、義母の肩にブランケットをかけると向かいの席によそよそしく座った。

「あなた、どうしてまたそんなに汗をかいているんだね？」

「僕がですか？」

セホは額をぬぐった。

「今日、すこし暑くありませんか？」

「最近も忙しいのかい？」

「部署を移ったのでましになりました」

セホはサングラスをかけ直した。

「なんだか前よりやつれたようだけどねえ」

ジヒョンは手で自分の顔をなでているセホをにらんだ。

「海外出張が増えたから、顔を合わすのも難しくなったの。香港から昨日帰ってきたばかりなのよ。酒を売りに行っているんだか、飲みに行っているんだかわかったものじゃないわ」

「忙しいならいいことよ」

義母はジヒョンの言葉を受けて言うと、正面からセホを見つめた。

「お父さんは落ち着かれたかね？」

セホは驚いた顔で義母を見つめた。普段から義母が前後の脈絡なく話すので何を言っているのかわからないこともあったが、亡くなった父親の健康を尋ねているのか、慰めようとしているのかわからず、すぐには答えられなかった。だが実の娘だけあって、ジヒョンは母親の言葉を平然と受け止めていた。彼女はレジ袋に入れてきたメロンを切っていた。

「お義父さんも長いこと苦労なさったけど、ようやく楽になってのんびりされているでしょうね。亡くなる前にもこの人にした話だけど、認知症ってほら、見守る側は大変だけど、その分本人は死ぬのもわからないし、家族を残して逝く悔いもないし、悪いことばかりじゃないと思うわ」

義母は静かに口を閉じ、黙とうするようにしばらく黙っていた。セホは、義母が膝に載せた手をぎゅっと握ったり開いたりするのを注意深く見つめた。

「それで、お墓はどこに？」

「あら、お母さんに話してなかった？　龍仁《ヨンイン》の納骨堂に納めたって。よかったわよ、近くて清潔で。お義母さんも同じところに納骨し直そうと思って」

女性店主が店内からかき氷とコーヒーをテーブルに運んできた。ジヒョンが果物ナイフでメロンの種を取りながら、店主に尋ねた。

「持ってきた果物なんですけど、ちょっと食べても大丈夫ですよね」

「どうぞ」と店主が答えた。

「ここ、とっても素敵ですね」

ジヒョンはハンモックに乗っている子どもたちを眺め、満足そうに笑ってから、わざとらしい声で「あなたたち、靴脱いで上がらなくちゃだめよ！」と大声で言って店主を見あげた。

「かまいませんよ。うちの息子がタイに行って買ってきたんです。先月オープンしてからお客さんたちが喜ぶのでそのままにしてあるんです」

「かき氷来たわよ。食べましょう」

ジヒョンが手を振ったが、子どもたちが戻ってくる様子はなかった。自分たちだけで何か内緒話でもしているのか、子どもたちはハンモックに寝そべってこそこそ話していた。

セホは席を立ち、子どもたちを迎えに行った。

「お兄ちゃんから言ってよ」

セホが来ると娘が言った。

「おまえから話せよ」

「なんのことだい？」

セホは二人の子どもをかわるがわる見た。

「あのね……」

娘がためらいがちに口を開いた。

「お婆ちゃん、おかしいよ。さっき私のことジヒョンってママの名前で呼んだもん」

「そんなことでおかしいって？　パパだって時々二人を呼び間違えるだろう？」

「それだけじゃないよ」

息子が周りを気にしながら言った。そして息子は秘密を打ち明けるようにささやいた。

「服にさあ、おもらししてるみたいだよ」

「何？　いつ？」

セホは息子の顔を正面に見ながら尋ねた。

「さっきだよ。車で臭いって言ったとき」

セホはふっと笑ってしまった。

「違うよ、こいつ」

そう言って彼は息子の鼻に自分の息をふうっと吹きかけてやった。息子は顔をしかめて横を向いた。

「なんだ、お酒が臭かったんだ」

「さあ、かき氷を食べに行くぞ」

子どもたちはセホの肩にぶら下がった。セホは二人を両肩に一人ずつぶら下げてバルコニーへ運んだ。義母は子どもたちにメロンの皿を差しだしたが、子どもたちはかき氷に手を伸ばした。義母はあらためてメロンをセホの前に差しだした。

「パパ、よつばのクローバー探そう」

娘が息子よりも先にスプーンを置いた。セホはコーヒーカップを手にしたまま言った。

「そうしようか。でも、その前に今習っているあの歌を歌ってくれよ」

娘が首を振った。

「お楽しみ会の時に歌うんだから。先生がその時までママにもパパにも内緒にしなさいって」

「みんな知っているのに、何が内緒だよ」

息子が揚げ足を取った。「そうか?」とセホは言った。

「でもお婆ちゃんはお楽しみ会に来られないじゃないか。パパとママは耳をふさいでいるから、お婆ちゃんにだけ歌ってあげなよ」

彼は耳をふさぐふりをしながら娘を見た。義母がにこにこしながら助け舟を出した。

「あらまあ。さっき見たけど、うちの子犬ちゃんはお歌も上手だこと。どれ、お婆ちゃんだけ先に聞こうかね」

娘が困ったような目で大人たちを見まわした。

「じゃあ、耳をふさいで……お兄ちゃんは？」

息子は聞くそぶりも見せずに笑っていた。セホがぎょろりと目をむいて、息子にスプーンを置かせた。ようやく娘が椅子の上に立ちあがって、舌足らずな声で歌い始めた。踊りながら歌うのがずいぶんと愛らしく、母親の唇の動きを読んで難しい部分もうまく乗り越えた。

深く小さい山の谷間に
澄んだ水湧く小さな泉
かわいい花の間そっと隠れた
朝露に開くよつばのクローバー

ララララ　ひとは

ラララ　ふたは
ラララ　みつば
ラララ　よつば

幸せを連れてくる
はにかんだその笑顔
一筋暖かい日差しを浴びて
希望あふれた私の友達
明るく光る気持ちで
あなたみたいになりたい

娘は歌い終えると椅子から飛びおりて父親の背中に隠れた。大人たちは拍手をした。

「こんな小っちゃいお口で、どうやって全部覚えたのかねえ。お婆ちゃんも一緒に歌いたいけど、一行も無理だわ」

義母はセーターのポケットを探ると一万ウォン札〔日本円で約千円〕を一枚、娘に持たせた。お小遣いを自分のポシェットにしまった娘が、セホの手を引っ張った。

「よつばのクローバー探しに行こう、パパ！」

「コーヒー飲み終わってないんだよ」

セホはコーヒーをひと口残してテーブルにカップを下ろした。

「お婆ちゃんに会いに来たのに、自分たちだけで遊んでどうするんだ。よつばのクローバーはうちに帰っても探せるよ」

それでも娘は体をもじもじさせている。ジヒョンが舌打ちをした。

「この子ったら何かに夢中になると、手の付けようがないわね」

「お願い事があるんだもん」

娘がすまし顔で言った。

「どんな？」

「話したら幸せが逃げちゃうんだって」

大人たちが笑った。セホが尋ねた。

「だから秘密なのか？」

娘が唇を結んでうなずいた。セホは娘の耳に口を寄せて言った。

「パパにだけ教えてくれよ」

娘は断固として首を振った。義母がジヒョンに聞いた。

「うちの子犬ちゃんは何を探したいって言っているの？」

「シロツメクサよ。葉っぱが四枚ついているのを探すって言ってきかないのよ」

ああ、と義母はうなずいた。

「そう、どれ、お婆ちゃんも一緒に探してみようかねえ」

義母はブランケットを下ろして立ちあがった。

「大丈夫ですよ、お義母さん。僕が行きますから」

セホが義母を止めようと立ちあがると、義母は手を振って制した。

「私がうちの子犬ちゃんたちと遊びたいのよ。これが最後かもわからないからね」

義母は子どもたちを急かすような手振りをして先に行かせた。

「シロツメクサは日陰では育たないよ。開けたところに行かなくちゃ。さあ行こうかね」

子どもたちは両側から義母と手をつないで、バルコニーを降りた。ジヒョンが子どもたちに言った。

「お婆ちゃんが疲れちゃうから、いつまでも遊んでちゃだめよ。ひとつずつ見つけたらすぐ戻るのよ」

義母と子どもたちが林を横切って行く姿を、夫婦は見守った。ジヒョンは満足げな表情を浮かべていた。その眼差しの先に、危なっかしく切ない気配も読み取れた。セホは妻が痛々しく見えた。夫婦二人だけ残ったテーブルに静寂が流れた。セホが言った。

「僕たちが行かなくても大丈夫かな」

林へ視線を向けたまま、ジヒョンはけだるい声で答えた。

「お母さんが一緒にいるじゃない」

「だからだよ。大丈夫なんだよな？」

ジヒョンがテーブル越しにセホを見た。

「どうして？　何かあった？」

「いや、子どもたちが変なことを言うから……」

セホが決心したように、椅子を引いて座った。

「お義母さん、すこしおかしくないか」

「おかしいって何が？」

「子どもたちが言うには、服を着たまま粗相したらしいけど？」

ジヒョンはふっと失笑し、セホの話が無意味だと言わんばかりに答えた。

「わかったような口きかないでよ。年寄りにはよくあることよ。あの子たちったら変なことと考えるのね」

「それだけじゃないんだ」

セホは次に言う言葉を探していて、ジヒョンは無表情で待っていた。

「わからないけど。とにかく、そんな感じがしたよ。まさか、そんなことないよな」

セホは首を振った。

「この人ったらまったく……尿失禁よ。前から悪かったの」

しばらく二人の言葉が途切れた。

「あなた、お父さんが亡くなって辛かったの？」

ジヒョンがすこし穏やかな顔になって言った。

「義姉さんが言ってたわ。お父さんが生きているころは無愛想だったけど、あなたはしばらく引きずりそうだって」

喪主をしながら、セホはそんな話を何人かから聞かされた。彼は妻に、静かに言った。

「そうじゃないよ、そんなことはない。でも、君から認知症になって本人はよかったなんてこと言われたくなかった。他人事みたいに言わないでほしい」

「あなた！」

ジヒョンが声を上げた。彼女は今にも泣きそうだった。

「そんなつもりじゃないの、わかっているでしょう。どうしてそんな言い方するの？」

「わかっているよ。慰めてくれようとしてるのは。でも、君の口からそんな言葉を聞きたくないんだ」

「ほら、あなたやっぱりショック受けているのよ。過敏になっているし、お酒も急に増えたし。この際、転職したらだめなの？」

「いきなりどうして会社の話になるんだよ」

セホは苦笑いを漏らした。

「神経質に見えていたら謝るよ。部署を移ったばかりだし景気もよくなくて、ストレスがたまってるんだ。すぐに元気になるよ」

ジヒョンは長いため息をついた。周囲を見まわして座った彼女は嘘みたいに目に涙をためていた。

「私たちも、こんなカフェやってみない？」

ジヒョンがつぶやいた。日差しが彼らの背中に暖かく降り注いでいた。ハンモックと温かい日差しと黄緑色の落羽松の木陰と、そして自分たちとは完全に混ざりあうことのなさそうな時間が、夢のような雰囲気を醸しだしていた。セホは眠気をこらえるようにつぶやいた。

「十年くらいたったらな、こんなところに」

そしてカップを手に立ちあがり、ジヒョンに尋ねた。

「コーヒー、もうすこし飲む？」

「ちょうだい。私が行ってくるわ」

ジヒョンが手を差しだした。

「いや、ついでにトイレにも行きたいから」

彼はカップを手に店に入ると店主におかわりを頼んだ。

「半分だけください」

まもなくコーヒーがなみなみと注がれたカップが戻ってきた。彼はありがとう、と挨拶をしてトイレに向かった。洗面台にコーヒーを半分ほど流し、ポケットからウイスキーを出すとカップに注いだ。濃いウイスキーの香りがした。コーヒーはちょうど飲みやすい温度に冷めた。洗面台の前でゴクゴクとふた口飲んだ。

セホは店主にかき氷とコーヒーの代金を払った。窓の外を見るとジヒョンがハンモックに揺られていた。

セホはバルコニーに戻り、ジヒョンを見ながら残ったコーヒーをゆっくりと飲んだ。ハンモックの揺れは静かに止まり、ジヒョンは胸で両手を組んで体を伸ばして横になっていた。眠ったようだ。ブランケットを持っていき、妻にかけてやった。セホはテーブルに戻るとベンチに寝そべった。腕を上げて時間を見た。午後三時を回っていた。

セホは娘の泣き声で目を覚ました。義母と子どもたちが戻ってきていた。手首に花時計をはめた娘がグズグズと泣いていて、義母はおろおろと孫をなだめていた。顔を赤くさせた息子も口をとがらせてふくれていた。ジヒョンはあわててハンモックから降りていった。

「あんたたち、また喧嘩したの?」

息子がぱっと身構えた。

「喧嘩してないよ」

「どっか怪我でもしたの?」

義母が手を振って否定した。

「いくら探してもよつばのクローバーが見つからないものだから。私だけでも見つけてあげられたらよかったけど、目がしょぼしょぼしちゃってよく見えないからね。このちっこい手で、絶対探すんだって日向に座りこんでいるから。ああもう、かわいそうになって叱っちゃったんだよ」

義母は孫娘の顔をさっとぬぐってやり、どうしたらよいかわからないと残念がった。

「もう、泣かないの。お婆ちゃんが、もうよくわかったから、ちゃんと探しておいて、次に会うときにあげるからね。ほら、もう泣かないの。あらあら、この子ったらもう」

セホは娘の前にしゃがんでその手を取った。

「おい、恥ずかしいぞ。見つからないからって泣くのか？」

泣き止みかけていた娘がまた泣きだした。

「どうしても、お願いしたいことが、あったんだもん」

その言葉を聞いて、セホは娘をぎゅっと抱きしめた。

「パパに言ってごらん。パパがなんでも聞いてあげるから」

娘はイヤイヤと頭を振った。

「パパには、できないお願いだもん。神様じゃないと、だめなの」

それ以上聞いてなんとかなるものでもなさそうだった。おそらく亡くなった祖父のための祈りか、祖母のための願い事だったのだろう。セホは娘を抱きあげてハンモックに座らせた。そうして振りかえると、義母が目に涙をためていた。

「やれやれ、まったくねえ。お婆ちゃんが畑を全部シロツメクサにしてでも、うちの子犬ちゃんの願いをかなえてあげるからね」

セホはバルコニーまで義母の手を引いていって座らせた。そして何かしなければと考えた末、いいことを思いついた。

「じゃあ、宝探ししようか」

子どもたちは好奇心をあらわにした。セホは財布から一万ウォン札を出した。

「さあ、これをパパが隠すからな。見つけたらその人のものだぞ。どうだ？」

「いいよ」

息子が手を挙げ、セホとハイタッチをした。娘もすっかり泣き止んだ。セホは娘を抱きあげてハンモックから下ろし、子どもたちを落羽松の後ろに立たせた。

「かくれんぼしたことあるだろう？　ルールは同じ。おまえたちはムクゲノハナガサキマシタを十回言うんだぞ。その間にパパが宝物を隠してくるから」

セホは振りかえってジヒョンに言った。

「ママは審判だ。薄目を開けてズルする奴はアウトにしてくれよ」

セホは子どもたちに背を向けて落羽松の林に入っていった。十歩ほど歩いて落羽松の影に身を隠した。紙幣をくるくる丸めて、幹のくぼみに突っ込んだ。そしてすこしさがって宝を隠したところを眺めた。セホは紙幣をすこし引っ張りだした。子どもたちが探すのに難しすぎず、簡単すぎない程度に隠して彼は子どもたちのもとに戻ってきた。

「さあ、出発！」

二人の子どもが駆けだした。セホは落羽松の幹をひとつずつ手で触って、子どもに宝のある範囲を教えてやった。

「この中だぞ」

子どもたちが地面ばかり探しているので、セホは大声で言った。

「ヒント！　地面にはありませーん」

ようやく、子どもたちが木から木へと探し始めた。

セホは子どもたちを残してバルコニーへ戻った。母娘が何かを話し終えて笑っていた。義母が婿に聞こえるように言った。

「ママの若い時の話だけどね、この子は遠足の日になると泣いて帰ってきたの」

「お母さんたら、私がいつ泣いたのよ、その話ばっかり」

「セホさんも知ってるだろうけど、この子ちょっと欲張りでしょう。それなのにほかの子がみんな見つけている宝物を、一度ばかりか、毎回見つけられないものだから、腹を立てて、怒って泣いて帰ってきたんだよ」

義母は今日見た中で一番明るい笑顔で、娘とその婿を見た。

「やだ、もう。私は覚えていないのに、いつもこの話ばっかり。一度くらい泣いたかもしれないけど。それに、一度も見つけられないなんてことある？　四年生の時、賞品のノートもらってきたじゃない」

「そうでしょうとも。おまえがあんまり泣くものだから、一度ね、裏のヤンさんのうちの、ほら、息子がいたでしょう？　あの鼻の穴の大きな、二番目の子よ。鼻に雨が入るだろうって、みんなが言ってた子」

「ああ、ヤン鼻《ヤンコ》」

「あの子、宝探しがプロ級だったじゃない。チケットを何枚も見つけて、友達の間で商売までしていたって。あのうちの奥さんに聞いたら、秘訣がちゃんとあるって言うの。遠足に行ったら先生から目を離さないで、宝物を隠すところをこっそり見ていたみたいなの。一度、私、あの子に千ウォン握らせて頼んだのよ。うちの子の先回りして、一枚落としておいてくれって」

「やだ、そんなことがあったの？」

ジヒョンはあきれて、笑いも出ないという表情だった。義母はまったく動じずに、落ち着いて話を続けた。

「だから今でも私はヤンさんちの二番目の子が好きなんだよ。まったく口が固いじゃないの」

「そんなずるがしこいことってある？　子どものくせに。とにかく、お母さんは記憶力もよろしいことで。そんなことまでよく覚えているわね」

「秘密だったからねえ」

「まったくたいした秘密を後生大事に生きていらっしゃいますね」

嫌味を言う娘を、義母は幼い子どもを見るようにいじらしく眺めていた。

子どもたちが駆けてきた。息子は紙幣を手につかんで、見つけたよ！　と叫んだ。娘が後からついてきて、がっくりした声で言った。

「もう一回やろうよ」

今度は母親の番だ。セホは財布から紙幣を一枚抜くと、ジヒョンへ差しだした。

「もう一枚出せば？　今までお母さんから何を聞いてたんだい。君は娘が泣いて戻るのをまた見る羽目になるよ」

「ママ、私のこと話してたの？」

娘は自分のことかと思ったようで聞いてきた。

「ううん。あなたも目をぱっちり開けてちゃんと探すのよ」

ジヒョンは二枚の紙幣を手に、林に入っていった。セホは子どもたちに声をかけ、両膝の間に顔をうずめるようにしゃがませた。子どもたちは楽しそうに、「ムクゲノハナガサキマシタ」を唱えた。

まもなくジヒョンが戻ってきた。息子は駆けだそうとして立ち止まり、振りかえって母親に聞いた。

「ヒントは？」

ジヒョンが大声で答えた。

「落ち葉がとってもふかふかしてたわよ」

子どもたちがまた走っていった。

今度は、大人たちがそろって子どもが宝探しをする様子を満足そうに眺めた。ほぼ同時に、子どもたちが足元から宝物を見つけて駆けてきた。娘が目をまんまるにして紙幣を振っていた。息子はとぼとぼ歩いて戻ってくると、こんなのつまらないと言った。

「さあ、そろそろ帰る時間だな」

セホはベンチをはたいて立ちあがった。

「もう一度だけやってから行こうよ。宝探し面白いよ」

娘が地団駄を踏んで駄々をこねた。

「じゃあ、最後にお婆ちゃんに隠してもらおうか」

義母は断ろうと手を振った。

「お婆ちゃん！」

二人の子どもが、義母の腕にしがみついて頼みこんだ。

義母はセーターのポケットを探っていたが、空の手を出した。セホはすぐに財布を出したが、紙幣は全部使ってしまったようだ。財布からは、錬金宝くじが五枚と何枚かの名刺、そして海外出張で残った百ドル札が一枚出てきた。彼はジャンパーのポケットを探った。何か硬い領収証が出てきたのを見ると、公園のマークのついた駐車券だった。彼はどうしてこれがここに？　という表情でジヒョンを見た。ジヒョンが横目でにらんだ。

セホはあわてて百ドル紙幣を抜いて、義母に渡した。

「しかたがない、これでやりましょう」

義母は断り切れずに受け取ると、バルコニーを降りて面倒くさそうに林の方へ歩いていった。セホは娘を、ジヒョンは息子を胸に抱きしめて目隠しをした。

今回は夫婦そろって大声で「ムクゲノハナガサキマシタ」を唱えた。息子が頭をもぞもぞさせたので、ジヒョンが背中をバシッと叩いた。

「ズルするつもり？」

ずいぶんして義母が戻ってきた。

「私がこんなことまでするなんてねぇ」

夫婦は子どもたちを放してやった。

子どもたちが宝物を探している間、大人たちは荷物を片付けた。日が傾いてバルコニーは日陰になった。ジヒョンはブランケットを母の肩にかけてやった。

息子が戻ってきた。

「見つからないよ。ヒントちょうだい、お婆ちゃん」

娘はまだ林に残って、この木、あの木と移っては宝物を探していた。

「木をごらん。しっかり隠しておいたからね。ジヒョンにも教えてあげるんだよ」

「お母さん、私に何を教えるって？」

「おやまあ、私もどうかしてるねえ」

そう言いながら、義母は孫娘の名前をすぐには思いだせないようで顔をしかめた。息子は林へ駆けていった。

夫婦は義母の脇を支えてバルコニーを降りると、子どもたちを待った。子どもたちが戻ってきたらすぐに出発するつもりだった。

林で子どもが叫んだ。

「見つかんないよー！」

三人は林へ入っていった。子どもたちはくたびれて座りこんでいた。ジヒョンがにこにこして言った。

「じゃあ、今回はあきらめましょう」

「嫌だ、もっとヒントちょうだい」

子どもたちは祖母を見た。義母は一本の木の前で、腰をかがめて立っていた。夫婦と子どもたちが近づいた。四人は丸く囲んで話しかけるように木をのぞきこんだ。義母は首をかしげると、その隣の木に移った。また家族が義母についていった。義母がため息をつきながら後ずさった。義母はゆっくりと首を回し、林を見まわした。顔がだんだんと色を失っていった。

家族はそれぞればらばらになって、何も言わずに林の中を探しまわった。

「お母さん、木に隠したのは本当なの？」

「お義母さん、ここまでは来ていませんよね」

義母はわからないという表情で首を振った。

しばらくして、彼らは再び義母のもとに集まった。

セホが言った。

「お義母さん、大丈夫ですよ。もう行かなくちゃいけませんから」

彼は腕時計を見ると、振りかえって子どもたちを見た。

「ソウルに着くころには真っ暗だな」

するとジヒョンが、気のたった声を上げた。

「どこに行くの？　探してから行きましょうよ。お母さん、ちゃんと探そう。よく思いだしてみて」

セホはジヒョンをにらむと目くばせして義母の方を示した。義母は誰もいない林に捨てられた子どものように、ぼうっと立ち尽くしていた。ジヒョンは両手で顔を覆って、地面にしゃがみこんだ。

「お母さん、本当にどうしちゃったの？」

セホは妻を立ちあがらせた。彼は片手で子どもたちを促し、もう一方の手で義母の袖を引っ張りながら言った。

「さあ、もう行こう」

義母は泣き顔になりながら、何度も後ろを振りかえった。

「大丈夫ですよ、お義母さん。問題ありませんよ」

見送り

배웅

Cカウンターは閑散としていた。航空会社の職員たちもチェックインカウンターをふたつだけ開いて、持ち場を離れていた。美淑《ミスク》は出国待合室の椅子から立ちあがり、近くの出入り口とバナナのように西に向かって曲がっている旅客ターミナルを焦る気持ちで眺めた。彼女は空港に着いてからずっと手放さずにいる携帯電話に目をやった。午後五時を過ぎつつあった。ソヤと会おうと約束した時間からは一時間、約束に遅れて到着し、彼女を待ち始めてからゆうに三十分は過ぎていた。

これまで美淑は出国ゲートの入り口を四、五回のぞきこみ、ソヤに似た外国人女性の後を追いかけたりもした。仁川《インチョン》空港がどれほど広く、人でごった返しているといっても、まさかソヤが自分で言いだした待ち合わせ場所がわからず、迷っているはずはないだろう。

やはり何事か起きたに違いない。空港に来るバスの中で携帯電話に登録してある番号に電話してみると、知らない女性がカタコトの韓国語で電話に出た。ソヤの友達らしかった。急な帰国を知らせる電話にしても、昨夜までの四、五回のやりとりも、その友人の電話を借りていたようだ。きのう、よるバイバイしましたよ。ソヤ、きょう、くうこういきました、と教えてくれた。だとしたら今日、空港に来る途中か到着してから不法滞在で引っかかり、どこかで捕まっているのではないか。

美淑は、暖かい食事でも一食ごちそうして見送ってやろうと駆けつけた、自分のおせっかいに腹が立った。気を付けて帰るのよ。縁があったらまた会いましょう、と挨拶だけにしておけばよかったと後悔した。

彼女は航空会社のチェックインカウンターへ行った。ついさっきも来たばかりなので、女性職員は美淑の顔に気づいた。

「まだ会えずにいらっしゃるんですか？」

「飛行機の出発時間が前倒しになったようですね」

「アスタナ行きの便でしたら、変わりありませんが」

女性職員はモニターに目をやって付け加えた。

「予定どおり、定時運航です。十八時発でございます、お客様」

「そんなはずは。夕方八時半の便だとはっきり言ったんですよ」

女性職員は首をかしげ、再びモニターに視線を落とした。

「お客様がおっしゃる時間帯に出発する便は、タシケント行きがございます」

「タシケントってどこですか」

美淑はモニターを見ようとするかのように、傾けた首をカウンターに向けて伸ばした。

「ウズベキスタンです」

「じゃあ、ここは？」

「アスタナはカザフスタンでございます、お客様」

美淑はうなるようにため息を漏らし、一歩後ずさった。女性職員もすぐに状況を把握して困った表情を見せた。

「たまに混同する方がいらっしゃるんです。タシケント行きはJカウンターでございます」

女性職員は首を伸ばし、西側の旅客ターミナルを示した。Ｊカウンターは見えず、沈む太陽の光が差しこんで室内がぼうっとかすみ、終わりのないトンネルのように見えた。美淑はがっくりとした。

彼女は小走りで西側の旅客ターミナルへ向かった。空港へ行くからと着慣れないスーツにハイヒールまではいて、思うように動けないのがもどかしかった。D、Eカウンターを過ぎ、Ｆカウンターに差しかかったとき、遠くにＪと書かれた黄色い看板が見えた。百メートル競走でもしたかのように息が上がっていた。

Ｊカウンターの周りは、それこそごった返していた。ソヤの同胞と思しき中央アジアの人たちがあちらこちらで床に荷を広げ、なんとかしてまとめようと市場のようなありさまだった。美淑は出入り口の左側、荷物と人々が集まったところに、道に迷った子どものように倒れそうに立っているソヤと目があった。ソヤはぱっと表情を明るくすると、涙ぐんだ。美淑はソヤの肩をバシっと叩いた。

「もう、ばかねぇ。一度くらい電話しなさいよ。ほかのところをずっと探しちゃったじゃないの」

「すみません。しゃちょうさんのばんごう、かいたかみ、なくなりました」

ようやく美淑もソヤの手を引き寄せて握りしめた。皿洗いの水桶の中でむくんだ手はしわくちゃだった。三年余り会わない間に、ソヤはぐっと老けこんだようだ。ハリを失った頬は深くくぼんで目元は落ち、眉間にはしわが刻まれていた。十五も年下なのに、もうじき五十になる自分よりずっと年上に見えた。

「しゃちょうさん、こなくてもいいのに……」

ソヤが目頭を押さえて言った。

「社長さんだなんて、みずくさいわ。これまで姉妹みたいに仲良くしていたのに、今になって態度を変えてもなんにも出ないわよ。食堂やっているときも社長って呼ばれるのが恥ずかしかったのに、店を辞めた今になって言われるとからかわれているみたい」

「でんわだとおねえさん《オンニ》なるけど、かおをみるから、しゃちょうさんなります」

ソヤがぎこちなく笑った。韓国に暮らして十年、ほとんどを厨房で過ごしたソヤの韓国語の実力は、以前と変わらず不憫なほどだった。

「それはそうと、顔、どうしたの、こんなにやつれちゃって……」

美淑は手を伸ばしてソヤの頬をなでた。ソヤはうなだれた。

「にく、とれません、でも、はが、とれました」

彼女は恥ずかしそうに口を開いて見せるとすぐに閉じた。両側の上下の奥歯のあるべきところが空っぽだった。美淑は驚いた。

「あの時、痛いって言ってた歯、まだ治してなかったの」

「あれから、みっつとれました。かんこく、は、とてもたかいです。わたしふるさといってきんば、かいます」

「まあ、それでご飯はちゃんと食べられるの？」

美淑は舌打ちした。彼女はついさっきまで自分があわてふためいていたことも忘れて、ソヤを支えてシャキッと立たせた。

「積もる話は後でしましょう。どこか夕ご飯でも食べに行かない？」

美淑がレストランを探してきょろきょろしていると、ソヤはあわてた表情でカートをつかんだ。カートにはくたびれたトランクと段ボール箱がふたつ、危なっかしく積んであった。さらに黄色い包装紙で包んだ、長くて平たいかさばる物体がカートに立てかけてあった。

「楽器か何かみたいね」

ソヤはその物体を持ちあげ、カートの荷物の上に乗せた。

「バンパーです。くるまのまえにつけるもの」

「バンパー？」

「いとこのおにいさんが、かんこくのくるまでタクシーします。かえるとき、きっともってきてとたのみました。ウズベキスタンではたかいです」

美淑はあきれて短いため息をついた。彼女はあきらめ声で言った。

「ご飯の前に手続きしなきゃね」

ソヤはためらいながら口を開いた。

「しゃちょうさん、わたし、しゅつにゅうこくかんりじむしょ、いかなければいけません。

まってください」

　ソヤはきまり悪そうにカートに目をやった。そして、カートを自分のショルダーバッグが置いてあるベンチの方へぐっと押すと、バッグを手に取った。ショルダーバッグは場所取りのために置いてあったようだ。美淑は椅子に座った。

「すぐもどります」

　ソヤがGカウンターの裏にあわただしく消えていった。美淑はソヤが持っていったショルダーバッグに見覚えがあった。食堂をやっているとき、出入りしていた顔なじみの行商から買って、ソヤとお揃いで持っていたバッグだった。美淑は自分の前に置かれた荷物を眺めた。一目で重量超過だとわかった。一人暮らしで転々とする生活でも、十年暮らしてみればあれこれ抱えこんだ物もずいぶんあるだろう。それでも、母国にまで持って帰るほどの所帯道具などあるのだろうか。ソヤの性格から察するにスプーン一本まで包んでいるのではないだろうか。帰国を急に決めたせいで、土産を買うひまもなかっただろうし、落ち着いて荷造りもできなかっただろう。昨夜の電話でも夜の十時まで食堂で働くと言っていたではないか。夜逃げでもするように、鞄に荷物を突っ込んでいる光景が目に浮かんだ。ソヤは二人の娘を実家の母に預けてきているシングルマザーだった。美淑の食堂の厨房で働いているときに実家の父親が亡くなったのだが、帰国もできなかった。しかし今回は、子どもを預かってくれている実家の母が危篤だという知らせが入ったのだ。

美淑は椅子から立ちあがった。これまで我慢していたタバコを急に吸いたくなった。誰かに荷物を頼まなくては。隣に座っている男性が目に入った。口ひげをたっぷりとたくわえて、つばのないカルクール帽子をかぶっているので、ソヤと同郷の男性のようだった。多く見積もっても三十を過ぎたばかりにしか見えない口ひげの男は、運行情報案内のモニターをぼんやり眺めていた。美淑は身振りで彼に荷物を見ていてほしいと伝えた。

「心配しないで。ちゃんと見ますから」

意外にも男は韓国語で対応した。

日が沈みかけているのに、初夏の暑さは容赦なかった。美淑はゆっくりとタバコを吸った。一時間ぶりに外の空気に当たってみると、すこし生き返った気がした。

美淑が戻ってきたとき、口ひげの男はおとなしくその場所に座っていた。荷物にも手を付けた跡はなく、そのままだった。男が椅子から立ちあがった。

「交代しましょう」

彼は手にタバコの箱をつかんだまま、自分の前に置いてある荷物を指差した。ソヤの荷物ほどではなかったが、トランクとスーツケースが置いてあった。美淑と男は顔を見あわせて笑った。男がその場を去ると、美淑はハンドバッグからコンパクトを取りだした。

口ひげの男はすぐに戻ってきた。二人は互いに目礼を交わした。そうしてみると、すこし気まずくなった。男はジャンパーのポケットをごそごそと探ると、美淑へガムを差しだした。美淑はガムを受け取り、銀紙をはがした。男は尋ねた。

「ウズベキスタン、行きますか?」

美淑は首を振った。

「見送りに来ました。あなたはウズベキスタンへ行くんですか?」

「はい、私は七年ぶりにうちへ帰ります」

美淑はあらためて男の顔をまじまじと見るとうなずいた。噛んだガムを指先で丸めている男から視線を離して、美淑が尋ねた。

「帰ったら、ずいぶん変わっているでしょうね」

男は照れくさそうに笑った。彼の表情には期待と緊張が同時に浮かんだ。

「子どもが三人います。今年学校に入る末っ子には初めて会います」

男は手を胸の辺りまで上げて、子どもの身長を示して見せた。

「お金はたくさん稼ぎましたか?」

「タシケントにマンションを買って、子どもを育てました」

そう言って男は前よりも大げさに笑った。美淑はすこし申し訳なさそうにしょげて見せた。

「私は三年も雇っていた人が、ウズベキスタンの人なのかカザフスタンの人なのかもわからなくて。あっちで迷っちゃったんですよ」

美淑は東ターミナルの方へ視線をやってつぶやいた。

「本人には言えなかったわ、申し訳なくてね」

男がまた笑った。

「私たちの兄弟国の名前はとっても難しいです」

そう言って男は指折り数え始めた。

「ウズベキスタン、カザフスタン、キルギスタン、タジキスタン、トルクメニスタン……」

美淑は真似しようと懸命に舌を回したが、最後には笑いだした。

「そんなにあるの！　あるところにはあるものね。聞いたそばから全部忘れそう」

「荷物の持ち主が羨ましいですよ。こんな社長さんがいて」

話が途切れないように言ったのだろうが、歯の浮くようなセリフだった。美淑は視線を落とした。

「急に帰るって言うから、ごはんでも一度ご馳走してから送ってあげたいじゃないですか。

これでも三年も同じ釜の飯を食べたんですから。あなたはどこに住んでいたんですか？」

「仁川《インチョン》の南洞《ナムドン》工団、わかりますか？　私はずっと同じ会社にいたんです。うちの社長さんは優しかったです。家族のように相手してくれました。私も一生懸命働きました。でも……」

彼は言いかけてやめ、力なく首を振った。美淑は上目づかいに彼を見た。

「空港まで送ってくれると思いましたけど、送ってくれませんでした。急に帰国すると言ったので、嫌な気持になったと思います」

「まあ、そんなこと。社長さんもひどいわね」

そう言って初めて、美淑は自分がどうして空港まで来たのかわかった気がした。ソヤに対して申し訳ない気持ちがあったのだろう。忙しい厨房で八つ当たりもしただろうし、店をたたむ前の何か月かは給料日にちゃんと給料を渡せなかった。ソヤが電話してこなかったら、彼女の存在など忘れたままだったはずだ。美淑はソヤからの電話に出て、うれしい気持ちよりも先に心の片隅に何かが引っかかっていたのを思いだした。特に困っているそぶりを見せていなくても、一緒にいるとこちらが申し訳なくなるタイプの人がいるものだが、ソヤはそのタイプだった。彼女がこれから乗り越えていくだろう人生から目を背けたかったのかもしれない。わざわざ見送りに来たのは、自分の気持ちを軽くするためだいうことがはっきりとしてきた。

ソヤが力なく戻ってきた。美淑はひときわ暖かく迎えてやろうと立ちあがった。

「うまくいった？」

ソヤの表情は暗かった。

「ふるえて、はいれません。しゃちょうさん、たすけて」

ソヤがパスポートと飛行機のチケットを振りながら、切羽詰まった表情で見つめていた。

「私、何もわからないけど……」

「あそこでちょうさします。ソヤはがくせいのとき、せんせいがしつもんしてもこたえられませんでした」

美淑は困った顔でハンドバッグを手に取った。ソヤがカートに手をかけ、後から続こうと身構えた。美淑は口ひげの男に近づいた。

「私たち、出入国管理事務所に行かなくちゃいけないんですけど、荷物、ちょっと見ていてください」

口ひげの男は例のあの笑顔で快諾してくれた。ソヤは怪訝な表情で見ていたが、男に近づいていくと母国語で言葉を交わした。男が胸からパスポートを取りだしてソヤへ見せた。戻ってくるソヤに向かって美淑は愛想なく言った。

「これまでだまされてばかりだったの？　なんで信用しないの？」

二人はGカウンター後方の出入国管理事務所へ向かった。事務所の入り口まで、国籍も様々な外国人たちが二列になって長い列を作っていた。ソヤのようにオーバーステイを出頭申告しようという人たちだと一目でわかった。韓国人が同行している人もいた。東南アジア出身と思しき女性は床にしゃがみこんで涙を流していた。

ソヤは目に見えて緊張していた。緊張しているのは美淑も同じだった。こんなことは初めてだったし、ソヤは、美淑が雇い始めたときからビザの延長期間もとっくに切れて不法滞在の身分だった。食堂は予備校の多い通りにあった。近くの商店街で取締りがあると噂で聞けば、ソヤはキムチの倉庫に入って何時間も隠れていたものだ。外国人不法滞在者を雇用する雇い主も処罰を受けると聞いて、美淑は最初からシャッターを開けない日もあった。

美淑は出頭申告の過程でそのことが摘発され、罰金にでも問われるのではないかと心配になった。

「震えなくても大丈夫よ。自分の足で出ていくって言ってるのに、それ以上、何の用があるの？」

美淑は自分に言い聞かせるように言うと、ソヤの手をぎゅっとつかんだ。

行列はなかなか進まなかった。じっと見ていると、列に並んでいる人たちは皆一様に、法廷に立たされた人のような表情をしていた。空港に漂う、浮かれた熱気などすこしも感じられなかった。

「何があるかわからないから、先に話を合わせておきましょう」

美淑が言った。ソヤがおびえて青ざめた顔で見つめ返した。

「うちの食堂やめてから、あといくつの店で働いたの?」

「よっつです。ぜんぶしょくどうです。アンサンでもピョンテクでもはたらきました。さいごはスウォンでした」

「なんていう店?」

「ほのおのチキン。ビアホールです」

「じゃあ、そこだけ話して、ほかの食堂の名前を聞かれたら知らないってしらを切るのよ」

「はい、しゃちょうさんのみせ、ぜったい、いいません」

「そうね。私たちはただの知り合いってことにしましょう」

ソヤはうなずいた。そんな話をしているうちに、安心するどころか何か大きな罪を犯したかのようにもっと不安になった。

美淑がつないだ手に、ソヤの震えが伝わった。

「ソヤ。やっぱり本当のことだけ話すのがいいみたい。かえって大ごとになるかもしれないじゃないの」

ソヤが大きく息を吐いてうなずいた。

三十分ほどしてソヤの順番が来た。ソヤは出国審査官の前に置かれた椅子に座り、その横に美淑が立った。美淑がまず口を開いた。

「出頭申告に来ました」

ソヤはパスポートと飛行機のチケットを審査官の前に差しだした。審査官は首を伸ばして後ろに長く伸びた行列を見てから、顔を上げてちらりと美淑を見た。

「あなたが社長さんですか？」

「……友達です。通訳の手伝いを」

審査官はソヤへ視線を移した。パスポートの写真と実物を執拗に見比べた。

「外国人登録証を出してください」

ソヤが泣きそうになって審査官と美淑を交互に見た。

「ないんですか？　本人の名前を一度確認します」

審査官が急き立てるので、美淑がソヤへ伝えた。

「ソヤ、名前」

ソヤはごくりと唾を飲みこんで口を開いた。

「トルスノヴァ・ソヤ・サイダフマドヴナ」

返事が終わったとき、美淑は見知らぬ人を見るようにソヤを見た。その気持ちは瞬間的に過ぎていった。

「どこで、何をしていましたか」

「しょくどうのしごとしました、ちゅうぼうで」

「どこでですか」

美淑が代わりに答えた。

「水原《スウォン》です。水原で働いていました」

「ビザが切れてから六年間、ずっと水原にいたんですね」

ソヤがうなずいた。

審査官は書類を一枚、印刷して差しだした。

「署名してください」

ソヤは書類を手にぽかんと美淑を見あげた。美淑が書類を受け取った。書類の上の方には出入国管理違反の事実が書かれていて、その下には罰金を免除するという内容があった。

美淑がうなずくと、ようやくソヤが書類に署名した。

審査官はソヤを事務室の片隅へ連れていった。彼女を壁の前に立たせ、カメラで撮影した。ソヤが表情を整える暇もなく、カメラのフラッシュが光った。写真撮影が終わると、今度は審査官がソヤを隣のテーブルに連れていった。両手を前に出させて十本の指にインクパッドを押しつけると、書類にくっきりと指紋を採取した。

「行ってください。次の人！」

審査官は元の席に戻り、大声で言った。

それで出国審査は終わったようだった。ぽかんと突っ立っているソヤを美淑は引っ張った。事務所を出ると、美淑はソヤの肩を抱えてポンポンと叩いてやった。ソヤはインクの付いた指を広げたままで、まだ緊張して萎縮した顔をしていた。美淑はハンドバッグからウェットティッシュを取りだして差しだした。ソヤは出入国管理事務所からすっかり離れてから指を拭いた。そして彼女は両手で顔を覆ってしゃがみこんだ。

「どうしたの。うまくいったじゃないの」

「とってもこわかったです。ろくねんかん、ずっとこわかったです」

ソヤは泣きそうな目で美淑を見あげると続けた。

「すごくへんです。かえるのがこんなにかんたん、しらなかったです」

美淑はソヤを立ちあがらせた。

「後は帰るだけね。荷物を預けてご飯でも食べましょ。ずいぶん遅くなったわね」

ようやく置いてきた荷物を思いだしたのか、ソヤが急ぎだした。

荷物はそのままだったが、口ひげの男は見えなかった。ソヤは荷物のあちこちを点検していた。その時、眼鏡をかけた韓国の若者が一人、がばっと椅子から立ちあがった。

「どうして人の荷物を触るんですか？」

勢いのある声はあどけなかった。美淑とソヤは黙って彼を見た。美淑が前に出た。

「ちょっと、どういうことですか。うちの荷物をどうして自分のものだって言うの？」

「あ、そうじゃなくて……」

若者の反応を見たソヤは、いきなりバンバンと足を踏み鳴らした。若者が困惑した声で付け加えた。

「僕もすこしだけって頼まれただけなんです。とにかく、荷物を触らないでください」

彼は弱った表情で周りを見まわした。ソヤがカートから手を放すと、今にも倒れそうによろよろと椅子に体を預けた。

その時ちょうど口ひげの男が現れた。ソヤが急に立ちあがり、自分たちの国の言葉で口ひげの男に喧嘩腰でくってかかった。口ひげの男は戻ってくると眼鏡の男に説明した。

「この人たちの荷物です。間違いありません」

そして男たちはぐずぐずと席に座りこんだ。口ひげの男は美淑を見ながら言った。

「この人は悪くないです。私がタバコを吸いたくなって頼んだんです。奥さんはわかってくれますよね」

ソヤが頭を下げて若者に謝った。若者はあっさりと謝罪を受け入れてくれた。美淑がソヤを椅子に座らせて落ち着かせた。

「とにかく、もう荷物を預けましょう」

そう言って美淑はコンビニへ行って飲み物を四本買ってきた。その間に口ひげの男は鞄を持って席を立ち、いなくなっていた。彼はチェックインカウンターの行列に並んでいた。美淑は必死で追いかけて飲み物を渡した。

椅子に戻ったとき、ソヤがカートから荷物を降ろしていた。カウンターの隅にある計りで重さを計ってきたようだった。彼女は気落ちした声で言った。

「にもつがとてもおおいです」

「そうね、一目で重量オーバーってわかるわ。何キロだったの」

「さんじゅうに。これをいれないでも」

彼女はバンパーを指差した。

「ソヤ、飛行機初めてでもないのにどうするの」

ソヤが笑いながら答えた。

「ひこうきはにかいめです」

美淑はなんだか気が抜けて、話題を変えた。

「荷物をもう一度まとめ直したら、減らせるはずよ」

美淑は段ボール箱の横にしゃがみこんだ。ソヤは段ボール箱をひとつひっくり返し、ガムテープをはがした。

「にじゅうごキロまでだいじょうぶだといいました」

段ボール箱には小さな写真の額縁と、アルバム、エアメールの束、目覚まし時計、タオル類、半分使いかけたナプキンの袋、そして何十枚もの湿布が入っていた。わざわざ買ったものはひとつも見あたらなかった。ソヤは大きく広げた段ボール箱を見つめたまま、すぐには手を付けなかった。

「写真だけ取って額縁は捨てるしかないわね」

美淑は急き立てるように言った。ようやくソヤが手を動かし、額縁から写真を抜いた。大きさやデザインがばらばらの額縁に入っていた写真は全部で四枚だった。家族写真とソヤが漢江《ハンガン》遊覧船を背景に撮った写真だった。ソヤは取りだした写真を集めてアルバムの間に挟んだ。目覚まし時計と湿布はまた段ボール箱に戻し、タオル類とナプキンは外に出し、捨てる物だけひとつにまとめた。

「これひとつでなんでもなおります。ああ、すっきり」ソヤが湿布を手にしていたずらっぽく笑った。美淑は頭をこつんと小突く真似をした。

「この箱も開けるんでしょう?」

美淑はもうひとつの段ボール箱を引っ張りだした。ずいぶんとずっしり重かった。箱を開けたとき、美淑はあきれて開いた口がふさがらなかった。台所と風呂場で使っていた家財道具がそのまま詰められていた。使いかけのシャンプーと食器用洗剤、包装も開けていない洗顔石鹸、オリーブ油、キムチのシミがはっきり残るまな板などがあった。

「やだ! 使いかけのママレモンまで持って帰ってどうするの?」

あまりにばかばかしくて、美淑はソヤをにらみつけた。ソヤがうふふと笑った。美淑は洗剤類をすべて出し、石鹸はいくつか箱に戻した。箱の底の方に新聞紙で包んだものが見えた。新聞紙を取ってみると皿が出てきた。全部で四つ。格子模様のついた栗色の皿は美淑も見慣れたもので、食堂で使っていた皿だった。自分が開業するときにわざわざ利川《イチヨン》まで行って買ってきた皿だったが、食堂を閉めるときにもソヤは捨てずに持っていたようだ。

ソヤは盗んだものがばれたかのように赤面した。

「ソヤ、こんなものどうして持ってくの。うんざりしない? 私だったら嫌になって捨てていくわ」

ソヤは笑いながら答えた。

「もったいないです」

「あなたが厨房の物をぞんざいにしないで、自分の道具みたいに扱うのが、私は一番気に入ったのよ。でも、これは違うでしょ。こんなのバカみたいよ」

美淑は腹が立って、捨てていく物の山に投げるように皿を乗せた。ソヤはもじもじと手を伸ばして皿をひとつ取ると、自分の目の前の箱にしまった。

「ぜんぶすてたら、わたしのかんこくせいかつ、なにもない」

ソヤは怒っていた。美淑は舌打ちをしてぱっと立ちあがった。彼女は腰に手を当ててソヤに背を向けしばらく突っ立っていた。あらためて、見送りに来たのを後悔した。

ソヤは服の入ったトランクを開けた。美淑はいたたまれなくなってデパートの売り場へ行った。彼女はジッパーのついた黒い布のバッグを買い、大きなビニール袋をもらってきた。

バッグをソヤに差しだしながら美淑が言った。

「ここにすこし物を入れて、手荷物にして飛行機に持ちこみなさい」

トランクからは古ぼけた服が何枚か出ていた。

「オンニ、このふくおぼえてますか」

ソヤが黒いロングコートを広げて見せた。それは美淑があげたお古のコートだった。

「まだそれを持っていたの」

「あんまり、きませんでした」

「もう、捨てていったら」

美淑が手を差しだした。ソヤはコートを持った手を隠した。彼女は立ちあがってコートを肩にかけた。左右に体を揺らして、にっこりして見せた。捨てる前に一回着て見せたのだろうと思うと、ソヤが小さな純朴な子どもみたいに思えて、胸が痛くなった。

「それにしてもご飯はいつ食べる？　ソヤにご飯おごってあげようと思って来たのよ」

「オンニ、わたし、おなかぜんぜんすきません」

「それでもこのまま行っちゃったら、淋しいから駄目よ。ちょっと急ごう」

ソヤがうなずいた。段ボール箱ひとつ分の荷物が減った。捨てる物を空箱に詰めて、洗剤などはビニール袋に入れて美淑が持った。残るは棺桶のようにかさばるバンパーだった。

「あれはどうするの」

美淑はため息をつきながら聞いた。ソヤは椅子の方を指した。さっき荷物を見てくれていた韓国の若者が座って新聞を読んでいた。

「あのひと、かわりにもっていきます」

「まったく、手際がいいわね。いつの間に話をつけたの」

美淑はあきれて鼻を鳴らした。

荷造りが済むと、三人は搭乗手続きカウンターへ行った。韓国の若者を先頭にした。宣教団体の大学生だという。

カウンターでバンパーは突き返された。重量の問題ではなく、破損の恐れがあるので荷物として積みこむことができないというのだ。美淑が言った。

「破損しても構いませんから、乗せてください」

職員が言った。

「破損の危険だけではなく、規格外のものなので規定上、乗せるわけにはいきません。二階の郵便局へ行って、国際貨物として送ることならできます」

ソヤが手を挙げて祈るように窓口に取りすがった。

「おじさん、いっかいだけおねがいします。わたしのうちはブハラです。タシケントまでじゅうじかんかかります。にもつをとりにもどれません」

職員は首を振った。

ほかの荷物は無事に預け、バンパーは再びカートに乗せてカウンターを離れた。

「オンニ、ごはんたべられなくてごめんなさい」

出国ゲートへ歩きながらソヤが言った。ソヤの姿はぱんぱんに太って見えた。コートを着たまま汗を流していた。コートの中にもう一枚重ね着した冬物のジャンパーの襟が見えた。ソヤの思惑に気づいた美淑は首を振った。

「ソヤ、服を脱がなくちゃだめよ。この暑さじゃ無理よ」

「だいじょうぶです。ウズベキスタン、あさは、さむいです」

出国ゲートの前で、ソヤはショルダーバッグを開けて小さな贈り物を差しだした。

「シルクのスカーフです。こきょうのめいぶつ。それと、ごはんたべられませんでした、ごめんなさい。かえりにこれをたべてください」

ソヤは黒いビニール袋をひとつ持たせた。プラスチックのタッパーのようだった。

「かんこくをおもいだしたら、たべようとおもってもってきました」

美淑は返そうとした。

「ソヤが帰るときに食べて」

ソヤは手を振って断った。

「わたしたちひこうき、ごじかんいじょうのります。かんこくくるとき、ひこうきでごはん、にかい、くれました」

美淑はビニール袋を受け取った。そしてハンドバッグから封筒を出し、ソヤのコートのポケットに入れてやった。

「ご飯の代わりにお金を入れたのよ。免税店で子どもたちのお土産でも買っていってね」

「オンニ！」

ソヤが涙のたまった目で言った。彼女は自分の胸を叩いた。

「オンニはここにいれて、もっていきます。ブハラきてください。ぜったいきてね。カリャンのとうでソヤをよんでください。カリャンのとう、かげが、うちのにわにきます。ソヤよんでください」

ソヤは美淑の腕をつかんで揺らした。

美淑は、ぱんぱんに着ぶくれたソヤをぎゅっと抱きしめた。

「私に言えなかったことがあったら、全部言っていきなさい」

「ありません、ほんとうにありません。わたしがごめんなさい」

ソヤは出国ゲートに入っていった。美淑はソヤが見えなくなるまで手を振った。

彼女はひとり残され、周りを見まわした。夕ご飯はどうしようかと思ったが、すぐにバンパーを乗せたカートが残されていたことを思いだした。そして自分が今、まったく食欲がないことにも気づいた。

彼女はバンパーを乗せたカートを押して、旅客ターミナルの二階から建物を出た。外は暗くなっていた。彼女はC市へ行くリムジンバス乗り場を探し、西へカートを進めた。

C市へ行くバスが停車していた。美淑はバスの貨物スペースにバンパーを押しこんだ。乗り場から離れてタバコをくわえた。長く息を吐いても胸が詰まった。

「バスが出発しまーす」

美淑の隣でタバコを吸っていた中年男性が、あわててバスに向かった。美淑はぴくりとしただけで、そのまま立っていた。ためらいながら彼女はバスを眺めた。

すぐにドアが閉まり、バスは出発した。バンパーを乗せたバスが遠ざかると、彼女は吹っ切れて気持ちが軽くなったように一息ついた。

「やっと、全部終わったわ」

彼女はつぶやいた。そしてライターをハンドバッグに入れようとして、手にしていたビニール袋に気がついた。袋をつついてみた。タッパーにはコチュジャンを真っ赤にまぶした鶏の足が詰めてあった。

「あのこったら、最後まで……」

彼女は鼻をすった。映画の一場面のように夜空を飛ぶ飛行機が見えた。

釣りをする少女

낚시하는
소녀

女の子はベッドに上り、窓の外に釣りざおを垂らしている。青々とした桐の木が窓の外いっぱいに広がっている。赤いプラスチックのコップが窓際に置いてある。雨上がりの日差しは鋭い刃物のように釣りざおの周りをぐるりと切りつけている。

釣り竿の先は桐の木の中にもぐりこんでいる。子どもは釣り竿から視線をそらさない。長いこと釣れない釣り人のように、唇をとがらせて目を細めている。

二階へ続く鉄製の階段を歩く足音が聞こえる。子どもは首を伸ばす。クリーニング店の男が両手に洗濯物をかけて階段を上がる。串刺しにしたエイを抱えて来る漁師のようだ。子どもはさらに窓の外に体を乗りだす。窓際のコップに当たってしまう。コップは窓の向こうに落ちる。セメントの中庭に牛乳が流れる。

まもなく鉄製のドアを叩く音が聞こえる。子どもはじっと動かない。中庭に仔猫が二匹出てきて、こぼれた牛乳をペチャペチャとなめる。子どもはにっこりする。再びドアを叩く音が聞こえる。

家のどこかから眠そうな女の声が聞こえてくる。

「セジン!」

子どもは釣り竿を窓枠に静かに置いてベッドから下りる。目の前が暗くなる。眉間を寄せて子どもは目をつぶる。子どもは右手を伸ばし、壁をこするようにして走っていく。

食卓に赤いハンドバッグが置いてある。子どもはハンドバッグを開けて一万ウォン札を取りだす。ドアを開くとき、さびついた蝶番《ちょうつがい》が鋭い摩擦音を立てる。むしむしとした空気に、生臭い水の臭いが漂う。クリーニング屋の男がビニールに包まれた二着のワンピースを手渡し、子どもはお金を払う。男の顔が黒い穴のように見える。子どもはワンピースを目いっぱい高く抱えあげてリビングを横切る。寝室の閉まっているドアノブにワンピースをかけておく。

クリーニング屋の男がいなくなった中庭に、子どもが下りてくる。その間に仔猫たちはいなくなっている。壁と建物の間の狭い隙間のどこかに四匹の仔猫が住んでいる。そのじめじめして暗い場所が気になる。魔法使いが現れでもしない限り、野良猫たちの家を見ることは永遠にできないだろう。ふくれっ面で赤いコップを拾いあげる。茂った桐の葉の間から初夏の日差しがハンカチほどの大きさに降り注ぐ。

食卓のガラスの下には、母親と子どもが一緒に撮ったプリクラが何枚か挟んである。母と子は童話の登場人物のように黄色いカツラをかぶっている。テーブルの隅の木の器には、薬の袋が三つ四つ積まれていて、消炎鎮痛剤の湿布も見える。公共料金の請求書が山になっている。

子どもは食卓の椅子をひとつ、玄関へ引きずっていく。そして台所に戻るとシンク下の棚を開ける。調味料が並んでいる。子どもがオリーブオイルの瓶を取りだす。

子どもは玄関ドアを大きく開き、スリッパで固定する。鉢植えのベンジャミンの影が、リビングの奥へと伸びる。開いたドアからベンジャミンの鉢がひとつ、その後ろに緑の濃い桐の木の風景が広がる。子どもは椅子に乗る。つま先立ちになって玄関ドアの蝶番にオリーブオイルを注ぐ。椅子から下りると下側の蝶番にも油を注ぐ。子どもはドアを閉めてみる。音は変わらない。ドアを何回か開け閉めしてみる。ドアの音が次第に小さくなる。

「どこか行くの？」

奥の部屋から女の声がする。声はすぐに深く咳きこむ。咳が止まると、子どもは元気なく答える。

「ううん」

奥の部屋に聞こえるかわからないほど小さな声だ。奥の部屋は静かだ。家の中はまた静寂に包まれる。日差しは浮遊する埃まで描きだす。子どもは玄関を出て階段の端に立つ。ベンジャミンの木は、引っ越しの準備をしていてうっかり積み残した荷物のように見える。ベンジャミンの木は太い幹をぐるぐると編みこんであって、おしっこをこらえて足をもじもじさせる様子が思い浮かぶ。ちょうどその股間の辺りにタバコの灰が押しこまれ黒くなっている。子どもはしゃがみこむ。鉢の後ろ側に手を伸ばし、古くなった子ども用歯ブラシを取りだす。歯ブラシでタバコの灰をかきだす。

子どもは何か話したそうに体を起こす。桐の木から百舌鳥《モズ》が一羽ひょこひょこと出てきて周りを見まわして飛び立つ。坂の急な町だ。多世代住宅と小さな共同住宅が斜面にしがみついている。まるで押しつぶされたせんべいが積み重なっているようだ。電信柱と街灯と横断幕がまとわりついている坂道に駐車してある車は今にも転げそうに危うい。鳥は坂道を逆に上っていく。〈ニュータウン予定地選定歓迎〉横断幕が目に飛びこむ。〈ウアン本洞住民のみなさん、ニュータウン決定おめでとうございます〉〈誰のためのニュータウンだ?〉〈住民無視のニュータウン。区庁は撤回しろ!〉坂道の終わりに森がちらりと見える。公園と湧き水のある森だ。

子どもは鳥が飛んでいったまぶしい空を見あげ、忘れていた何かに気づいたように玄関に飛びこむ。家の中の空気はひんやりとしている。家の中からざわざわした空気を感じる。自分の部屋のベッドに駆けあがった子どもは釣り竿を注意深く取りこむ。

桐の木の枝の間から、釣り竿の先が出てくる。ＭＰ３を吊るした竿の先がたわんで揺れる。子どもはＭＰ３を釣り竿から外し、ヘッドホンにつなぐ。期待に満ちた表情で、子どもはクリーム色のヘッドホンをする。巨大な耳栓をしているかのようだ。

グッ、グッ、キチ、キチ、キ、キ、キ……

ひなたちのさえずりが聞こえる。子どもは木の方へ視線を向ける。桐の木の中を見通すように眺める。ひなは全部で三羽のようだ。ひなたちが一番うるさいのは、母鳥が戻ってくるときだ。でも母鳥は知らないだろう。キ、キ、キ……母鳥がいないときもひなたちはよく遊ぶ。

「やい、くそアマ。あんた今どこよ」

鳥のさえずりを追い払うように、気の立った女の声が割りこんでくる。びっくりして子どもはヘッドホンを頭から外す。隣の家に住む高校生の娘の声だ。隣家はモーテルで釣り竿は、時に屋上で電話をする彼女の声を釣りあげる。そのお姉《オンニ》さんがピンク色の古いジャージを着てのろのろと湧き水を汲みに行くのを、子どもは何度か見ていた。

「こっちはあんたの手術費集めようとなんでもやってんのに。あんたときたらまったく余裕だね。マジで。なんだよ、急にぐずぐず泣いてんじゃないよ。あんなガキに何しに会いに行ったんだよ。だから、なんであんな馬鹿ヤロウにやらせちゃうんだよ……待ってなよ。集まるかどうかわかんないけど……うん、怒鳴ってごめん。病院は探してみた？」

「マジで……」

子どもはつぶやいてクスクス笑う。

リビングの壁時計が午後三時三十分を指している。子どもはジャンパーをはおり、ピアノ教室のカバンを手に家を出る。階段の中ほどまで下りて子どもは立ち止まり、桐の木の様子を見る。桐の木の下には、白と黒の絵の具を混ぜたような鳥の糞が点々と落ちている。

子どもの消えたリビングに体の肥大した女が出てくる。ぶすっとした寝起きの顔だ。女はドアノブにかかっているワンピースを取り、寝室のベッドに置く。女はリビングを横切って子ども部屋をのぞきこむ。窓枠に釣り竿がかけてある。

食卓の薬の袋をひっかきまわし、それぞれの袋から薬を取りだす。まず液状の胃薬を飲み、次に粉薬を口に入れて水で飲みこむ。最後に小さな白いピルケースから丸薬を取りだして、また水と一緒に飲みこむ。息の音が荒い。公共料金の請求書の上の、子どもが学校から持ちかえって出しておいたお便りが目に入る。春の遠足でロッテワールドへ行くというお知らせだ。三万ウォンもする遠足代を見てため息が漏れる。

女はバスルームに入り、シャワーを浴びる。一晩のうちに目の下のクマがまた濃くなったようだ。歯を磨くと吐き気が込みあげる。吐き気が止まらない。涙がにじむ。彼女は床にしゃがみこんでおう吐する。腹と胸が押さえつけられて、顔が赤くなる。

女はリビングの窓辺に座る。濡れた髪から水がしたたり落ちる。女は爪に黒いペディキュアを塗る。日差しが足の甲に差しこむ。女は足を乾かしながら静かに見つめる。獣の目玉がはめこまれているようだ。肉が付いて固く荒れた足は、動物の死体のように目になじまず、異物のようだ。小指の爪は外側が擦り切れ、形がわからない。女はそれを見るとようやく、自分が長く生きすぎたと感じる。

モーテル・シャングリラ。モーテルという言葉が恥ずかしいほど古くみすぼらしい建物だ。かつて大きな製靴工場があったときには一帯がずいぶんにぎやかだったが、工場が引きあげて旧都心の片隅となった今では、その当時を想像すらできない。

フロントに女主人と高校生の娘が座っている。女主人は山と積まれたタオルをたたみ、娘は座卓を出して問題集を解いている。

「部屋は余っているのに、なんで読書室を借りなきゃいけないの」

「ここが勉強する雰囲気だとでもいうの」

眼鏡を取って、嫌そうににらみつける。

「そんなこと、今更……」

それでも母親は子どもの表情をうかがう。

「月ぎめ契約を出すチラシ、あと何枚か選んでくれる？　梅雨で全部使い物にならないじゃないの。読書室の契約がいくらだって？　何がそんなに高いんだろうねえ。うちもこの際、すっぱりとコシウォン〔キッチンとバストイレなどが共用の宿泊施設。もともと受験生が勉強に集中できるように作られたが、保証金が安く安価なため今では受験に関係なく低所得の単身者が暮らすことが多い〕にでも変えようか。……やれやれ、それだって先立つものがなくっちゃねえ」

携帯電話が鳴った。娘は電話を手にそっと外に出ていく。

「ちょっと、どっか行かないでよ。お母さん、美容院に行かなくちゃいけないんだから」

娘はサンダルをつっかけて階段を上がる。

旅館は三階建てだ。娘は屋上へ上がる。隣の家の庭に育つ桐の木が、梢を屋上まで広げている。娘は携帯の短縮ボタンを押す。電話がつながるや彼女は声を上げる。

「やい、くそアマ。あんた今どこよ」

「今日は早く寝なくちゃだめよ」

女はベッドの端に腰かけて言う。子どもはパジャマに着替え、ベッドに腹ばいになって絵を描いている。丸く赤紫色の花火のような木に大きな鳥の巣があり、三羽のひなが黄色いくちばしを目いっぱい広げている絵だ。子どもは適当に絵を仕上げると下の方に「歌の木」と書きこむ。ベッドの横の壁にはクレパスで描いた絵が何枚かかかっている。女、猫、鳥を描いた絵だ。女は子どもが絵を仕上げるまで辛抱強く待っている。

「今日は早く寝なくちゃだめよ」

そう言われてようやく、子どもは不満そうに顔を上げる。

「もう寝るの？」

「十時だから。今日はちょっと早めに出なくちゃいけないの」

子どもがスケッチブックを閉じる。女はクレパスの片付けを手伝ってやる。女は申し訳なさそうに娘をぎゅっと抱きしめる。互いに砕けそうなくらいに抱きしめるハグはいたずらのようだ。

「そうだ、ママ《オンマ》！」

子どもが苦しそうに押し返す。

「うちの家訓って何」

「家訓？」

「ほら、学校の校門に書いてあるやつ、あるでしょ。あれみたいにどの家にもそういう言葉があるんだって。うちのは何？」

「宿題なの？　そんなものはないんだけど……校門にはなんて書いてあったっけ」

「えーと」

子どもが一文字ずつなぞるように宙に向けて指を動かす。

〈グ・ロ・ー・バ・ル・人・材・を・育・成・し・ま・す〉

指の動きに合わせて、子どもは体をぐるりと半回転させる。女は子どもの体の向きを正面に戻す。

「うちもそれにしようか」

子どもが首を振る。

「えー、だめ。これは学校のやつだから」

「いつまでの宿題なの？」

「明日」

「オンマが仕事しながら考えておくから。あなたも考えてみて。さあ、おやすみ」

子どもは布団に潜りこむ。女は電灯を消し、暗いリビングに出てくる。彼女は灯りを消したまま、暗がりを動く。ガスの元栓を閉め、リビングの窓が閉まっているか確かめる。彼女は靴箱の上の鍵の束を手に取ると、振りかえって暗がりに沈むリビングをしばらく見つめる。いつも何かを忘れている気がする。

ふと思いだしたように、女は右肩に手を伸ばす。顔をゆがめてワンピースの袖をたくし上げ、湿布をはがしとる。ハンドバッグから香水を出して肩に吹きかける。それでも湿布の臭いは消えない気がする。彼女は自分の肩に鼻を押しつけて、くんくんとにおいを嗅ぐ。

鉄製のドアを注意深く押す。首をかしげる。女はドアをもう一度開け閉めする。やはりドアの開閉音が小さくなっている。梅雨で空気が湿っているからだろうか。女は暗転した舞台からはける役者のように、息を殺して玄関を出る。鍵をかける音が家の中に響く。

ドアのきしむ音は、昨年越してきたときからずっとしていた。荷物を片付けて食用油を差すと、その時はすこしだけ音が気にならなくなった。冬を越してからドアの音はぐっとひどくなった。まるですべて承知で欠陥住宅を借りているようで、出入りのたびに気にかかった。

女が家を出ると、子どもはベッドから起きあがる。窓をそっと押し開けて外を眺める。オンマはいつものように階段の端でタバコをくわえている。塀の向こうの路地に立つ街灯も、庭を見おろしている。タバコの煙は街灯の明かりの濃密な夜空にほどけて消えていく。

オンマは出征する軍人のように、ゆっくりと深くタバコの煙を飲みこむ。自ら風船のように膨らんで空に飛んでいく準備をしているみたいだ。そのままどこかへ飛んでいって戻ってこないのではないかと、子どもは焦りを感じる。

桐の木の影が階段を徘徊する。女はタバコを耳の辺りにかかげ、ぼんやりと都市の灯りを眺める。彼女はベンジャミンの鉢植えにタバコを押しつけて火を消すと、階段を下りていく。そんな彼女がふと立ち止まり、顔を上げる。子どもはどきりとして、窓辺から飛びのく。もう一度、子どもはこっそりと外を見おろす。オンマは、その間にいなくなっている。たぶん窓を見あげたのではなくて、桐の木を見あげたのだろう。こんなにも影を伸ばした桐の木にふと気づいたのだろう。

オンマは決して鈍い人間ではない。それなのに最近はやけに不注意だ。ぽっかりと気の抜けた人のようだ。眠る時間も長くなった。子どもが昼に給食を食べて家に帰るまで起きてこないこともある。毎晩、いったいどんなに遠くまで外出しているのだろう。

本当に「歌の木」がどれほど早くその枝を伸ばしているのか、オンマは知らない。「歌の木」は握りしめた手をぱっと開くように葉を広げる。百舌鳥が心もとないほど細い枝に巣を作ったとき、子どもははらはらしながら見守った。この前学校で、男子が運動場わきのヒマラヤ杉のシジュウカラの巣を叩き落として、毛も生えていないひなを六羽、運動場に捨てたことがあった。その時、子どもは仲良しの友達と二人で木の下に埋めてやった。鳥ってバカだな。巣が丸見えだよ。子どもは窓にへばりついて残念がった。鳥は古びたひも切れや、木の枝などを口にくわえて巣作りをした。しかし、葉が茂るとすぐに鳥の巣は見えなくなった。「歌の木」の葉は、神秘的なほどに、鳥の巣を隠してやろうとその手をぱっと開いた。鳥の巣が跡形もなく隠れたとき、子どもは拍手をした。まもなくその中がにぎやかになった。母鳥が虫をくわえて、隠れた巣に通った。

子どもは、この世で葉っぱが一番大きいのは桐の木だと言っていた仲良しの友達を思いだす。田舎から転校してきた嘘の上手な子だ。自分が育ったところでは、子どもたちが桐の葉を傘のように差したり、パンツのように前を隠したりするという。それに、知恵の実をとって食べたイブが股間を隠した葉も、桐の葉なのだと言い張った。子どもはそれが無花果の葉だと知っているが、無花果の葉を見たことはなかった。イブが桐の葉で股間を隠したとしてもおかしくない気がした。街のひとつくらい楽々と覆ってしまえるほど、桐の葉は大きかった。桐の木の向こうには、この世とはまったく違う世界が隠されているとしか思えない。

子どもは眠れない。オンマが外出してしまうと、すべての音が眠りにつく。ひとりで残される夜とは仲良くなれない。子どもはバサバサと音を立てて起きあがるとリビングに出る。テレビ台には赤い点がひとつ点滅している。釣り竿に吊るしていたMP3だ。子どもは頭にヘッドホンをして、ベッドに横になる。

昼の音たちが目を覚ます。テレビの音、ドアを開け閉めする音、ドライヤーの音が生き返る。あの押し殺した獣の声はなんだろう。子どもは音を巻き戻す。おう吐の音だ。聞きたくない。子どもは早送りをする。すぐに音は食卓へ移る。子どもは夕食のテーブルに上がった卵蒸しを思い浮かべる。オンマは卵蒸しを一さじすくって、ご飯の上に乗せてくれた。食事をしながら、二人で仲良く話をしたがその声はよく聞こえない。遠足の話はしただろうか。オンマはロッテワールドに遠足なんて羨ましいと言った。子どもは、オンマが自分の遠足の知らせを知っているのがうれしい。

子どもは流し台の水の音と、食器がぶつかる音が好きだ。朝になると、いつもオンマは帰ってきていて、それからずいぶん遠くから帰ってきた人のように深い眠りにつく。子どもはベランダへ続くリビングの窓が開く音を待つ。何かを待っていると、おしっこをちびってパンツが濡れる。やがて、ベランダの方から部屋履きを引きずる音が聞こえてくる。オンマはベランダから洗濯物を取りこむ。テレビをつけて、洗濯物をたたむ。ソファーの上で、あぐらをかいて座る。洗濯物をパタパタとはたく音がとてもいい。その時は、子どももオンマの膝を枕に寝転んでテレビでバラエティ番組の「一泊二日」の再放送を見たりする。

家の外から流れこんでくる音もある。野菜売りのトラックが流す呼びこみの声が聞こえ、犬の吠える声も聞こえ、男子たちが悪口を言いあう声も同時に聞こえる。音たちは決して混ざりあわない。遠くても近くても、高くても低くても、音たちはそれぞれに固有だ。赤に黄色の絵の具を混ぜると朱色になり、青い絵の具を混ぜると紫になるが、音は一緒になってもほかの音にならない。鳥のさえずりは、猫の鳴き声に混ざらない。テレビから聞こえる笑い声は、オンマの笑い声と混ざらない。同時にいくつもの音がしても、音たちは玉ねぎのように層をなして重なりあい、自分の音を乱さない。子どもは、すべての音は表情と感情を持っていると感じる。オンマが笑うとき、爪を噛みちぎるとき、胸を叩くときの音。百舌鳥もささやくときには、グッ、グッ、グッとさえずるが、怖い時にはキヨッ、キヨッと、母鳥が来ればキチ、キチと歓迎する。ぴちぴちのお魚だよーと呼びこみが聞こえる瞬間にも、魚売りのおじさんはトラックのドアにもたれて、チューペットアイスを吸いながら、辺鄙な山の街を途方に暮れて眺めている。

子どもの気持ちが安らぐ。オンマがそばにいるから。子どもは耳元に伝わる音に乗って、眠りにつく。

女が向かった旅館は国鉄の駅から離れたところにある。駅の方を縄張りとした売春宿ができてから、仕事がずいぶん減った。幸いこの地区はまだ売春宿が多くない。モーテルから連絡が来て女たちが出張するデリバリーが多い。客の多くは泊り客だ。うるさく注文を付けるようなろくでもない客に当たってしまうと、女はうまく切り抜けられない。三度に二度はチェンジをくらう。

部屋に入ると、青年が一人ベッドに腰かけて待っている。酒に酔っているようには見えない。鞄などの持ち物も特に持っていないようだ。泊り客というより、女を買いに来ただけの客のようだ。ベッドもガウンも散らかっておらず、そのままだ。戯れに、という様子はなく、がちがちに緊張している客の姿からは悲壮感すら感じられる。恋人と別れたとか、自分自身を壊したいほどのすさんだ気持ちで来た客かもしれない。女は一番やりづらいタイプの客だと直感した。

青年は何も言わない。服を着たままベッドの端に黙って座り、目立たぬように女を盗み見る。女は様子を探りながら尋ねる。

「初めて?」

青年は、口を固く結んだまま首を横に振る。十中八九初めてだろう。

「シャワーは済ませたの?　このまますする?」

しかし青年はまったく動かない。

女がワンピースの裾から下着を下ろすと、ようやく青年は口を開く。

「あの、帰ってもらえますか？」

「ほかの女の子に変えてくれってこと？」

青年は視線をそらしたままうなずく。女は自尊心が傷付くが、珍しいことではないので顔色を変えない。

「この辺は若い子はいないのよ。ほかの人を呼べばずいぶん時間がかかるけど」

青年は女をじっと見る。

「サービスするわ」

女が服をすべて脱ぐと、青年は決心したように立ちあがる。

「すみません」

そう言って彼は、逃げるように部屋を出ていく。

女は青年の体温が残るベッドにぼんやりと座って、タバコをくわえる。

こんなことは一度や二度ではないが、捨てられた気分だ。

ワゴン車で待機していたチョ室長がぶつぶつ言う。

「こっちは急いで駆けつけてやっているのに、あれこれ文句を付けるガキどもが一番手に負えないな」

彼は女の体を確かめるように見まわす。

「もうすこし、うまくやれないものかね」

そこまで言って、続く言葉を飲みこむ。若くもなく美人でもないならテクニックくらい見せたらどうだと言いたいのだろう。彼は、擦り切れてしおれた花たちを抱えて営業している自分の身の上に、腹を立てているのかもしれない。

女はタバコをくわえる。

「おいおい、車では吸うなよ」

チョ室長は窓を開ける。彼の携帯電話が鳴る。

モーテルから女を呼ぶ電話だ。電話を終えたチョ室長は、振りかえって言う。

「無駄足にならなくてよかったな。姉さん《オンニ》、シャングリラ、わかるな。さあ、急ごう。チェンジくらわないようにうまくやれよ。サービス、そうサービスだよ。うん」

女はなんとなく気が咎めた。シャングリラは自宅の近くだ。ただ近いというのではない、塀一枚挟んだだけの隣家だ。

シャングリラの女主人は、遊ぶだけの客だという。シャングリラにはエレベーターがない。女は薄暗い階段を上がる。二階の階段の途中に白いベッドカバーと枕カバーが積まれている。三階まで上がる足がだるい。客の部屋にノックして入る。彼女はドアノブをつかんだまま後ずさりして固まる。さっき南道荘で会った、あの青年がベッドに座っている。青年もあわてて立ちあがる。

「ああ、もう！」

青年は苦しそうに頭をかきむしる。

「ごめんなさいね」

女は背を向ける。背後から青年が言う。

「……このまま、しましょう」

青年は無表情で、一枚ずつ服を脱ぐ。

「ごめんなさいね、お兄さん《オッパ》」

女はリビングのソファーに座って洗濯物をたたみ、子どもはオンマの膝枕で寝転んでテレビを見る。母子が一緒に過ごす時間はいつもこうだ。子どもが明るくて、親子はたくさんおしゃべりをする。

「オンマ、私も一泊二日に行けたらいいいな」

「どこへ？」

「どこでも。テレビみたいに、山もあって、川もあるところ」

女は答えずに、テレビを見る。

「オンマ、シャングリラってどういう意味?」

「宿題なの?」

「ううん。ただ気になって」

女はそれが隣の旅館の名前だとは知っているが、どんな意味かは知らない。

彼女はたいしたことないように、答える。

「そうねえ、何かな。自分でたくさん勉強して調べるのはどうかな?」

子どもはまたテレビにくぎ付けだ。

「オンマ!」

と、子どもはパッと体を起こして座る。

「バムちゃんが、家出てったの」

子どもが泣きべそをかく。

「野良猫が一匹、毎日遊びに来てたから、恋人になってついていっちゃったのね」

「いつ?」

「一晩か、二晩たつかな。猫なんてもともとそんなものよ。それにあの子も、もともと野良猫だったじゃない」

「なんでバムちゃんが野良猫なの？　このうちがバムちゃんのうちだよ」

「とにかく、前にも言ったけど、オンマは猫が嫌いよ」

「どうして？」

「嫌いなことに理由がなくちゃいけないの？　あなたはお豆が嫌いでしょう？」

「そうだねえ。セジンはどうしてお豆が嫌いなのかな？」

子どもはまたオンマの膝を枕に寝転ぶ。子どもは落ち着いてきて、女は枕カバーをぱんぱんとはたく。子どもはテレビのボリュームを下げる。


女は、シャングリラのカウンターの半月型の窓に顔をのぞかせる。部屋の中には小机が置いてあって、「ハイライト英語・自律学習・英語2」と書かれたワークブックが広げられている。ワークブックの上に、すっきりしたデザインの赤いフレームのメガネとシャープペンシルが置いてある。大人たちの代わりにちょくちょくフロントに座っている旅館の娘を思いだす。娘の体だけ抜けだしたように、薄い毛布が溶けたろうそくの根元のように固まっている。フロントの奥に、ドアがもうひとつある。おそらく、住居につながっているのだろう。

「すみませーん」

女はドアの向こうに聞こえるように声を上げた。女性の声が遠くから聞こえてきた。

「アラム！　アラムいないの？」

返事がないとわかると「今行きます」という声が続いた。

しかし、女主人はすぐには出てこない。女はビデオテープの並んだ陳列棚をぼんやりと見渡す。すぐに興味をなくす。彼女は壁の鏡に向かって、アイメイクをいじる。薄黒いクマが気に障る。奥のドアが開いて、パーマキャップを被った中年の女が出てくる。

「やだ、あの子にちょっとフロント見ていてくれって言ったんだけど、このくらい我慢できないでどこに行ったんだろう」

女主人は、半月型の窓から女をじろりと見る。特に待っていたという表情でもない。何か難癖を付けようという表情だ。

「今ごろ来て、どうするの」

女主人は壁の時計を見あげた。

「お客には遅くなりそうだって言っといたけど、遅すぎるね。もうその気はないと思うけど……一度行ってみて。三〇二号室」

女は三〇一号室を通りすぎ、三〇二号室の前に立つ。廊下にピザの箱が出ていて、ノックをしようとしたとき、ドアが急に開きジャージ姿の若い娘が外をうかがいながら出てくる。女は驚いて後ずさる。廊下に出てきたのはシャングリラの娘だ。照れるとか恥じいる様子はなく、なんだか面倒なことになったという表情だ。怖くもない担任に呼びだしをくらった子どものように、顔を背けて言い訳をする。

「オンニが遅すぎたのよ」

娘をじっとにらみつける。

「横取りだなんて、あんまりじゃないの」

「ふん。そうじゃないってば。キャンセルの電話したって言ってたよ。電話に出なかったのはそっちでしょ」

おそらくチョ室長に電話したというのだろう。

「お母さんは知っているの?」

娘は、女をにらみつけた。何よ、脅迫するつもりなの、という表情だ。娘はふっと息をつくと、ジャージのポケットを探った。紙幣を引っ張りだし、三万ウォンを数えると女の手をつかみ、ぎゅっと握らせた。

「これでいいでしょ」

娘はサンダルを引きずって階段を下りていく。女は追いかけるようについていく。娘は、バンバンと足を投げだすように階段を踏む。二階の階段を半分ほど下りたとき、ロビーからテレビの音が聞こえてくる。娘は歯の間に何か挟まっているのか、指で探って引っ張りだす。

「あの変態が……」

女はそんな娘の肩をつかんで、振りかえらせる。娘の目にちらりと涙が浮かぶ。女は娘のジャージのポケットをつかむ。

「この金でおとなしく引っ込めって？」

二人は狭い階段で息を飲んで動きを止める。客室のカップルが一組、階段を下りてくる。二人は絡まった体を離す。娘は息を弾ませて、にらみつける。

娘はポケットから金を取りだして、階段にばらまく。

女が金と娘を交互に見る。二人は薄暗い階段に黙って立っている。互いにいきり立った物騒な空気が次第に落ち着く。その間になんだか気まずい雰囲気が入ってくる。

「避妊とか、ちゃんとやってるの？」

もちろん心配して言うのではない。こんな仕事をアルバイト程度に考える子どもに、はっきりとこの世界を思い知らせてやりたい。娘の返事はない。表情が陰り、まなざしが揺れる。

「すぐには下りてこないでよね」

娘はふいっと後ろを向くと、階段を小走りに下りていった。ひとり残された女はタバコをくわえる。階段には誰かが灰皿として使った紙コップが置いてある。彼女は階段に散らばった紙幣を拾う。全部で七枚だ。なんだかみじめだ。ロビーから、主人親子の声が聞こえてくる。

「フロントを頼んでいたのに、離れてどうするの」

「ああ、頭が割れそうに痛くて屋上にちょっと行ってきただけよ」

「あんた、もしかしてタバコ吸ってるの？」

「オンマ！」

「美容室が閉まる前に、ちょっと行って髪直してもらってくるから」

続けて玄関の鈴の音が鳴る。

女は階段を下りていく。カウンターの向こうで娘が携帯電話を耳に当てている。娘は女を見ると、避けるように背中を見せる。

「何度もぐずぐず言うなってば。イライラするわ……あたしがなんとかするって言ったじゃん。うん。まだちょっと足りないけど、明日の朝、スタバの前で会おうよ」

女はフロントの前に近づく。半月型の窓に四万ウォンを投げてシャングリラを出る。

午前五時。女はくたびれて家に帰る。まず子どもの部屋を開けてみる。いつものように子どもはぐっすりと眠っている。子どもが起きるまであと二時間ある。それまでに女は朝食を作り、子どもの学校の準備をする。

女は自分の部屋に入り服を着替える。右の肩が凝っている。左手を持ちあげ、肩を叩いてみるが疼痛《とうつう》は消えない。肩のうずくような痛みは、ずいぶんとひどくなった。体が疲れると間違いなく肩が凝り、明け方にはそれがひどくなる。最近は指先までしびれて、ライターをつける力が入らないときも多い。そんな時は、肩の周りをえぐり取りたくなる。どんなにこらえてもダメな時は、壁の角に背中をこすりつけてマッサージをする。そうやって、巫女《ムーダン》のお祓いのようにしてみると、痛みがすこし引く。女は服を脱いで、肩越しにどうにか湿布を貼りつける。

女は、また子ども部屋のドアを開ける。子どもがベッドの端っこでヘッドホンを着けたまま眠っている。寝かすのに手のかかる子だ。子どもを転がすようにしてまっすぐに直して寝かす。子どもの頬をなでて、ヘッドホンをそっと外す。女はヘッドホンを窓枠に置こうとして、自分の耳に当ててみる。子どもは、よくピアノ教室や電機屋に頼んで音楽ファイルをダウンロードする。電気屋の男は、娘が二人いる男やもめだ。昨年の冬にモーテルで体だけ交わったときに伝わってきた、困窮と寂しさがよみがえる。一度だけだったが、その感覚が長く残った。娼婦と客。奇妙な秘密を抱いたまま路地で出会うと、恥ずかしいというよりも淋しい。生豆を噛みしめる気分だ。男はこの路地で唯一、彼女と同じ顔をした人生のようだ。女は図々しくあけすけな自分の人生が、もうよそよそしくもなく、居心地悪くもない。

　電気屋の男は子どもによくしてくれた。中古のＭＰ３をプレゼントしてくれて、ヘッドホンもくれた。古い釣り竿も彼にもらった。電気屋の男の行動に、何か別の意図があるわけではないと女もよくわかっていて、そのままにしている。もしかして彼の方でも、自分に対する心情は同じなのかもしれない。ただ、先の見えないぬかるみのような自分の人生を、憐れんで見つめているのだろう。

　ヘッドホンから音楽は聞こえてこず、何か別の音が流れだした。何の音かまったく聞き取れない。録音に失敗したようだ。正体不明の雑音が続く。ＭＰ３を探って、早送りボタンを押す。なじみのある声が流れだす。女は眉を寄せて音に集中する。

「私、すぐに出るのはちょっと……近いことは近いけど……それに今すぐ支度して出てもずいぶんかかると思うけど……そう？　じゃ、しかたないわね。シャングリラって言ったわね？」

　女は、ぐったりとしてヘッドホンを外す。眠る子どもの顔を穴が空くほど見つめる。人生に落とし穴があるとしたら、こんな瞬間をいうのだろう。

女は食卓につき、つまみもなしに焼酎を飲む。夜明けの薄闇が窓の外に広がっている。女は胸に引っかかった何かを流すかのように、焼酎を続けざまに二杯飲み干す。MP3から聞こえてきた自分の声が耳から離れない。彼女は荒々しく息を吐きだす。肩がひとりでにぶるぶると震える。急に、生きていることがとても恥ずかしくなる。彼女はこぶしで胸を押さえて、押し殺した泣き声を吐きだす。


子どもはベッドで目を覚ます。窓の外が明るい。台所からは何の音も聞こえない。子どもは不吉な予感にとらわれる。台所に走っていく。テーブルに焼酎の瓶が置いてある。オンマの姿が見えない。なじみのある恐怖が押し寄せる。子どもはオンマの寝室へ向かう。オンマはベッドにうつぶせになり、苦しそうにうめいている。

「オンマ！　お酒飲んだの？」

子どもがいつもどおりの声で、しかし、すこしうれしそうに尋ねる。オンマは答える様子がない。

子どもは急に緊張してベッドに駆け寄る。踏みだした足がぬるりとしたものを踏む。子どもはベッドに駆けつける。女の頭を抱き起こす。口元と頬に血が付いている。顔をうずめていた布団にも、血のシミができている。

「オンマ！　オンマ！」

子どもは必死になって女を揺り起こす。すぐにリビングに出てきた子どもは、テーブルに置かれたオンマのハンドバッグから携帯電話を探しだす。

「おばさん、早く来て。オンマがまた……お願い……」


子どもはソファーに座って洗濯物をたたみ、女は横になっている。女の顔は蒼白だ。子どもは洗濯物を上手にたたむ。子どもの表情には、ままごと遊びをする子どものような、わざとらしい早熟さが感じられる。

「そうだ、家訓だっけ？　あの宿題できなかったでしょ。どうなったの？　先生に叱られた？」

「自分で適当に書いて出した」

子どもはだるそうに答える。手は洗濯物へ、目はテレビへ向かっている。

「ごめんね。うっかり忘れてたわ。なんて書いたの？」

「適当に」

「適当に、なんて書いたのよ？」

子どもは変わらず眠そうな表情だ。

「近くへ、もっと、近くへ」

子どもが、面倒くさそうな顔で目の前に指を差して言った。

「近くへ、もっと、近くへ」

女は目を見開いて、しばらく考える。

「うん、かっこいい。そんなのどうやって考えたの?」

「男子トイレに書いてあった」

女の顔が、急に緊張で固まる。

「あなた、どうして男子トイレに入ったの?」

「塾のトイレ、いっつも故障中って、ドアが閉まっているんだもん」


子どもはベッドの上、窓辺に座る。MP3に小さなマイクをつなげて録音ボタンを押す。

「さようなら、オンマ鳥さん。それと、鳥の赤ちゃんワン・ツー・スリー……私の声、よく聞こえるでしょ。えーと……私、遠くへ行くの。いつか、私、海へ行きたいって言ったでしょ。やっと行くことにしたよ。オンマの病気がよくないの、知ってるでしょう。オンマは海が見たいみたい。私は、このうちがとっても気に入っているけど、行かなくちゃ。

オンマが元気にならなくちゃだめだから。これまで、私を楽しませてくれてありがとう。鳥の赤ちゃんワン・ツー・スリー！　あんたたち、飛べるようになったら、私のとこまで飛んでこなきゃだめよ。今日は「郭公ワルツ」を聞かせたいの。あ、何度も聞いたっけ？じゃあ、ベートーベンの「田園」はどう？　ピアノ教室の先生が、田舎に転校するからってプレゼントしてくれたの。あんたたちみたいな友達がたくさんできるはずよ。さよなら。またね」

マイクを外す子どもの目に、涙がちらりと浮かぶ。子どもは釣り竿を桐の木にぶら下げる。

えさ茶碗

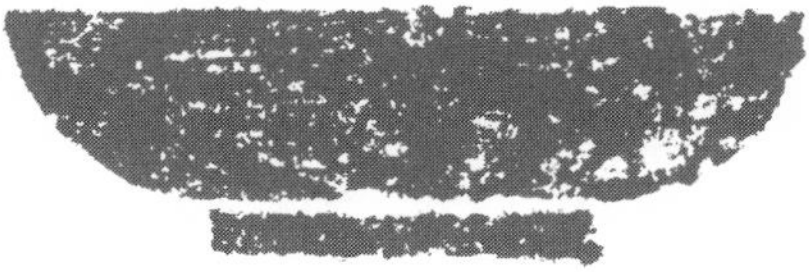

밥그릇

三日前に降った雨で山を覆った紅葉も洗い流され、山の色はさびついたように黒ずんでいた。日が傾き、山影が道路まで下りてきた。

一トントラックは山間道路を踏みしめるように、ゆっくりと進んでいった。その荷台は鉄格子の檻になっていた。太った中年の男がハンドルを握り、助手席には干からびた年寄りが座っていた。その間に大きな犬が一匹、フランス原産のグレートピレニーズのメスがうずくまって眠っていた。ひんやりとした日陰の道だったが、彼らは車の窓を開けて外の風を顔で受けた。空は乳色に霞み、朝鮮青磁の色だった。

「天気もけっこう、日和もけっこう！」

眠ったように座っていた年寄りが、眠気を振り払うように口を開いた。

「ジン社長、今日はひとつ、ばっちり決めようじゃないか」

と、気合を込めた声で続けた。車が貯水池に沿って曲がった。すでにコガモやガンといった渡り鳥たちが渡ってきていた。外の風景から視線を戻し、老人が言った。

「話のついでに、夢の話をしていいもんかわからんなあ」

運転していたジン社長がちらりと横を見た。

「お天道様もてっぺんを超えているのに、なんのいけないことがありますか」

「昨夜、夢を見たんだがねえ。実におかしな夢だ。なんでだか乳母車を押して、原っぱに出たんだよ。そのまま行くと、犬っころが道端から出てきてパタパタとしっぽを振ってくるじゃないか。白いのも黒いのも、ぶちの入ったのもいてな。それでそいつらをまとめて乳母車に乗せてやったよ。不思議な夢もあるもんだ。妊婦が見る夢で子どもの将来が決まるっていうが、そんなはずはないから、きっと今日の出張がうまくいく暗示だなあ」

「そりゃあ、いいですね。その夢、私に売ってくださいよ」

ジン社長は口笛でも吹くように頬を膨らませた。

老人は満足げに笑いながら、ジン社長を見た。レジャー用のチョッキにくたびれた帽子という身なりは、無駄のない犬買いの姿だった。ジン社長はポケットから一万ウォン札を取りだすと、老人に差しだした。老人は「金を受け取らないと、夢のご利益がないっていうからなあ……」ともっともらしいことを言いながら金を受け取った。ジン社長が手でリズムでも取るようにハンドルを叩きながら言った。

「例のブツも今日こそふさわしい持ち主に出会えるでしょうよ」

老人が続けた。

「わしも全盛期には、背負子《しょいこ》をかついでは山に登ったが、掘りだし物を見つける日には決まって夢を見たもんだよ」

せっかく案内役を買って出たのだから、役に立とうと張り切っているようだった。

道路には車一台通っていなかった。山脈の山裾に古くからの集落と田畑が広がっていた。老人はぶつぶつ言いながらも、ある職業的な本能で通りすぎる風景に目をやっていた。

「おまえさんと出会ってからいつの間にか三十年だなあ……」

「爺さまはその時から爺さまでいらっしゃった」

「おまえさんが、山奥からブツを持ってきた日は今でも目に焼きついているよ。頭を青々とそりあげた坊さまだった」

「十九でしたからね。あの時、爺さまが私を寺に送り返して言った言葉を思いだしますよ。お坊さま、木が大きくなりすぎれば切ることもできません、とおっしゃった。寺から逃げだした小坊主に帰れというんだから、どうしようかと途方に暮れましたよ」

「そうだなあ。持ってくるブツもほどほどでなくちゃあな。あの時はわしも肝っ玉が小さくて、国宝級のブツをまっすぐ見ることもできなんだ。それも仏様の体内に捧げられたありがたい宝物だとは、ああ、まったく」

老人は大げさに身震いをして見せた。あの時は送り返したが、小坊主が寺に戻らずに清渓川《チョンゲチョン》の骨董品街に上京してきたので、互いに知りあう仲となった。本人の言うとおり、ジン社長は仏法の意味をわかっている坊主ではなかった。托鉢に回っていた僧侶が、父母をなくした幼子を仏の子どもとして引き取ったといういきさつがあった。自分の足で入った山門ではないので、いつでも出ることができる何も持たない身の上だった。

「あの時は二回り、二年ほどくらったのかね？」

「二回りまではしてませんよ、爺さまが保釈金を出してくれて」

ジン社長がそう言ってくれたので、老人はふと胸が熱くなった。まだ話せずにいたが、あの保釈金は老僧侶から出された金だった。僧侶は小坊主の出所を数日後に控えて入寂し、み仏のもとへ行った。当時、老僧から強く頼まれていたとはいえ、生涯にかかわる事実を打ち明けられない理由などなかったが、彼はこれまで口をつぐんでいた。引退して道案内程度しかできない身の上になってみると、この界隈に身を置いて、恩に着た情があるとはいっても、老人からすれば妻子のいない身で、誰か頼りになる人物を持っておきたかった。

「ともかく、あの肝っ玉は認めないわけにはいかなかったよ。わしの生涯で他人を羨んだことは初めてだったね。羨ましいというか、恨めしいというか」

「後悔はしていません。分別がついてから、時々お坊さまのことを思いだしますが、まったく小言の多い方だった。すっかり忘れてしまいましたが、この一言だけはっきり覚えてますよ。従道《ジョンド》よ、木が杖になるのだ、杖が木になるのではないのだよ、とね。自分の身の丈に合った生き方をしろという意味だったんでしょう。私は刑務所を出てから、爺さまのもとで売人《ナカマ》をやって育ちながら、ひとつだけ原則を守って生きてきましたよ。盗品には手を出すまいとね。私はこれまで、泥棒をしたことはありません」

老人は、ゴホンと咳払いをすると黙って顔をなでた。自分だけはやましいことなく生きてきたという自負の表れなのだろうが、老人に対するあてこすりに聞こえた。老人は盗掘屋から始めて骨董品界の片隅で一生を過ごしてきた。彼は十数年前までは骨董品市場でそれなりに名前の通った収集商だった。そんな中で大きなヤマに手を出して、やや長めの懲役をくらい、出てきてからは以前のようにはいかなくなった。中国の市場が開放されると、小者の売人のもとで品物を集めたり密搬出するのを手伝った。中国からの密搬出にはカプセルトイの販売機を利用した。韓国から中古の機械をコンテナに集めて中国に輸出した後、文化財のレプリカの隙間に本物の文化財を混ぜておく手法で再び韓国に搬入した。書類上、中国に送るときには中古機械の輸出、韓国に戻るときには廃業後の撤収扱いだった。しばらくはうまくいったが、中国側の取締りがきつくなって長くは続かなかった。

その後は監房で出会った仲間についてモンゴルまで行って、しばらく過ごしたこともあった。モンゴルでは薬の商売をした。韓国では数百ウォンたらずの栄養ドリンクをコンテナに詰めていった。事務所を出し、卸売した商品を現地で育てた販売員に売らせた。一本の栄養ドリンクを万病に効く薬だとだまして売りつけろと教育しているときには、自然と苦笑いが込みあげた。言ってみれば、バッカスのような栄養ドリンクを蓋に注いで一日に一回飲みなさい、というようなもので、生まれてこの方、ろくでもない商売をしてきたが、飲みくいするもので人様をだまして金儲けをしようとは、なんと恥知らずな人生だろうかと思わずにいられなかった。自分の人生ながらなんともうら淋しいものになってしまったと、恥ずかしい気持ちがぬぐえなかった。薬が貴重なモンゴルで、栄養ドリンクは飛ぶように売れた。都市はもちろん、草原まで制覇したといえるだろう。三か月でコンテナふたつ分が底をついた。

「人に言わせれば、犬に乗って馬を売るってやつだな」

ジン社長が笑った。

「まあ、いい時代だったよ。自分が年を取ってからあんなでかい国を周遊することになるとは思わなかったよ」

彼は満足げに舌打ちをした。ジン社長は繰り言のように言った。

「骨董品も、こちらではもう、ましな物はないし、中国の物は大体抑えられてしまってあちらでももう使える物はほとんどないですね」

「そうだなあ。去年も本物だっていう陶俑《とうよう》が二点入ってきてなあ。長安坪《チョンアンピョン》のパク社長とナカマの五、六人が噂にならんように入札をしてみたが、誰も手を挙げなかったそうだ。信じられるもんかね。目玉まではめた物が、傷までそれらしくついていて、むしろ疑わしいってもんだ。たぶん、そうやって出まわっているブツだけ集めても始皇帝陵がいくつかいっぱいになるだろうよ。中国人ほどなんでも作りだす才能のある人たちが、この世にほかにいるかね。卵も作るじゃないか、捨てた革靴で肉まんを作る人たちじゃないか。くってていくってのは恐ろしいもんだよ。くいっぱぐれないようにするためだけに、あそこまでやるんだから」

ジン社長は荒っぽく鼻息を立てた。そんな彼に目をやりながら、老人は注意深く尋ねた。

「最近は西海岸のブツがすこし出まわっているかね」

「どうしてそんなことを聞くんですか、金になるのはそれしかないのに。どれだけ取り締まっても金になるものは防げませんよ。私は、盗品だから手を出しませんがね」

老人は、ジン社長が北朝鮮の品物を取引するために、時おり中国東北部の龍井《ヨンジン》や圖們《トモン》にまで出入りしていることを知っていた。おそらく元締めとして立ち会って取引を成立させるだけで、自ら買い取るわけではないようだ。彼は、ともかく外から見ればご立派な朝鮮白磁の収集家で、その方面では権威者だった。ソウル近郊の驪州《ヨジュ》に店舗兼展示場を開き、私設研究所所長の肩書まで持っていた。国宝級朝鮮白磁の所蔵家として知られる某企業の会長がパトロンについているという噂も、ずいぶん前からささやかれていた。

「わしが中国に行って感じてきたことだが、偽装卵だとか、革靴肉まんだとかいって、金を作りだしているが、ありゃあ全部土地が広いからできるんだろうな。土地があれほど広がっているから、まあいろんな奇談が出ては広まるんだよ。そうじゃないか。行ったこともない、世の中のどこか隅の方では、珍しいこともあるだろうよ。中国には、百年かけて日が昇る場所を探したって古い話もあるじゃないか。まったく、果てしない大地だよ」

山影を抜けると、開けた草原が広がった。空っぽの草原には、わらを梱包した白いサイレージが巨大な蟻が産み落とした卵のように散らばっているだけで、人気はなくがらんとしていた。草原の一角に敷かれた線路をまたぐように大きな村があった。老人は初めてだったが、ジン社長は先週、下見に来た道だった。

「村役場があるんです。そこからすぐですよ」

目的地は近かったが、彼らに急ぐ気持ちはなかった。重要な取引ほど日が傾いてからやれというものだ。彼らはのんびり動くつもりだった。これまでずっと仕事でしくじったことのないジン社長は、まもなく自分が手に入れるだろう掘りだし物のために、そしてその喜びを楽しむためなら、いくらでも我慢する心づもりだった。

二人の間で、犬がクンクンと鳴いた。トラックが止まった。

「パトラッシュ！」

ジン社長が手を振って見せると、犬がトラックからぱっと飛びおりた。ジン社長は犬を道端に止まらせて用を足した。老人も道端の用水路に向かってズボンのベルトをほどいた。犬が老人に近づき、すねに頭をこすりつけた。白と茶色の模様の、見た目のきれいな犬だった。中学校に通っているジン社長の娘が〈パトラッシュ〉と呼ぶので、そのまま名付けたという。その犬は、血統書まで持っていた。子犬の時に三百万ウォンもはたいて購入したという。老人は身をかがめて犬をなでた。犬はその手をぴちゃぴちゃとなめた。人になつきすぎているようで、老人は一発小突いてやりたくなった。彼はペットをそばに置いたことがなかった。

「子どもは産ませないのかね」

「産ませますとも。最近は発情期で、二日おきにいろんな農場へ行っているんですよ」

老人はふさふさした犬の尾をつかんでみた。犬がキャンと鳴いて威嚇した。老人は尻餅をつき、手を放した。

「うちのパトラッシュも年寄りは嫌だって」

ジン社長はケラケラと笑いながら、犬の首をなでて落ち着かせた。老人は尻をはたいて立ちあがった。

「初産かね？」

「ハンサムなオスを見つけてやったのに、気に入らないんでしょう。何度も失敗してます」

「初めてだからだろう。子犬が産まれたらいい値が付きそうだな」

「なに、金のために育てているわけじゃありませんよ。引退したら田舎に引っ込んで犬でも育てようかと思っていましてね。埃っぽい品物をいじるのより、ずっと面白そうじゃないですか」

「ちょっと一回り見てから行こうか」

老人は山裾の丘を眺めながら言った。小川の向こうの山裾に見える畑には刈り取ったトウモロコシの束が立てて乾かしてあり、丘の向こうには小枝に最後の実を赤くぶら下げた柿の木が一本立っていた。柿の木の近くに人家などは見えなかった。しかし、柿の木があるところを見ると、明らかに人が住んでいた跡のようだった。

ジン社長は犬をトラックに追いこんでソーセージを投げてやった。

二人は木綿の手袋をそれぞれはめると、用水路を渡った。畑から丘へまっすぐに登っていった。

丘の向こうの地形はぺこりとくぼんでいて、隠れるように柾《まさき》の生垣に囲まれた暗灰色のスレート屋根が見えた。家は道路に背を向けるように佇んでいた。柿の木が生えている場所が裏庭になっていた。道路から見ていたよりも、ずっと立派な木だった。生垣の柾の枝が跳ねあがり、屋根に生えた草が枯れているところからすると、長い間放置された廃屋のようだった。たまにこのような家に入って、石臼だとか砧石、甕や臼などを拾うことがあった。しかしそれも以前のようにはいかなかった。古物や骨董品を収集する人たちがやたらと多く、今では手が付けられていない家は珍しかった。最近はインテリアに使うからと、板の間の板から円柱まで引っこ抜いていく時代だった。

彼らは葛《くず》のつるが絡まる草の茂った畑をかき分けて、手探りで農家の方に下りていった。途切れた道をまた切り開く気分だった。農家の前に着いたときには二人ともズボンの裾にオナモミの種がびっしりくっついていたが、それを取る気にもならなかった。

中庭もやはり畑と変わりなく、足を踏み入れるのが怖いほどだった。部屋と台所を一間ずつやっと備えた、小屋のような一軒家だった。縁側の板が取り壊されて扉もなくなっているところを見ると、すでに誰かが手を付けた後のようだった。老人は台所に入り、ジン社長は部屋に足を踏み入れた。部屋はネズミの糞も残っていないほど古びていた。天井は棟木と垂木が丸見えで、むきだしの床はオンドルもなくひんやりしていた。壁は下貼りの新聞だけが張りつけてあったが、黄ばんだ新聞の片隅には朴正熙《パクチョンヒ》大統領〔韓国の第五～九代大統領。任期は一九六三～七九年〕が勧農の日を迎えて田植えをする写真が載っていた。ジン社長はふう、と息を吐きだした。

彼は敷居を踏みつけてしゃがんだ。敷居を踏んではいけないという禁忌が思い浮かんだが、登山靴を履いた足を敷居に乗せた。南向きの家だったが、すでに山影に覆われていた。彼は時計をのぞき見た。ちょうど三時を過ぎたところだった。日が短くなったせいでもあるが、敷地自体がかなり日当たりの悪いところに位置していた。こんなところに家を建てて暮らしていた人のことが自然と気になり、彼らの赤貧の暮らしが思い浮かんだ。時間と記憶が刻まれた家にいると、どうしようもなく切ない気持ちに襲われた。彼には小坊主になる前の、故郷や家庭に関する記憶がなかった。もしかして自分もこんな家で生まれ育ったのだろうか。なんだか虚しく、懐かしい気持ちが込みあげた。古びた物を扱う世界で生きているのは、自分が持てなかった時間と記憶に対する憧れのせいではないかと思った。

裏庭から老人が戻ってくると、彼は土間に降りた。老人は白い小皿をひとつと、瓦のような、黒く焦げて丸く平べったい石を手にしていた。

「使えそうな物はひとつもないな。これはかまど神の小皿だよ。裏の柿の木の下で見つけた。これは……」

と言って、老人が石を挙げて見せた。黒く焦げた石の真ん中にぼんやりとハスの花の模様が押された、かまどの火が長持ちするように入れる火石だった。

「久しぶりにお目にかかるよ。かまどから引っ張りだしたんだ」

二人は中庭に出た。

傾斜地の畑に下りてくると、老人が言った。

「こういう商売は、まったく宝探しだなあ。若いころにわしが先生と慕っていた郵便局長の爺さんがいたんだがね、一緒に安城《アンソン》へ行って空き家に入ったことがあった。かつてはえらく手広く田畑をやっていたらしい瓦屋根の家だよ。主人の部屋の箪笥を開けると、日帝時代に使っていた高等数理なんかの教科書や世昌書館版の冊子本をいくつか見つけたよ。それで、箪笥に貼ってある紙が、虎を描いた民画だ。昔の家はそうしていたんだよ。おそらく李朝末期に出まわっていた民画のようだったが、それを収集する道具がなくて次の日に来ることにしたんだよ。それが次の日に先生ともう一度行ってみると、箪笥が板ごと外されてなくなっていたんだよ。ああ、まったく。鬼も泣きだす仕打ちとはこのことだよ。

一晩の間にだぞ。まっさきに怪しいのは先生なんだが、捕まえて何ができる。この世界ってのはそういうもんだ。後から考えようってのじゃだめなんだよ」

ジン社長にとっては、何度か聞いたことのある話だった。老人もどうしようもなく年老いつつあった。老人が脚を伸ばした。片方の運動靴のひもがほどけていた。ジン社長が黙ってしゃがみ、靴ひもを結んでやった。座りこんだ頭のてっぺんが薄くなっていた。

「おまえさんに面と向かっては言いだせなかったがな、今日取りに行くブツもだ、目についたときに手に入れとかにゃあだめだ」

「でも、犬がとんでもなく獰猛なんですよ。しかもその家の嫁さんまで頑固に抵抗したんですよ」

「ベトナムから来たって嫁さんか？」

ジン社長がうなずいた。老人が立ちあがった。

「だから、余計にもったいないんだよ。その嫁さんに、この国の事情がわかるものかね。迷っているなら、こちらのものだ」

「言葉が通じれば、言いくるめるなりできますけどね。なに、まともに聞きだすこともできませんでしたから」

自分は盗みはしていないと言い張っているとしか思えなかった。

「犬のえさ茶碗ひとつなくなったからって、騒ぐほどのものかねえ」

ジン社長はなんの返事もしなかった。

二人は車を止めておいた道路に下りていった。

「昔は犬のえさ茶碗に使う鉢だとか、もっと大きな器だとかたくさん転がっていたよ。田舎の奴らに何がわかるものか。タバコ代でも握らせて、持って帰ればよかったんだから。日本の奴らがおかしくしたんだよ。骨董品の収集商が大手を振っていられるのも、全部、日本の奴らのおかげさ。前にな、楊口《ヤング》の方山《パンサン》で民家の厠を借りたら、小便壷を見つけたんだ。そいつは黄色く小便の塩がこびりついていたが、月みたいにまんまるな白磁の壷だったんだよ。市場へ行ってゴムのたらいをひとつ買って交換してもらったなあ」

先週、ジン社長がソウルに上京してきた。彼はソウルには自分の家のように出入りしながら、老人のところにはあまり足を向けなかったので、老人はとてもうれしかった。彼は老人が仕事を手伝っている骨董品店は避けて、電話をして近くの喫茶店に呼びだした。

ジン社長はカバンから図録を出して開いた。

「こりゃあ、国宝じゃないか」

老人は驚きを隠してジン社長の顔を見た。骨董品を扱う人だったら知らぬ人はないという白磁の鉢だった。朝鮮時代の前期に廣州《クァンジュ》の官営の窯元で作られ宮中に納められた物だ。

釉薬から引きだされたばかりのような、模様ひとつなくさっぱりとした淡白な色が、白磁としての洗練された趣と気品を誇っていた。さらに鉢を裏返した底にはひとつひとつ竹べらで土をそいで、天・地・玄・黄という銘を施してあり、それらを一組そろえた物は希少性が高かった。天地玄黄をすべてそろえた物としては、国宝に指定された物が唯一だった。たまに博物館や個人所蔵家がひとつかふたつ持っていることがあるが、一そろえはできない物として知られていた。

ジン社長が、白磁をプリントした写真一枚を図録の上に乗せた。垢じみた器をひっくり返して底が見えるように撮った写真だった。ジン社長がボールペンで底のぼんやりとした輪郭に沿って線を引いた。〈玄〉の字が現れた。

「三つ目の白磁だな。これは手に入れたのか？」

老人は口を開いたまま腰を伸ばした。

「博物館まで行って見てきたところですから、間違いありません。まだ手に入れてはいません」

そう言いながら、ジン社長が老人に頼んだのは、いい仲介者を捕まえてほしいということだった。彼はずいぶん下調べをしてから来たようだった。骨董品の収集家として知られている某会長の名前を出してきた。

「会長にブツを持っていくナカマが、パク社長だと聞きましたが、爺さまはよくご存知ですよね」

「パク社長だったらよく知っているとも」

「ともかく会長というお人は、この一組のうちひとつだけそろえることができなくて、もう何年も恋焦がれているという噂です。欠けているのが何なのか、聞きだしてもらえませんかねえ？　どこから聞いたかはしばらく秘密にしておいていただいて」

老人はパク社長に会って、あれこれ聞いてみたが、彼もたやすく手の内を見せなかった。匂いを嗅ぎつけたのか、どの文字なのか逆に聞いてくるばかりだった。腹の内はわかりきっていた。後から値段を言いだすときに有利な方へ引っ張っていこうという魂胆だった。すでに持っている物と、まだ持っていない物は価値が違うのだ。老人が情報を漏らさないとわかると、パク社長はとりあえずまずブツを見せろと付け加えた。

パク社長の言葉を伝え聞いたジン社長は、にこりと笑みをこぼした。

「無条件で買うでしょうよ。一組そろえるだけで満足するようなお人じゃないでしょう。躊躇なく器を割るっていう噂でもちきりですよ」

「そりゃあまた、どうして割るんだ？」

「世の中に三組、四組も出まわっているのを見るのも嫌だって心根でしょう」

「最近はそんなものなのか？　まったく、恐ろしいな」

老人はイヤイヤをするように首を振った。

ジン社長がその家に入ったのは、自宅兼牛舎で臼を見かけたからだった。水やりの桶としてそこに置いたのだろうが、今では飼料の袋などを積んでおく台として使われていた。臼を持っている家は多かったが、みんな使っている物だからと手放そうとしなかった。その家の物は、うまく話せば手放してくれそうだった。その日は三十戸余りからなる村を回って、使えそうな物といったら黒曜石の砧台ひとつと、餌桶を手に入れただけだった。それでも黒曜石の砧台は、忠清道《チュンチョンド》の西海岸にでも行かなければお目にかかれない珍しい物で、足代くらいは稼いだことになった。

牛舎では、子牛を合わせて三頭の韓牛が午後の日差しに伸びて寝ていた。人気はなかった。牛舎の横に木の門をぐっと開いた家が見えた。ブロック塀の元に鶏頭の花が赤く咲いていた。中庭に足を踏み入れると、柿の木の根元にひもでつながれた赤毛の犬が、飛びかかってくるかのように吠え立てた。縁側の戸が開かれ、若い女性が警戒する目つきで出てきた。彼は困惑した。女性が外国人のように見えたのだ。女性はつっかけをひっかけて出てくると、戸を閉めて「にんげん、いません」と、ポツリポツリと言った。互いに気まずく、居心地が悪かった。それに赤毛の犬まで怒り狂っていた。ジン社長は出直さなければならないかと考えた。それでも女性が韓国語をすこしできるようなので、牛舎を指差した。

「臼を、売ってくれませんか」

するとと女性はしばらく何か言おうとして、すぐに手を振って取り消した。

「おっと、うし、しません」

ジン社長は舌打ちをした。もうすこし粘りたかったが、そうもいかないようだった。赤毛の犬が憎たらしいほど吠えた。首につないだひもに引っかかったえさ茶碗がひっくり返った。そのうち、ひもが外れたらすねにでも噛みつかれそうだった。そう思っていると、女性が犬に近づいて腹をコツンと蹴りながら「とってくっちまうぞ」と脅した。その瞬間、ジン社長は笑いだしそうになるのをこらえた。おそらく、家族の誰かが犬を静かにさせるときに使う言葉癖を真似たらしかった。女性はひっくり返った犬のえさ茶碗をつま先ですこし遠くへ蹴とばすと、背を向けた。

ジン社長は、何かに取り憑かれたように犬小屋の方へすっと近づいた。赤毛の犬が、そろそろと後ずさりをすると自分の小屋に入ってうなった。彼はかしげた首を伸ばして、犬のえさ茶碗をのぞきこんだ。大抵のえさ茶碗がそうであるように、外側は汚れが幾重にもこびりついているが、内側は舌で皿磨きをしているのできれいだった。彼はある直観で、えさ茶碗をつついてひっくり返した。裏底の中は泥でも詰めたかのように真っ黒だった。

彼は器の底を木綿の手袋で拭きだした。粘土のようなべたべたした汚れをこすり落とすと、ひっかいたような跡が現れた。器の底全体を拭いていった。文字がぼんやりと現れた。

「私に犬を売ってください」

女はジン社長をじっと見て立っていた。ジン社長は犬を指差して、一言一言大きな声で言った。

「お金を、たくさん、あげますから、売ってくださいよ」

女が首を振った。

「うちの、おかあさん……」

言いたい言葉が喉に引っかかって出てこないかのように、女は苦しそうな表情を見せた。するとと彼女は奥の部屋に小走りに駆けていって、ノートと鉛筆を持ってきた。小学生が使うようなマス目になっているノートを開いて、女はひとつずつ文字を書いて差しだした。

「うちの、おかあさん、いぬ、とテも　すきです」

ジン社長が顔を上げると、女はうなずきながら手振りで帰れと伝えた。彼はノートを返しながら尋ねた。

「お母さんは、どこに行かれましたか？」

女がため息をふうっとつくと、再び鉛筆を握った。厄介な書き取りをさせられている子どものように、女はしばらく鉛筆で頭をかいていたが、なんとかひと単語だけ書いて見せた。

「ツリ」

彼は釣竿を引きあげる身振りをしてみた。女がうなずいてにっこりと笑った。姑は釣りに行ったと言いたいのだろうが、彼は女が言葉を間違えて理解しているか、間違って伝えられたのだろうと考えた。彼は腰を伸ばして尋ねた。

「どこの国から来たんですか？」

今度はすぐに答えた。

「ヴィエツナム」

「ああ、ベトナム」

彼は車に戻るとデジタルカメラを持ってきた。彼は犬の写真を撮り、人目を気にしながらえさ茶碗の写真も撮った。

「さあ、ここまで来たら、後は峠を越えるだけです」

ジン社長はトラックを運転して村の中心部を素早く通りすぎた。十字路を北側に曲がった後、小さな峠をひとつ越えた。小さな集落に出てきた。ジン社長はトラックを止めた。彼は自分の愛犬を荷台の檻に入れた。パトラッシュは鉄格子に足をかけて、不安そうに鳴きだした。ジン社長はトラックのスピーカーを付けた。

「犬、お売りください。犬、買います。大きな犬、小さな犬も買い取ります。犬、お売りください」

「おまえの犬は目立ちすぎないか？」

爺さんが言った。

「最近の犬買いは、プードルから、チワワまで積んでますよ」

二人はたわいもなく笑った。

トラックはまもなくある農家の前に止まった。ジン社長と老人はトラックから降りた。いくつかの家で犬が吠えた。

やはり門が半分ほど開いていた。

「ごめんください、いませんか？」

中庭に入ってジン社長は大声で呼んだ。例のあの赤毛の犬が息も絶え絶えに吠え立てるだけで、人の気配はなかった。

ジン社長はまず犬に向かってソーセージを投げてやった。スピーカーの音が大きく聞こえてきた。

「スピーカーは切りなさいよ」

老人が言った。ジン社長が門から出ていった。

赤毛の犬がソーセージをくわえて犬小屋に入ると、老人は背負子の棒でえさ茶碗を片隅に転がした。犬はすぐにソーセージを飲みこんで出てくるとしっぽを振った。老人は棒を振って犬を小屋に戻らせた。

ジン社長が鞄を持って戻ってきた。その間にえさ茶碗をひっくり返してみた老人がうなずいた。彼らは目くばせを交わした。ジン社長が鞄を地面に下ろしたとき、門の外に人の気配がした。

「おーい、ミョンファ婆さんや。こっちに犬買いが来なかったかね」

女の声が聞こえてきた。ジン社長と老人ははっと驚いて振り向いた。老人はえさ茶碗を犬小屋の前に投げだして、素早く後ろに下がった。まるで疑問符のように腰の曲がった老婆が、杖の中ほどをつかみ、息を切らして二人を見つめていた。

「犬を買いますと声だけかけといて姿を見せないなんて、どういうことだね」

老婆が息をつきながら、咎めるように言った。それでも、車を逃さなかったという安堵感が、幼子のように顔に浮かんでいた。

「それで、この家も犬を売るのかね。そいつも一年餌をやって、そろそろ売り時だよ」

老婆が家の中をのぞきこんでいった。老人が答えた。

「この家の人はいませんね」

「いない？　どこに行ったかね。息子夫婦は飛行機に乗って嫁の実家に行くって出ていったけど、婆さんはいるはずだがねえ。おーい、ミョンファ婆さんよ」

老婆はもう一歩近づくと、中庭にしゃがんで座った。

「じゃあ、うちのから先に見なさいな。土佐犬だけどね、体重もかなりあるよ」

「どうして育てないでお売りになるんですか。今は犬の相場も悪いのに」

老人が尋ねた。

「あら、もう値切ろうとなさるね。師走になったら娘の家にやっかいになるんだよ、春になるまで誰が餌をやるんだい。売り払っておかないとね」

「お宅はどこですか？」

老人が尋ねた。

「息が上がってるのが見えんのかね。それで、犬肉はキロいくらだね」

「えっ、肉じゃなくて、犬の値段ですよ」

「ともかく、来てみなさいな」

老婆は杖をついて面倒くさそうに立ちあがった。二人はしかたなしに老婆についていった。小道に出てトラックの前まで行くと、老婆が杖で家を指した。二軒先の農家だった。

三人は並んで歩いていった。

オスの土佐犬の雑種だった。犬買いだったら喜びそうな体つきだった。ジン社長は、五万ウォンの値を付けた。

「あんた、一年分の餌代も払わんのかね。私が食欲なくたって、この犬は腹を空かさんようにきちんきちんと餌をやったのに。これじゃ、張り合いがなくて死んじまうよ」

ジン社長はさらに二万ウォンを追加した。目の前の邪魔を片付けようと思うと、駆け引きをする余裕がなかった。

「よそに行って話さないでくださいね。特別に多くお支払いしたんですから」

犬を連れていこうとすると抵抗された。老婆がなだめながらひもを引くと犬は素直についてきた。

「かわいそうにねえ、早くおいで。婆さんが、冬の三月だけ三陟《サムチョク》へ行かなきゃならんで、そうなったらおまえに餌をあげる人もいないからね」

老婆は、本当の孫を見送るみたいに目頭をぬぐった。

トラックの前に来たとき、彼らはまた一人の老婆に出会った。腰の曲がった老婆は、釣り竿とバケツを持って立っていた。女性が釣竿を持っている姿がずいぶん珍しかったが、老婆の見た目はどこの田舎の婆さんとも変わりがなかった。鎌の代わりに釣り竿を持っていると考えればよかった。

「犬を売ったのかい？」

釣り人の老婆は立ち止まって、犬を引っ張ってくる老婆を待って尋ねた。

「どこに行ってたのかね？」

「いい値が付いたかい？」

釣り人はジン社長と老人の顔を交互に眺めた。また邪魔が増えたかと思って、二人は黙った。犬を売った老婆が二人に向かって顔をしかめて見せた。

「ミョンファ婆さんのとこは門も閉めずに、どこに行ってたんだね」

犬の主人が尋ねて、ジン社長と老人は耳をそばだてて釣り人を見た。この老婆が探していた家の主人だったようだ。ジン社長は釣り人に近づいた。

しかし二人の老婆は犬買いに関心がなく、井戸端で知り合いに会った女たちのように自分たちだけで話し始めた。

「それで、門も閉めずにどこに行ってきたの」

「門を閉めていないって？」

「昨日もそうだったし、今日もぱかーっと開けっぱなしで」

「うちは扉をちゃんと閉めない人がいて、開けっぱなしにするから」

「嫁も留守なのに、何がそんなに忙しいんだね」

二人の老婆が連れ立って小道を歩いていった。土佐犬を売った老婆が、振りかえって声をかけた。

「この家の犬を買うって言ってたね」

ジン社長は困惑して立ち尽くしていた。すでに買った土佐犬を自分の愛犬のいる檻に入れるわけにはいかなかった。どうにもこうにもできずに立ち尽くす間、老人が老婆たちについていった。

「何やってるんだ。早く片付けてこいよ」

ジン社長は土佐犬をトラックの檻に押しこんだ。自分の愛犬を信じるほかなかった。農場では何度もオスどもを追い払った犬だ。すぐに土佐犬に向かってうなっているところを見ると心配しなくてもよさそうだった。

「変なマネするなよ」

そう言って、ジン社長は雑種の土佐犬を脅し、檻の隅に追いやった。

「売り払ったら、すぐにうちの嫁が淋しがるからねえ」

「犬なんてまた飼えばいいでしょう」

老人はからからと笑いながら言った。ジン社長が来るとすこしおとなしくなっていた赤毛の犬がまた吠え立てた。老婆がゴム靴を脱いで投げるふりを見せながら「取ってくっちまうぞ」と脅した。犬は鼻先を引っ込めて、自分の小屋に這うように入った。

老婆はふうっとため息をついた。

「遠くから嫁に来て、それなりに情が湧いたのがあの犬なのに、ちょっとあれじゃないかね」

「ところで、なんで釣りなんてするんだね？」

近所の老婆が無神経に割りこんできた。

「うちの嫁が実家でちょっと釣りをしていたって。実家は川でアヒルを育てて暮らしてたっていうじゃないか。ともかく、あの国は水の上に家も建てて暮らすほど、川が大きいんだって。今年の夏は、私と二人で何度か用水路に行ったんだけど、これがなかなか面白いんだよ」

いったん話が始まると、またまた井戸端会議だった。老婆は嫁と親しくなりたくて釣りに通うのだとか、言葉のできない者同士で座って心を開くには釣りほどいいものはないとか、先週は実家に帰る前にあまり日焼けしないようにと思って釣りに連れていかなかったら、釣りも仲間がいてこそで、一人では暇だったなどと話が長くなった。

「この赤毛にも、フナのゆでたやつを食べさせてやってね、それがバケツ何杯にもなったはずだよ」

老婆が犬に視線を向けると、老人は素早く話題を戻した。

「いい値を付けますから、お売りなさいよ」

「こんなにしつこく言って、いくら付けてくれるのかね」

「七万ウォン払いましょう。このお婆さんの家の犬も、同じだけ払いましたから、安くはないですよ」

老婆はプッと噴きだした。ジン社長は庭に転がっているえさ茶碗が気になって、口の中がカラカラだった。彼は土間から降りて言った。

「爺さま、もうすこし払いましょう。日が暮れる前に私らも行かなくては」

「よーし！　十万ウォン払いましょう」

すると横に座っていた老婆が曲がった腰をぎゅっと伸ばした。

「なんだって、うちは？　体重だって二倍はあるじゃないか。もうすこし払ってもらわんことには、連れて帰るよ」

「おやまあ、まったく。お婆さんも十万ウォンにしますから。とにかく、最近の田舎のお年寄りは、駆け引きがお上手なことで」

老人が調子のいいことを言うと、ジン社長が口封じのように金を清算した。近所の老婆は三万ウォンを一枚ずつ数えて、さっき受け取った金と合わせて懐に突っ込んだが、家の主人は何が気にくわないのか、金をつかんだまま立ち尽くしていた。

「やっぱり、だめだわ。嫁が気に入ってるもんでな。あの子が戻ってきてから、また話しましょう、じゃあ」

老婆は金を押し返した。ジン社長は後ずさりした。老人が手を振りながら、間に入った。

「まあまあ、明日にでもかわいい子犬を一匹買っておやりなさいよ。よーし、心づくしに子犬の値段も上乗せしましょう」

老婆二人に、五万ウォンずつさらに受け取らせて、ようやく取引が成立した。

「ああもう、まったくあわただしいったら。チョングミ婆さんとこも犬を売りたいって、犬買いを待っていたけど。私が急いで連れてこようかね」

近所の老婆は杖をついて立ちあがった。

「今日は店じまいですよ、お婆さん」

老人が大声で言ったが、老婆は耳が聞こえていないかのように門から出ていった。

犬の飼い主がひもを放すと、ジン社長がそれをつかんだ。老人は焦る気持ちで咳払いをすると、老婆に言った。

「おや、今日は犬のえさ茶碗をうっかり忘れてきたなあ。どうしたもんかな」

老婆は話がよくわからないのか、耳をそばだてて顔を突きだした。犬のひもをつかんで立っているジン社長の手のひらには汗がたまった。老人は犬のえさ茶碗をちらりと見ると、

「犬のえさ茶碗を、私らが持っていけたらいいんですがね」

と言うと、老婆が首を振った。

「犬を買うのにえさ茶碗まで付けてくれっていう人がどこにいるんだね？」

「遠くまで行かなきゃならんので」

「じゃあ、餌をくわせてから連れていきなさいよ。チョングミ婆さんも来るから」

老人は舌で唇を一周りなめた。

「ちぇっ、強情ですな。これしきのえさ茶碗ひとつで、ずいぶんな言いようだ」

「これしきのえさ茶碗だって？　この茶碗のおかげで、毎年うちの犬がどれだけいい値で買われてるかわかるかね？　晩飯食べていきなさい。私がすぐにベトナム風のフナの蒸し物作ってやるから」

老婆は、えさ茶碗とバケツを持って台所に入っていった。

二人は水でもかぶったかのようにあわてふためいた。門の外では、死にそうな声でパトラッシュが鳴きわめいていた。ジン社長はすぐに何があったか理解して、大あわてでトラックに駆けていった。その隙に、ひもを放されたその家の赤毛の犬は、台所の前に走っ

ていってしっぽを振った。

おもてなし

영접

「正直に言ってくださいよ、係長さん」オ・ヤンスクがコーヒーを差しだしながら尋ねた。

「係長さんは誰がいらっしゃるのか、ご存じなんでしょう?」

「誰がそんなこと言ったのかなあ?」ヤン係長は前に座ったパク・ソンイに受け取ったコーヒーカップを渡すと、もう一杯受け取った。パク・ソンイは「ありがとうございます」と、折りたたみ椅子の隅に尻を寄せてオ・ヤンスクが座る席を作ってやった。オ・ヤンスクとパク・ソンイはひとつの椅子に尻を並べて、浅く腰かけていた。まったく、女っていうのはすぐに仲良くなる種族だな。ヤン係長は二人を見おろすように机に腰かけていた。彼は爪楊枝を捨てる場所を探してきょろきょろしたが、雑巾をかけてあるプラスチックのバケツを見つけるとそこに投げこんだ。ここは郡庁〔韓国は大規模な市（特別市、広域市、特別自治市）と済州特別自治道以外を八つの道に分けている。道の下にある市と郡は基礎自治体として地方行政にあたる。その下の単位として面、里などがある〕の付属講堂の給湯室だった。

「保安事項なんですね」

パク・ソンイが緊張した面持ちで、しかし生まれつきの穏やかさで言った。臨時採用の末端公務員であるパク・ソンイは管轄の面事務所から派遣されている二十歳の娘で、彼らとは昨日顔を合わせたばかりだった。

「パッと見たところ、道知事よ。年度初めの巡察の季節じゃない。そうでしょ、係長さん？」

「それをご存じな係長さんが、どこかにいらっしゃるみてえだなあ、オ主任がそこまで言うなら」

「午前に対策会議に出席したそうじゃありませんか。儀典担当が知らなかったら、いったい、誰がわかるんですか」

「おたくのところの郡守さんもただ極秘だからとおっしゃるし、会議ってのも副所長たちが別々に呼ばれて準備状況の報告を受けて、指示事項が下達されるんだからな。その係長さんとやらに、うまくいっていらっしゃいますか、ってうかがってみることだなあ」

ヤン係長は他人の話をしてるような口ぶりで面白がっているようだったが、オ・ヤンスクはひそかにいら立っていた。まだその場の雰囲気がつかめていないパク・ソンイは黙って聞いていた。オ・ヤンスクが言った。

「それで、その方はいったいなんて報告されたんですか？」

「そうだなあ、はい、って言ったんだろうなあ。昨日もはい、今日もはい。そう言って出張現場で待機中だからねえ」

ヤン係長はいつもののろのろとした口ぶりで切り抜けた。彼は七級の主事補佐で、郡庁の畜産係長であり、勤続年数でいえば係長たちの中で一番先任者だった。彼は自分がどうしてこんな重大な年初巡察で、姿も現さない客の接待業務を受け持つことになったのか、内心、真意を測りかねた。郡守以下、組織がひそかに自分の後をつけまわしているのではないかと不快に思った。一方でそれほど頭の痛くない業務を任されて幸いだという思いもなくはなかった。現状把握、報告書作成、状況室の運営、道路周辺の整備、行事の広報などの仕事を受け持った者たちは、すぐにでも徹夜勤務が始まりそうな雰囲気だった。それに比べて、自分はこの二人の女性だけをきちんと管理すればよかった。

とはいえ、彼はおもてなし要員として選抜された二人の女性を、注意深く見つめずにいられなかった。面の単位まで聞きこみをして選びだしたパク・ソンイはともかく、オ・ヤンスクのように口の悪い女性がどういうわけで選ばれたのか見当も付かなかった。気が利いて手先が器用なのはわかっているが、人柄を見ればこの程度の花はどこにでもいた。女性職員会の総務監査であるオ・ヤンスクは結婚して五年目だが、いまだ子どもができないことをずいぶん悩んでいた。その点がオ・ヤンスクをなんだか欠陥品のように見せていた。彼は自分だけでなくほかの男性職員たちの考えも同じだろうと思っていた。今日、パク・ソンイと並んで座っているのを見ると、昨年、研修教育に行くときに見た映画『長男』の登場人物、男心をわかってくれない癇癪持ちの嫁を見ているようだった。あの女優の名前はなんだっただろう。

「とにかく、道知事さんでないとすれば内務部の局長クラスが思い浮かびますけど、それにしては騒ぎすぎじゃありませんか」

オ・ヤンスクはこう言って、コーヒーをすすった。

「それでも、私はラッキーだわ。毎日、窓口に座って収入印紙なんか貼っていたのに、こうやって抜けだせたから、休暇をもらったみたい。これ、ちょっと苦いけど、あなた、大丈夫?」

オ・ヤンスクはパク・ソンイにコーヒーカップを手渡しながら顔をしかめた。

「どうでしょう?」

パク・ソンイがはにかみ顔で答えた。

「あなた、もともとコーヒー飲まないって言ったでしょ？　それでどうするの、これからコーヒーばっかり入れることになるけど」

「ところで、お姉《オンニ》さん」とパク・ソンイが言った。「そのお偉い方って、いつごろいらっしゃるんですか？」

「三か月後よ。でしょう？　係長さん」

ヤン係長はうなずいた。

「ええっ、まだそんなにあるんですか？」

「だから、今から何を騒いでるのかっていうのよ」

パク・ソンイがすぐに泣きべそをかき始めた。ヤン係長の目には、泣きべそまで整っていてかわいらしく見えた。三人は静かにコーヒーを飲んだ。廊下からペンキの臭いがしてきた。施設課が講堂内部でペンキを塗っていたあおりを受けて、三人は給湯室に追いだされていた。

「それはともかく、あなた毎日バスで通勤するのは大変でしょう。どのくらいかかるの？」

「一時間くらいです。でも、家を出てターミナルから郡庁まで来る時間を合わせれば一時間半はゆうにかかっていると思います。それでも今は学校が休みだからなんとかなりますけど、ここへの派遣が長くなって高校が始まったら心配です」

「そう。それは心配ね。南高校の子たちはだいたい素行が悪いから。北亭里《プッチョンリ》の方から通勤する若い子がうちの部署に一人いるんだけど、何か月か前に泣きながら出勤してきてね。高校生の奴が鞄にナスを突っ込んだっていうじゃないの、礼儀知らずのガキが。大韓民国の公務員をバカにしてるわ」

「まあ、それで泣き寝入りですか」

「職場の男たちが舌打ちして終わり。結局、女子職員会で警察に訴えて捕まえてもらったの。それが、その子の見た目がまあ子羊みたいでねえ、ただ食べてほしくて入れたんです、お姉さんのこといつも憧れて見ていたんです、ですって。それで困ったのが警察よ。相手の言葉をそっくりそのまま伝えてきて、神経質すぎるんじゃありませんか、だって。その子はすぐに釈放よ。被害にあった子のお母さんは納得いかなくて、高校生のうちの門前に柄杓で糞尿をぶちまけてやるって騒ぎだすし」

　オ・ヤンスクにしてみたら心配をさせまいとそんな話をしたのだろうが、パク・ソンイはかえって縮みあがった。二人の会話を黙って聞いていたヤン係長は、重々しく笑った。

「だからなあ、どうして美人に生まれたのにそんな苦労をするのかってことだ。美人に生まれたらみんな得をする分、代償を払ったつもりになればいいんだよ」

ふん。オ・ヤンスクは鼻で笑うと言葉尻をとらえた。

「じゃあ、おもてなし係とは関係なさそうな顔に生まれついた方は、どうしてこの仕事を担当されることになったんでしょう？」

「どうして関係ないんだよ？　こう見えて軍隊での職務は当番兵だったんだぞ」

「本当に？」

オ・ヤンスクはまったく信じられないという口ぶりで聞き返した。

「ヤン係長《ケジャン》、当番兵ってなんですか？　学校でヤカンに水を汲んで運ぶ当番のようなものですか？」

パク・ソンイが尋ねると、オ・ヤンスクがパク・ソンイの腰をぐっとつついた。パク・ソンイは唇をきゅっととがらせたが、オ・ヤンスクはパク・ソンイが心にもないことを言ったからつついたのではなかった。昨日、顔合わせの時間に、養鶏場《ヤンケジャン》とならないように苗字を付けずに〈係長さん〉とだけ呼ぶようにと耳打ちしてやったのにしくじったからだった。勤続二十七年目の主査補を見ながら、オ・ヤンスクは笑顔で言った。

「ですから、係長さんは早く課長さんに昇進されなくちゃいけませんね」

ヤン係長はにっこりと笑い返して、うっかりしているところがますますかわいく見えるパク・ソンイに言った。

「で、当番兵ってのはな、会社でいえば秘書だな。俺は大隊長の当番兵としてお仕えしてたんだ」

「ええ！　すごーい」

パク・ソンイが拍手の真似までして大げさに喜んだ。オ・ヤンスクが彼女をちらりと見た。さっきの失敗を挽回しようとしているんでしょうけど、ただ者ではないわね、という目つきだった。

「まあ、そこまでかっこいいものでもねえけどなあ……当番兵の主な任務とは何か。大隊長室の管理、情報伝達と文書の管理はもちろんだが、接見客のお迎えに、大隊長の軍服を整えて軍靴も磨いて差しあげるんだ。そう、訓練に出れば野戦ベッドも組み立てて顔を洗う水も汲んで待機だ。まさしく銃の代わりにお盆を捧げ持つ兵士ってことだな。そんなの兵士じゃねえと言う奴もいるが、気苦労だけの職で羨望の的だよ。扱いもいいしな。将校たちもぞんざいに扱うことはできん。大事にされるよ。俺たちも郡守殿がいらっしゃったら、郡守殿によろしくって秘書のキム嬢のご機嫌をうかがうじゃないか。俺らのような係長までが、何が悲しくて末端の職員にストッキングを買っていくんだと思う？　もともと側近ってそういうもんなんだ。影のようでも、それは自分の影じゃなくてお仕えする人の影になるんだよ」

女たちはあくびを奥歯で噛み殺したような表情だった。パク・ソンイは冷めたコーヒーカップばかりいじっていて、オ・ヤンスクはキム嬢の話が出たときだけ目を輝かせたかと思うと、すぐに手のひらを口に当てていた。

「つまんねえならやめようかね。女たちは軍隊の話を嫌がるからな」

女二人が同時にいいいえ、と手を振った。オ・ヤンスクは目頭を押さえて言った。

「昼ご飯を食べたから、眠くて」

「軍隊の自慢じゃないから、まあ聞きなさいよ。普通、軍隊の話をする男たちって自慢ばかりだからなあ。この世のあらゆる苦労を味わった話をしながら、そのうち自分だけ役職の特権をたっぷり受けたようにふるまうんだな。ナンセンスだよ。軍隊での俺の役目はそんなものじゃない。どうせ戦争状態じゃないんだから、小銃を持とうとお盆を持とうと違いはないよ。どこが違うんだ？　時間をやり過ごすだけだ。時間が監獄なんだから」

そう言って彼はタバコに火をつけ、話を続けた。

「当番兵も傍から見るほど気苦労ばかりではないよ。それも喜びあり、悲しみありってことだ。軍に配置されるとき、中隊の教育係に会うんだ。その時は記録するほどの兵歴はまだないよ。それでも俺が面の書記をしていてそこから入隊したから、無条件に行政チームに呼ばれていったわけだ。一等兵になるときに当番兵に選ばれたよ。それで当番室で除隊目前の先任者に三か月もこき使われていれば業務にも慣れるさ。一番大変なことはなんだったと思う？　お茶を入れて出すことだよ。　第一に当番兵は影だ、痕跡も残さずに歩きまわるべし。　いつ持ってきたのかわかんねえようにお茶を運んで引っ込むのが仕事だってことだ。それから、儀典ってのがあるだろう？　ちょうど今、俺たちが準備しているやつのことだ。同じ馬糞でもな、ああ、馬糞ってのは階級章のことだよ、並んで座っていても同じ階級章じゃないってことが大変なんだよ。最初に付ける馬糞があって、後からもらえる馬糞があるじゃないか。それを乾燥馬糞と生馬糞って呼ぶんだ。テレビの時代劇をちょっと見れば、左大臣、右大臣っているだろ。どっちが上だ？　そう、左大臣が上だな。だから、左側の一番前に座っているお方がお偉い馬糞で、向かい側の馬糞がその次だ。その次はどこだと思う？　そうだ、また左側の前から二番目の馬糞だよ。それが、ただ慣れただけでは見当も付かねえんだ。実際にやってみて、それを見分けながら集中するんだ。身について自然と瞬間的にできなくちゃだめだ。だからどれだけ時間がかかることか。これからおまえさんたちもやってみればわかるだろうが、初めは手が震えてカップとソーサーがカチャカチャ音を立てるんだ。笑うなよ。それのどこが難しいのかって思うだろうが、実家の母親にお茶を出すのと、嫁ぎ先の姑にお茶を出すのは同じか？　その道理と同じだよ。それに軍隊はなんでもないことでもやけに深刻になるところだ。俺は、それがまさに軍紀ってやつだと思っている。女たちには百日間説明してやってもわかんねえだろうよ。とにかく実社会ではホテルのウェイターだって、当番兵をやらせてみればぶるぶる震えるくらいなんだ。今でも俺は茶房《タバン》へ行けばレジの子がお茶を運んでくる腕前を見るね。まあ、お茶を出すだけが彼女たちの仕事じゃないけどな〔表向きは喫茶店だが、性的なサービスが含まれる〕。今日初めてお盆を持つ娘なんですよ、とみんな紹介するだろ。どこに行ってもそんなもんだ。でも、この俺がだまされるもんか。ちょっと見ればわかるんだよ。カタカタ音がするのが本当の生娘《アタラシ》だ。俺は講堂の前のジン茶房で去年、たった一度だけ会ったよ。広報係のコ室長がスリ面にあるスリ茶房にアタラシが入ったって大騒ぎで、俺も呼ばれていってみたけどな、酒を注ぐにも手が震えるようなアル中のアタラシがいるもんか」

　女たちは前のめりになって聞く様子を見せた。ヤン係長の目線がパク・ソンイの胸元に何度も留まるので、彼女は背筋を伸ばしてブラウスの襟に手をやった。

「とにかく、舌がもげるほど三か月頑張って、いよいよ実戦に投入された。大隊長が一人で業務にあたっているところにコーヒーを作って持っていくんだ。ドアを開けて閉めて、ワックスをかけた床をしずしずと進んで、新聞に目をやっている大隊長に向かってカップをすっと差しだしたんだ。カチャカチャいう音？　出なかったよ。業務を完ぺきにこなしたってことだ。大隊長がメガネをずらして顔を上げて、俺の顔を一度、手を一度見て、その時言われたのは、こいつ、手は洗ったのかって。はあ、まったく、それが真冬の話だ、一兵卒の手がきれいなもんか」

女たちはキャハハと笑ってくれた。ヤン係長は胸がいっぱいになった。彼はますます意気揚々と唇を唾で湿らせた。彼は自分が下手に出ておけば、他人を魅了することができるという事実に気づいていた。彼はそれが自分の魅力で、自分が生きる術だと考えていた。

「だから、俺は朝晩お湯で手をふやかして、食器みたいにへちまでごしごしこすって、休暇で外に出る奴にクリームも買ってきてもらってそれを塗って、できることはなんでもやったよ。そうして、なんとか周りに慣れてきて、陣地訓練に出るころ……」

「係長、お話し中にすいません」

オ・ヤンスクが胸元をなでながら立ちあがった。

「昼ごはんに食べたチャジャン麺がお腹にもたれたのか、なんだか吐き気がして。ちょっと失礼します」

オ・ヤンスクがあわてて部屋を出ていった。パク・ソンイは急に緊張して身を縮ませた。そして、さっきより真剣な表情でヤン係長を見つめた。

「訓練で、まだ何か面白いことがあったんですか？」

「こりゃあちょっと、胸が詰まる話だぞ」

ヤン係長は冷めたコーヒーを飲みこみ、またタバコをくわえた。狭い部屋がタバコの煙でいっぱいになった。

「師団全体で移動する訓練だったんだが、いきなりうちの大隊の訓練場で師団の指揮官会議が開かれることになったんだ。近くの部隊で保安事故が起きたらしくてなあ。ミス・パクにはよくわかんねえだろうなあ、師団長がどれほど地位の高いお方か。星ふたつだ。ほら、道知事さんを想像すればいい。その方が来るっていうんだ。そうすると師団の参謀たちも集まるだろうし、連隊長以下大隊長たちも来るだろうって話だ。星ふたつに、あと馬糞がいくつだ？　完全に非常事態、大騒ぎだったよ」

パク・ソンイが「まあ！」と心配そうな声を上げて椅子に深く腰かけた。彼女はちらちらとドアに目をやった。

「まず、俺が死ぬほど大変だってことだよ。師団の当番室に電報を打って、師団長はどんな飲み物が好きで、角砂糖を何個入れればいいか把握しなけりゃな。うちの当番兵はそんな一人ひとりの情報を〈諸元〉って呼ぶんだけどな、師団長の諸元は砂糖を入れない紅茶なんだ。それと集結する指揮官が全部で九名、師団長が紅茶を飲む場で、下の幹部の好みなんてあるか？　みんな紅茶だよ。一号車の運転兵と主任上司が三つ先の町まで走っていって、紅茶を買ってきて大騒ぎだ。大隊長は糞詰まりの子犬みたいにウンウンうなりながら、俺に言ったんだ。適当なタイミングを見計らって、間違いなく指揮所のテントに茶を運べってなあ。命令というより哀願するみたいな口調でな。尻に火が付いたんだろう。各級の指揮官のジープが続々と集まってきて、師団長のヘリが降りてくるのに、どんだけ緊張したかわかんねえよ。俺の軍隊生活であれほど緊張した日はなかったからな。俺はコンロで湯を沸かしてカップを磨いて、万全を期して適当なタイミングってやつを狙ったよ。でも、テントの雰囲気が普通じゃねえ。師団長の怒鳴り散らす声しか聞こえねえんだ。大隊長の一人が向う脛《むこうずね》を軍靴で蹴とばされたのか、悲鳴を飲みこむ声まで聞こえてな。ああ、こりゃあ入れそうにねえなと思ったよ。そのうちにすこし落ち着いてきた。ぼそぼそと何か会議をしているみたいで、今だ！　と思ってなあ。あわててカップに飲み物を注いだよ。それでテントの入り口に立ってみると、またこれが悩ましい。何かじっくり話しあっているようだが、雰囲気をぶち壊して入る気にはなれねえんだ。戻ってやり直すか。そうやってもじもじしているうちに会議が終わったんだ。師団長がまっさきに出てきた。めまいがしたよ。お盆を捧げ持ってぼんやり立っていると、大隊長が向う脛を蹴りとばして、なんで茶を出さなかったのかって聞いてきたけど、お盆をひっくり返さないように耐えて腹式呼吸で息を整えて言い訳をしたよ。緊急の話をされていて入れませんでした！　大隊長は苦笑いだ。緊急の話とおまえと何の関係があるんだ？　って。それもそうだな。そうじゃねえか？　当番兵は影だ。それを忘れていたんだよ」

「ええっ、それは悲しいですね」

パク・ソンイがドアに目をやりながら声を上げた。ヤン係長はすっかり吸殻になったタバコを再び雑巾のかかったバケツに放りこんだ。

「ミス・パク！」と呼んで、ヤン係長がパク・ソンイをじっと見つめた。彼女は新兵のように背筋をしゃきっと伸ばした。

「俺が、どうして昼飯の後でこんな長い話をしていると思う？　女たちは軍隊の話と聞けば、首を振って嫌がるってのはみんな知っている。それなのに、俺がどうしてミス・パクにこんな話をしていると思う？」

パク・ソンイは緊張して答えられなかった。ちょうどそこへオ・ヤンスクが入ってきて大げさに尋ねた。

「どうして講堂の入り口に立ち入り禁止区域の立て看板を立てたんですか？」

彼女は反応のない二人をぼんやりと見た。

「オ主任！」

ヤン係長が机から降りてオ・ヤンスクの両手をむんずとつかんだ。

「オ主任も耳を傾けてよく聞いてくれ。私たちがこれから成し遂げる任務は普通のことではない。私たちは格別に威厳のある精鋭要員だ。よく聞いてくれ。極秘保安事項だ」

そして彼は二人の肩に手をかけた。周囲を見まわしてから彼は声を低めて言った。

「いらっしゃるのは、大統領閣下だ」

そう言って、彼は再び声を高め、一言一言、覚悟を誓うかのように言った。

「作戦名、影作戦。Dデイは来年の二月七日。すべてが極秘事項である。さあ、これを明日の出勤までにすべて準備しないと始まらないぞ」

彼は茶封筒から書類とメモを差しだした。

「身分陳述書三部、名刺半分サイズの写真三枚、最近三か月以内のもの。ええと、これは機密取扱認可誓約書だ。明日は道から保安担当者が来てくれて、保安教育がある予定だ。以上、質問は?」

二人は面食らった表情で書類を見た。

一週間後、大統領が暮らす青瓦台《チョンワデ》の警備局が指揮をし、警察局長が率いる事前点検団がミニバス一台で乗りつけた。爆発物探知要員まで参加している点検団が、行事の会場はもちろん、郡庁のあらゆる付属建物、小学校の運動場から郡庁へ至る沿道の建物、橋と下水施設まで点検した。郡庁の庁舎と講堂の出入り口には検査場が設置され、郡警察署から警備の人員が配置された。郡庁の守衛室には私服警察が常駐した。

郡庁の職員たちは保安教育を受け、機密取扱認可の誓約書を書いた。大統領の年頭巡視に関連したほとんどすべての事項は、大統領訓令第四十六号によって、二級機密以上に分類されていた。そのために、おもてなしチームではインスタントコーヒー五箱を購入するだけでも、その領収書を総務が機密領収書ファイルにとじなければならなかった。郡庁職員たちの非常勤務体系にも若干の変化が伴った。身元照会の結果、身元特異者に分類された三名の公務員が道路整備などの場外勤務組に編成された。三人のうち総務課七級主査補は、妻の祖父が解放直後に利敵行為をした嫌疑で、家族計画課八級書記の女性職員は兄が光州事件の連累者だとして、そして環境課所属の掃除夫は、大学生の息子にデモ参加の前科があるとして身元特異者に分類された。彼らは限定的に郡庁の出入りが制限されたが、この非常勤務が終わっても面事務所や離島の出張所に転出されるだろうという噂が広がった。

行事の輪郭も徐々につかめてきた。郡庁への巡視ではあるが、報告書の内容は道庁の業務報告と共通だった。したがって郡で準備する内容は大幅に減り、代わりに郡庁の主な業務として、行事の準備と儀典に比重が置かれることになった。業務以外に、展示を行う行事がもうひとつ準備されているが、それは道内婦女会代表者たちが参加する〈農漁村婦女子福祉増進大会〉だった。これは開催が確定されてはいなかったが、報道指針と参加者推薦公文が下達されたことから見て、行われる公算が大きかった。

有史以来、王をはじめ大統領に至るまで、国を代表する人物の誰一人としていまだにこの地方を訪れた前例はなかった。この歴史的事件を迎えて、公務員たちの間に今度の大統領年頭巡視がどのようにして実現されたのか、その内幕に関して様々なやりとりが飛び交った。いくつもある説の中で、この地方出身で大統領とともに革命に参加した将軍が丁重に勧誘したという説が、いかにもと思われた。

係長以上副所長クラスの者は、内心、今回の行事を通じて中央行政部署への栄転を夢見る者たちもいなくはなかった。彼らはない仕事まででっち上げるほど熱心に、行事の準備に臨んだ。末端の職員たちは死ぬ思いをした。管轄地域の牛と豚、しまいには家禽類の飼育数まで把握すべく奔走し、道路整備部署は田畑に撒く鶏糞などの肥料の山を片付けろと農家を急き立てて回った。しかし沿道の住民たちは郡でペンキ代を支援すると言っても、屋根や塀を塗り直す熱意を見せないので、公務員を焦らせた。

ヤン係長の夢は素朴なものだった。彼は故郷を離れるなど露ほども考えていなかった。ただ、九年間もくっついている係長という肩書をはがして、課長に昇進できたらと願い、当然そうなるだろうと信じていた。おもてなしチームがすぐに儀典担当部に格上げされたことがその励みになった。だからといって、業務が別段変わったわけではなかった。

ヤン係長は儀典関連の公文を起案し、道庁を通して青瓦台の儀典室に送った。儀典上の核心である大統領の飲み物の好みを教えてほしいという内容だった。彼は大統領がどんな飲み物を好むのか、もしコーヒーか紅茶をたしなむとしたら砂糖はどの程度加えればいいのか、その諸元を知りたかった。しかしその公文が受けつけられてから半月過ぎても、これといった通知文は送られてこなかった。彼は日を追うごとにピリピリと神経質になった。そして、彼はこれまでなかった瞬発力でその問題を自分で解決した。大統領が年末に訪問した釜山《プサン》と蔚山《ウルサン》まで出張して諸元を確保したのだ。情報を手に入れると、彼はようやくこの仕事に深くかかわる核心人物になった気分がした。彼は郡守にひそかに報告し、郡守は大いに彼を褒めた。

そんな中で、行事は実現しないだろうと予想する言葉が飛び交った。しかしヤン係長は、それは情報の絶対的な不足からくる杞憂と、道庁で行事を主導しているところからくる混線にすぎないと判断した。ことは明らかに進行していた。道庁から送られてきた鳳凰のテーブルが講堂にぽつんと置かれていた。ヤン係長は布屋で切り売りの白い布を買ってきて、そのテーブルにかぶせておいた。

Dデイを三十日後に控えて、オ・ヤンスクとパク・ソンイは実戦を想定した影作戦に突入した。衣装は韓服に決定し、その色合いもまた大統領の好みに合わせてピンク色でそろえた。メイクアップはオ・ヤンスク行きつけの美容室、クイーンサロンが指定された。おもてなしシナリオもいくつか完成した。パク・ソンイが一号（彼らは大統領をこのように暗号化した）を全面的に担当し、二号（長官級、道知事）・三号（道警察庁長、師団長など）は、オ・ヤンスクの担当だった。容貌と印象、若さから、パク・ソンイが一号を担当することになんら問題はなかった。ただ、パク・ソンイは肝が据わっていないというのが欠点だった。その点だけ、オ・ヤンスクと取り換えられたらよかった。

ヤン係長は、パク・ソンイの白い手を見ると一度触ってみたいと思い、耳元の柔らかな産毛にも指先で触れてみたいと思った。彼女を見ていると、時に胸の奥底からやるせないため息が漏れだした。しかし、彼はすべての欲望を行事の後に回すことにした。彼は世の中に二人といない主人として彼女の前に君臨した。笑い話のひとつも言わなかった。つまり、彼は作戦期間中、パク・ソンイが自分を一号として扱うことを望んでいたのだった。

ヤン係長は講堂に仮のメインテーブルをセッティングしてから、オ・ヤンスクとパク・ソンイを呼んで立たせた。

「手帳にメモするように」

彼はポケットからメモを引っ張りだした。

「一号の好みはインスタントコーヒー」

「あら！　ドリップして召しあがるのかと」

オ・ヤンスクが言った。ヤン係長は無視した。

「砂糖ふたさじ、プリープ三さじ」

「まあ！　茶房コーヒーの味がお好きなのね」

「あの方は長いこと野戦司令官を務められたそうだ。味の好みも自然と庶民寄りになったんだろうなあ」

「次は二号、三号の諸元だ。オ主任の担当だからちゃんとメモしてくれ」

「二号のうち、内務はコーヒー、農水産は緑茶、警護は緑茶、道知事は紅茶、以上。三号のうち、道警察庁長はドリップコーヒー、だが無視してコーヒー、師団長は三枝九葉茶、無視して緑茶、以上。三号以下はコーヒーに統一。質問は？　オ主任は明日までにこの内容を三枚タイピングしてくるように」

午前には飲み物を入れる訓練、午後にはセッティング訓練を行った。二人は毎日コーヒーを五十杯作っては百回以上運んだ。コーヒーを入れるたびに準備室にかけてあるカレンダーに〈正〉の字を記して数えた。オ・ヤンスクは訓練をうまく消化している方だったが、講堂の板張りの床に鳴る靴音が耳障りで、暇さえあれば歩く練習に集中した。そして彼女はコーヒーの匂いがむかむかすると言って口元を押さえては、何かにつけてトイレに駆けこんだ。

「オ主任、おまえさんは見た目に似合わず、なんで胃腸がそんなに弱いんだか。気持ちをシャキッと持てよ。俺のように勤続二十七年で主査補のまま年を取りたくねぇなら、このチャンスにがっつりとくらいつけよ」

だが、実は問題はパク・ソンイの方にあった。コーヒーを入れることこそ言われたとおりにすれば済むのだが、敏捷な動きができず、ガチャガチャと食器がぶつかる音が治らなかった。ヤン係長が一号の席に座って、ストップウォッチを片手に練習をさせたが、特に進歩はなかった。足取りをすこし早めただけでもよろめいて転び、コーヒーをこぼした。割ったカップも数えきれなかった。

「これで韓服を着たら、自分の服の裾を踏んで転びそうだな。一号のスーツにコーヒーをかけたらどうするつもりだ、おい？」

自分でも想像するだに恐ろしいのか、彼女はびくびくとした。

「ミス・パク。家でもそうなのか？　面の事務所でもそうなのか？」

「……」

「茶房のレジだったら大目に見てやるけどなあ、これは国家のレベルで展開される作戦なんだよ。家で練習してるのか？　疲れているからって、帰ってすぐにひっくり返って寝てるんじゃねえか？」

「いいえ」

パク・ソンイはすっかり落ちこんで首を振った。

「だいたい、顔で公務員に選ばれたのか？　バックに誰かがついていて選ばれたのか？　面でどんな業務を任されてきたんだか。コーヒー一杯まともに運べねえくせに、何ができるんだ。女学校の家庭科ではこんなことも教えねえのか？」

パク・ソンイが涙をぽろりと流した。オ・ヤンスクが見かねて割りこんできた。

「係長、ちょっと優しくしてあげてください。落ちこませて、うまくいくものですか」

「ほお、やさしく言い聞かせてやれなんて嫁さんのような口をきくんだな。ここは厳粛な職場だぞ。女ってのはまったく公私の区別なくニコニコ笑って丸めこもうとする」

「子どもに向かってあまりに脅すような文句を付けるからですよ。コーヒーを一杯運ぶだけなのに、そこまで言う必要ないじゃないですか」

「コーヒー一杯運ぶだけ？　今、私たちが何をやっているかわかってるのかね。私たちの任務はなんだね？　一を見て十を知るっていうじゃねえか。見ろよ、あの枯れ枝みたいな細い手首で面長室の箒仕事ひとつでもできたもんか。主任の机に雑巾がけでもしてやったと思うか？　ただすました顔で鏡でも見ていたんだろうよ。とにかく、オ主任、これ以上口出ししたら、命令違反だぞ」

「ああもう、どういうことですか？　係長の言葉がちょっときつすぎると思って申し上げているんですよ。そうじゃありませんか。女は怖い人の前では普段うまくできることもできなくなるんです」

「何を言うんだ。一号の前だぞ。これより怖いことがあるもんか。俺よりも一号を甘く見てるっていうのか」

「お願いですから、二人とも喧嘩しないでください。私、やめますから」

パク・ソンイが顔を覆って講堂から飛びだした。

「ああ、そうか。このまま出ていったら公務員人生も終わりだとわかってるんだろうな」

「係長、こらえてください。まだ子どもじゃありませんか。あの子はお母さんがいなくて、父親とお婆さんに妹まで養っていて、若いのに大黒柱も同然なんですよ」

それは初めて聞く話だった。

「私がよくなだめてきますから、お手柔らかにお願いしますね」

このことがあってからも、パク・ソンイはあまり上達しなかった。ヤン係長は何か特段の対策を採らなくてはだめそうだと思い、考えに考え抜いた。今となっては別の人間を選ぶ時間の余裕もなかった。彼はオ・ヤンスクをちらりと見て、首を振った。なぜだか彼女はこの仕事が始まってから腹の肉が膨らんで、今にも垂れ下がりそうだった。子どもを産んだこともないのに体形ひとつ管理できないとは、かろうじて残っていた彼女への愛着さえ尽きてしまった。彼は冷静に考えて、二人がこのありさまでは自分の手には負えないと判断した。

ヤン係長が郡守室に行った隙に、オ・ヤンスクとパク・ソンイは講堂の準備室でしばし休んでいた。その時だった。玄関警備に立っている防衛兵が呼ぶので、パク・ソンイが玄関に出ていった。玄関には茶房嬢《タバンアガシ》が一人、ポットを包んだ風呂敷を手に、ガムをクチャクチャと噛みながらよそ見をして立っていた。ソン警官がニヤニヤと笑いながらパク・ソンイに尋ねた。

「講堂にこんな出前《サービス》を頼んだのか」

「いいえ」

パク・ソンイは目を丸くして首を振った。茶房の女性がパク・ソンイをひそかににらみつけた。

「ミス・カン。さっきも言ったが、機密取扱認可証がなくちゃ、出入りできないんだからな」

パク・ソンイが胸を張った。

「お兄さん《オッパ》、私一応そろばん四級だけど、それも茶房に出した履歴書には書いてないの。

この世の中、それっぽっちの資格でも持っているレジがどこにいるかっての。チクショウ、ベテランの茶房嬢は受けつけてもくれないの？　もう帰るわよ」

「ここまでわざわざ来てくれたのになあ……。おい、誰か、もしかしてコーヒーの出前頼んだヤツいないか？」

ソン警官が後任の一人と防衛兵たちを見まわして、もう一度声を上げた。五人ほどいた人たちからは返事がなかった。

「ちっ、おかしいわねえ。こんな寒い日にいたずら電話するなんて、どこのワルガキだよ」

「ミス・カン。そっちの日陰で三杯だけコーヒー作ってくれるか」

ソン警官が庭の松の木の方を顎で指した。パク・ソンイは踵を返して講堂に戻っていった。ミス・カンは風船ガムを膨らませながらパク・ソンイが入っていった方を見ると、首をかしげて言った
「見慣れない子だけど、どこの茶房なの？」

「おい、そんな言い方するなよ。特殊公務を遂行中の公務員だよ。ここに百日立って待っていてもどうにもならないから、そっちでコーヒー三杯作って、置いていってくれよ」

「職業上そうもいかないわ。あくまでも二時間分のチケットを買われてサービスに来てるのよ」

「じゃあな、早く戻れよ。俺たちもそろそろ人目が気になるから。真昼間からお役所に茶房嬢を呼ぶ恥知らずな公務員がどこにいるっていうんだよ」

その時、ヤン係長が向こうの庁舎から、「おーい、ミス・カン！」と手を振った。

「係長さんですか？」ミス・カンが聞くと、「ソンさん、業務関係で呼んだからよろしく頼むよ。郡守には報告が済んでいるから」と言い、ヤン係長は滞りなくミス・カンを講堂に導いた。

ミス・カンはカツカツと歩きながら尋ねた。

「ところで、講堂で殺人事件でも起きたの？」

「これは、よく聞いてくれた。ミス・カンにも詳しく教えてやりたいが、言えない事情があるんだ。後で中に入っても知ろうとするなよ。あらためて頼むよ。許可されていない人に教えたり、漏らしたりした場合には関係法規にもとづいて処罰されることもあるからな。君にも俺にも傷が付くのを避けたくて言うんだから、みずくさいとか思うなよ」

「ふん。またいつもの二級機密のお話？　私も職業上取得した顧客情報は絶対に口外しないわよ」

「だから、俺はミス・カンを招待したんじゃねえか」

ヤン係長はミス・カンの尻をポンと叩いた。

「ともかく、重要なお客がみえるんだが、うちのお姉《オンニ》ちゃんたちにコーヒーを運ぶのをちょっと教える、そう理解してくれ。オッパが今度、全部話してやるから」

メインテーブルの前にはポットを包んだ風呂敷が置かれ、ヤン係長とミス・カンが立った。向かい側にオ・ヤンスクとパク・ソンイが教習生のように立っていたが、二人は茶房嬢が現れた理由を察していたので、あまりありがたくない表情だった。ヤン係長が口を開いた。

「ええ、こちらを紹介すると、ジン茶房のカン・ヒ嬢だ」

ミス・カンはガムをクチャクチャやりながら、気まずそうにかくりとお辞儀をした。二人は首を伸ばしたまま動かなかった。

「出前でいったらここの郡内で一番ベテランのはずだよ。今日は彼女から教わることがあると思ってなあ。それで講師にお呼びしたんだから、よおく見て、教わってみようじゃないか」

この紹介を聞いて、誰よりもミス・カン自身が鼻で笑った。

「いろんな客がいるけど、あたしにこんなサービスを頼む人は初めてだわ」

「ちょっとまじめにやろう、さっきも説明したけども、徹底的に実習中心で見せてくれよ」

ヤン係長は咳払いをして実習の準備に取りかかった。彼は一号の席に座った。ミス・カンは風呂敷をほどくとカップと魔法瓶を慣れた手つきで並べた。そして乳酸菌飲料のヨゴルトをひとつずつ取りだしてオ・ヤンスクとパク・ソンイに差しだした。二人はもじもじしながらしかたなく受け取った。彼女は周囲をきょろきょろ見まわすと、離れたところにあった椅子をひとつ、ずるずると引っ張ってきてヤン係長の前に当然のように座った。

「いや、これじゃだめだ。椅子を元の場所に戻して。コーヒーをあっちで作って俺のところに恭しく運んでくれればいいんだ。校長先生がいらしたと考えてみてくれ」

「ふん、校長先生だからって何が違うの？　だいたい、ヨゴルトを飲め飲めって勧めてくる校長が一番たちが悪いんだから」

「ともかく、ちょっと難しい人を相手にするって思って、やってみてくれよ」

彼女はがばっと立ちあがった。

「二時間のチケットは確実なのよね？」

「公金で処理するから、領収書を必ず付けてくれよ」

ミス・カンが向こうのテーブルへカツカツと歩いていった。慣れた手つきでコーヒーを作り、カップをお盆に乗せる姿を見てから、ヤン係長が手招きして次の行動を誘導した。ミス・カンが尻を振りながらしずしずと歩いてきた。ヤン係長は二人にコーヒーカップの方を注意して見るように目くばせした。コーヒーカップが目の前に置かれると、ヤン係長は二人を呼んでカップを見させた。

「どうだ、一滴でもこぼれてるか？　カチャカチャいってたか？」

二人は互いに顔を見あわせてから、示しあわせたかのようにコホンと咳払いをした。

ミス・カンが再びお手本を演じて見せてから、パク・ソンイが実習をして見せた。注意深く動こうとする様子がはっきりわかった。わずかにカチャカチャという音がした。特にテーブルにカップを置くときに、手がひどく震えていた。さらに二度繰り返し、三度目にはミス・カンが横で歩調を合わせてやったが同じことだった。

「ミス・カン。どうしてだめなんだろうな」

ヤン係長が疲れ切った顔を手でごしごしこすった。

「そんなこと、どうしてあたしにわかるのよ。あたしはただ運んでいるだけ……」

ミス・カンはあきれたとばかりにパク・ソンイを見た。パク・ソンイは落ちこんだというより、不満いっぱいの顔でむくれて立っていた。

「ヤン係長、席、ちょっとどいてください」

ミス・カンはヤン係長を立たせると、自分が一号の席に座った。

「これは？　何をするつもりだ？」

パク・ソンイは泣きべそをかいて、動こうとしなかった。ヤン係長が怒鳴りつけた。

「何をしてるんだ。さっさと動かねえか！」

パク・ソンイが再び向こうのテーブルに行って、コーヒーカップを乗せたお盆を手に、ミス・カンに近づいた。ちょっと固い様子だったが、以前よりもひときわよくなった。コーヒーがすこしこぼれただけで、例のカチャカチャという音はなかった。

「わ、できた！」

立って見守っていたオ・ヤンスクがぴょんぴょんと飛びあがった。ヤン係長もにんまりと笑った。

「やっぱり実習の効果は速攻で出るな。ミス・パク、その感覚を忘れないように」

しかし、ミス・カンは頬杖をついて座ったまま考えこんでいた。何か重要な糸口を思いついたか没頭しているので、みんな口をつぐんで静かに待った。ついにミス・カンがテーブルに手をついて立ちあがった。

「オンニたち！」と、彼女が二人の女を見た。二人はお盆を持ったまま、何？という表情でミス・カンを横目でにらんだ。

「あたしね、お茶を運ぶときには絶対にお客を人間だと思わないようにしてます。あたし、十七歳でなんでだかお盆を持つようになったんだけど、その時には生きたいって気持ちが全然なかったんです。あ、チクショウ、昔を思いだしたから変な気持ちになるな。いえ、今もやっぱりお客さんは人間だと思ってません。ただ、人間だと思わないだけです。チクショウ、なんて言ったらいいのかな。とにかく、あたしはただカップを運ぶんです。出前の多い日には一日に四百杯も運ぶんです。そこになんの気持ちもありませんよ」

場内は粛然とした空気に包まれた。ミス・カンは一号の席にぐったりと体を沈めた。

「なんだよ、チクショウ。だから公務員は最悪なんだ」

「あの、カンさん！」

パク・ソンイが手を挙げた。

「私の姿勢をもう一度見てもらえませんか？」

パク・ソンイはコーヒーカップをお盆に乗せると、ミス・カンの座る一号テーブルに向かった。彼女が変わったと感じたのはヤン係長だけではなかっただろう。彼女の歩みは驚くほど軽くなり、目からは何かに没入する力まで感じられた。彼女がカップを置いて下がったとき、ミス・カンがにやりと笑った。

「オンニはこっちの道でも成功するわね」

ヤン係長は面食らったが、拍手をせずにいられなかった。パク・ソンイの突然の変化はまったく理解できないことだった。いきなり、オ・ヤンスクが口を押さえてトイレに駆けこんだ。

やはり、ここでまた伏兵が現れた。翌日、オ・ヤンスクは話があると言ってヤン係長を廊下に呼びだした。彼女はしばらくもじもじしてから、口を開いた。

「私、妊娠しました」

ヤン係長は目をまん丸にして彼女の腹部を見た。この状況をどう判断すればよいか、困惑した。ほかの時であれば百回でも祝ってやるところだったが、タイミングがタイミングだけに、すみませんと謝ってほしいほどだった。

「どのくらいなんだね？」

「四か月目ですって」

「いや、だったら作戦を始める前じゃねえか。気がつかなかったっていうのか？」

「考えもしませんでした。ちょっと太ったな、って思って」

「じゃあ、Dデイにはずいぶん腹が出てるんじゃねえのか？」

「もうすこし、出るでしょうね。でも私、大丈夫ですから」

「それは、おまえさんの事情で……」

「お願いですから、続けさせてください。できれば郡守にも内緒にしてください。幸い行事の当日には韓服ですから、あんまり目立たないはずです」

「保安事項がまたひとつ増えたな。とにかく、子どもを理由に準備の手抜きをしねえように、頼んだよ」

そんな紆余曲折の末にDデイが近づいた。青瓦台の警護員たちが三十名もやってきて常駐した。警察人員も増強され、講堂はどこかの要塞のように変わった。講堂準備室にも警護員が警備に座り、スプーンひとつまで検査した。

当日を前に、会場のセッティングが終わった。青瓦台の儀典室担当官が同席する中で、最後の総練習が実施された。準備室のカレンダーを見ていたパク・ソンイが言った。

「オンニ、私たち一万と三千五百杯もコーヒーを運んでる」

「そう?」

パク・ソンイは、化粧で隠してもシミが広がるオ・ヤンスクの顔を黙って見つめた。

ヤン係長がドアを開けて入ってきた。

「さあ、あとすこしだ。俺たちも今日からこの講堂には入れねえ。準備したとおりにうまくやれよ」

彼は片手を上げてみせた。オ・ヤンスクが手のひらを合わせて、ファイト！　と叫んだ。パク・ソンイはお盆を手にしてすこしも動かなかった。その姿があまりに毅然としていて、ヤン係長はそっと手を下ろした。彼はなんだか自分の存在が小さくなって、消えそうな感じがした。儀典担当官が鳳凰のテーブルに座った。その後ろに〈農漁村婦女子福祉増進大会〉と書かれた垂れ幕が掲げられた。ヤカンの湯が沸いていた。パク・ソンイがヤン係長をそっと横に押しのけて、コーヒーカップをお盆に準備した。

『労働新聞』

로동신문

三〇一号棟の警備員、羅《ナ》氏は古新聞の塊をくくりかけてひもをゆるめた。新聞紙が一枚はみだして目障りだった。ひもの端を口にくわえたまま古新聞をガサガサと探って、はみでた新聞紙を引っ張りだした。

「やい、適当にやれや。嫁さんの実家に贈るもんでもあるまいし」

段ボールを片付けていた正門の警備員の千《チョン》氏が、鼻先から汗のしずくを垂らして立ち、イラついた様子でこちらを見ていた。上着のボタンをすっかり外し、帽子も頭の後ろの方にひっかけて、気持ちはもう扇風機の前にでも逃げだしている様子だった。千氏の口の悪さも、いつも相手にしている羅氏は慣れっこで、何を言われようと崖に刻まれた弥勒菩薩のように笑っていた。それに今日は火曜日だった。資源ゴミを分別収集する日が勤務日に当たると、千氏は一日中不機嫌でむくれていた。

羅氏は黙って古新聞の角を合わせ、耳をそろえてひもを引っ張った。さっきの一枚が、またしてもはみだした。四つの角がすこしずつはみだすところを見ると、新聞がもともと大きいようだ。最近は新聞も大きさがばらばらで、まとめるのはかなり面倒だった。それでも七、八年自分の手で扱ってきてこんな新聞は初めてだった。羅氏は新聞をつかみだした。一枚を半分にたたんであり、しわくちゃで黄ばんでいた。

「あの家からか？」

一〇七号室から時々出される新聞かと思って、つぶやいた言葉だった。月曜から金曜まで夫がソウルの家から出勤するという週末夫婦の家で、夫が帰った週明けにはソウルでだけ流通しているという黄色っぽい新聞が時々出てきた。警備員たちの間でも、その新聞の色や形が何度か話題に上ったことがあった。以前はソウルで暮らしていて田舎に来た千氏がそれに気づいた。羅氏は右手の軍手を脱いだ。千氏がタオルで額をぬぐってにらんできた。

「そりゃあ違うぞ。あれは杏子色だって言わなかったか？　パッと見たところやもめ親父のパンツみたいな色だし、天気の悪い日に、出前に取ったチャジャン麺の器にかぶせておいたんだな。なーに、広げてみりゃいいじゃないか」

「どこかの労働組合の新聞のようだな」

羅氏は一面を広げて、驚きもせずに言った。そんな彼が目を真ん丸にして、新聞をパタンとはたくと鼻先に近づけた。

「すっぽんぽんの女優さんでも出てんのか？」

羅氏からは返事がなかった。

「宅急便のあて名もろくに見えない目で、何をそんなに見つめてるんだね」

この際、休憩するつもりで千氏はタバコをくわえると、空になったタバコの箱を握りつぶしてゴミ袋に放りこんだ。

「今日は空き瓶とペットボトルで二十袋近くも出ただろう？　花見の後みたいだよ。休暇の時期でこんなに出るなんて、ひどいもんだ。何をそんなにくい散らかしてるのかねえ、まったく……」

そう言って千氏は周りを見まわした。住民の姿はなかった。愚痴のとおり、生ごみのバケツの隣に空き瓶、空き缶、プラスティックなどを入れた麻袋が米俵のように積まれていて、その横には解体した針金ハンガーで串刺しにした発泡スチロールと、段ボール、整理した古紙がまた一山あった。昼飯を食べてから、二人が作業してきたものだった。夕方になればまた、これと同じくらい出てくるだろう。千氏は周りを見まわして、声を思い切り低めて言葉を続けた。

「まあ、休暇の時期といっても金持ちの住む町の話だな。腹が立つってもんだ。前にソウルの木洞《モクトン》で働いてたときは夏が一番楽だったよ。これを見て、誰が片田舎の賃貸団地から出たゴミだと思うかね？　今日は冷蔵庫とエアコンの入っていた空き段ボールだけで五、六個だよ。あ、そうだ、家電屋の奴らに、配達したら段ボールも一緒に持っていけって言ってくれないか？　なんでやらんのかな？　入り口の守衛がやればいいんだよ。正門でチェックするとか。とにかく、脱北者だか、セト民〔「新しい土地で人生への希望を抱いて生きる人」を短縮した言葉。政府は二〇〇五年一月に脱北者の新しい呼び名として発表したが二〇〇八年一一月に撤回した〕て呼べばいいのか、あの連中が分別もないまま入居してきて、こうしているうちに俺たちは収容所の看守役になっちまうよ」

そう言っている間も新聞にくぎ付けになっている羅氏が目に入ると、急に大声で呼びかけた。

「なあ、どうした？　知り合いの訃報でも出てるのか」

羅氏があわてふためいた顔で新聞から目を離した。

「おい、千さんよ、これちょっと見てくれよ」

羅氏が空いている手で手招きした。

「なんだ、用のある方が近くに来いよ。俺は今、腹の底から汗が出てるんだ」

羅氏は広げた新聞を片手に千氏へ近づいた。彼は指で新聞の上段を指差した。病気で震えが止まらないかのように、指先がぶるぶると活字を指した。

「こりゃあ、あっちの、アレじゃないか？」

羅氏は頭で山の向こうを指すように、首を回して見せた。千氏が曲げた首を伸ばして、筆で崩し書きしたような新聞の題字をいつもの癖で声を出して読みあげた。

「ロウ、ドウ、シン、ブン……労働新聞？　どこかの労働組合の新聞かね？」

「その下を見ろって。アレだよ。朝鮮労働党機関紙って書いてあるじゃないか。その横もちょっと見てくれよ」

「偉大なる首領、金日成《キムイルソン》同志……主体《チュチェ》思想でしっかりと武装しよう！　あれまあ、こっちには、先軍の威力で社会主義強勢大国を建設し、新たな飛躍を目指そう！　おいこりゃあ、たまげたなあ」

二人は背中に銃口でも突きつけられたかのように、背筋をぴしっと伸ばした。冷たい風でも吹きぬけたかのようだった。

「本当に震えが止まらんなあ。どの家から出たんだろう？」

千氏がマンション団地を見まわしてささやいた。午後三時のぎらぎら照りつける日差しの中に、蝉の声ばかりがやかましく沸いていた。いまだに驚きの冷めぬ、しかし半信半疑の口ぶりで羅氏が言った。

「まさか、本物じゃないだろうよ。誰かがいたずらで作ったんだろ、なあ？」

「こんないたずらする奴がどこにいるんだよ。どこか引っ越しの荷物に挟まっていて出てきたんだよ」

「通報しなきゃだめだよな？」

「通報？　反共爺さんが今日はまた俺を怒らせる気か。頼むから面倒を起こさんでくれよ。元のところに突っ込んどいてくれ」

「見ちまったもんは無視できんよ、通報もアレかね？」

「生まれてこの方、六十年ずっと何でもかんでも知ったかぶりして首を突っ込んできたのか？　そうだったのか？」

「こりゃあ、それとは違うだろう。近所にはっきりとアレが住んでいるって証拠だよ、こりゃあ」

二人はあらためて驚いた。しばらく言葉が途切れたが、千氏がイラついた様子で唾を吐いた。

「それは、正気で言っているのか？　あんたがスパイだったとしよう。自分の部屋の中で堂々とその忌まわしい新聞を指に唾つけてめくって読んでおいて、それをリサイクルに出すと思うかね？　そんなのんきなスパイがこのお天道様の下、どこにいるっていうんだよ。もっとあり得る話をするんだな」

「あっち側では、なんだ、捕まったスパイに思想教育を受けさせるって、ほかのアレを南の監獄まで送りこむっていうじゃないか」

「だから、思想教育のために新聞まで配達させて読むって言うのか」

「じゃあ、いったい、これがどうしてここに転がっているんだね？」

「ちょっと見せてみろ」

千氏は新聞を乱暴にひったくった。そのせいで新聞は半分に破れ、千氏はそれを羅氏の目の前に突きだして振った。

「やい、スパイ。引き渡すべきところに引き渡してやる」

千氏は新聞をしわくちゃに握って、新聞の山に突っ込むと手をパンパンとはたいて背を見せた。

「ムシムシする日に、いらんことに首を突っ込むなよ。適当に終わらせてランニング一枚で扇風機の風を浴びるとするか」

しかし、羅氏はその場にくぎ付けになって動かなかった。彼は残念そうに言った。

「千さんよ、あんたの言葉を借りれば、このお天道様の下で、どうしてこんなもんがここに転がっていると思う？」

「あれだ、誰かが平壌《ピョンヤン》の玉流館から冷麺の出前でも取ったみたいだな。ここの団地もどうかするととんでもないところだよ」

千氏は、ひもとはさみと手袋をくりかけの段ボール箱の上に放りだして、撤収する準備を始めた。その背中に向かって、羅氏が気詰まりな様子で言った。

「放っておけるような問題じゃないのに無視するんだな。団地の中に明らかにアレ、なんだ、ほら、アレが住んでいるんだよ」

「おまえさんの話はアレ、アレばかりで、聞いてられんな」

「ほら、アレだ、潜入スパイ」

すぐさま千氏があきれて舌打ちをした。

「ほら、あんたがなんにでも首を突っ込む性分だって知っているけどな、しっかりしてくれよ。世の中のこと全部に首を突っ込んだとしても、国家保安事項にまでしゃしゃり出るもんじゃないよ。冷蔵庫にスイカを割ったやつが入っているだろ？」

千氏は、三〇一号棟と三〇二号棟の間にある警備室に入っていった。

羅氏は古紙の山から新聞を再び引っ張りだした。それを何度か折りたたみ、タバコの箱ほどの大きさにするとズボンの尻ポケットに押しこんだ。

彼は管理事務所の下の階にあるトイレに行った。洗面台で手を洗い、顔も洗った。冷たい水が当たると汗をかいていた顔がひりひりした。ポケットからハンカチを出して水気をぬぐうと、彼は個室に入った。清潔ではあったが、便座の端をいつものとおりにトイレットペーパーで拭いた。座ろうとすると、ズボンを下ろした膝の裏に分厚い新聞を感じた。膝の辺りまで手を伸ばして新聞を出した。まだ心臓がバクバクしていた。

彼は膝の上に新聞を乗せると掌で触って広げた。縁起でもない……破れた個所を見ると重要な証拠の品物を傷付けられたようで胸が痛んだ。新聞は二〇〇六年の新年号だった。年度でいえば三年前のもので、黄ばんでいるのも当然だった。新聞は全部で四面だった。まるで謄写版で作ったように粗悪な活字だった。一面は偉大なる首領金日成同志の肖像画に花かごを捧げる行事の写真と、〈社会主義強勢大国の頂に向かって一層高く飛躍しよう〉という見出しの新年の共同社説が載っていた。彼は注意深く新聞を両手でかき分けるようにめくって二面を広げた。子どもたちが使う黄色の付箋紙が一枚くっついていた。そこにボールペンの文字で電話番号のようなものが書いてあった。五五七から始まっていて、この都市の電話番号のようだった。新聞の出所に関する重要な糸口になりそうな予感がした。彼は付箋紙を注意深くはがすと、作業服の胸ポケットにしまった。

二面は丸ごとスローガンで埋め尽くされていた。〈今年掲げていくべき戦闘的スローガン〉と金日成の夫人の名を冠した金正淑《キムジョンスク》療養所に教養学習に出かけた各級の党委員の写真が載っていた。三面も同じだった。〈平原が沸いている――社会主義共同平原に鳴り響く経済扇動の響き〉だとか、〈国家の米蔵の責任ある主人として農業は粘り強く行おう〉という共同農場の写真と記事がぎっしりと載っていた。羅氏の鼓動は早まった。時おりテレビで見たことがある、人民軍が行進する姿が思い浮かんだ。見てはいけないものを見てしまったようで、急いで新聞をたたんだ。

いったい、この新聞がどうやってここまで来ることになったのか、ますます気になった。何度も何度も繰り返し考えてみても、ここで発見されるべき新聞ではなかった。まっさきに思いついたとおり、それはスパイの仕業に違いなかった。彼はこの賃貸団地に入居している脱北者の家庭をひとつひとつ思い浮かべてみた。全部で十三家族が入居していた。自分の警備管轄である三〇一号棟と三〇二号棟にはもともと三家族が住んでいたが、一家族が出ていって、先週二家族が入ってきたので、全部で四家族が住んでいた。資源ゴミの分別収集は二棟ごとにひとつにまとめるので、この新聞が家庭から出てきたなら四家族中の一軒だろうと彼は推定した。

三〇一号棟の一〇五号室には、五十代後半の女が一人で住んでいた。女は今年の春まで食堂で働いていたが、関節炎が悪化して最近は家に引きこもっていた。二人の娘が何年か前に中国に脱北したようだが、まだ韓国には入ってこられずにいた。上の娘は中国の朝鮮族と結婚して家庭を持ったと聞いた気がする。七〇八号室には四十代の夫婦が中学生の息子と一緒に住んで二年になる。夫婦二人とも工場に勤めている。息子は口がきけないわけでもないのに、口を開く姿を見たことがない。彼はいつだって仲間外れのように一人で過ごしている。その隣の七〇九号室には先週四十代の男が一人入居した。北の訛りが強く、がりがりに痩せた男は安城《アンソン》にあるという定着支援施設のハナ院から出てきたばかりのようだった。三〇二号棟の八〇八号室には若い女性が二人、やはり先週入居した。姉《オンニ》、妹《ドンセン》と呼びあっているが本当の姉妹ではないようだった。姉は電子会社に就職したといい、妹は大学に行くべく勉強するらしい。

　取り立てて疑うような怪しい人物はいなかった。もちろんスパイが見るからにスパイらしいはずはない。名札を付けて歩く奴らでもないし……、羅氏はため息をついた。

　彼はトイレから出ると管理事務所長に出くわした。この春ここに赴任してきたようやく四十になったばかりの男だ。若いからか融通が利かず、ねちねちとしつこかった。融通の利かなさでは羅氏自身も負けてはいないが、彼は所長に対面するたびに、年の差があるにもかかわらずご主人様に仕えるかのように不自由な気持ちになった。口になじんだ〈脱北者〉という言葉も彼の前では言うのがはばかられた。朝会のたびに〈北韓離脱住民〉あるいは〈セト民〉という言葉を三回も四回も復唱させられ、そしてその言葉さえできることなら口にするなと、言葉遣いにまで口出しされた。所長もやはり定期的に脱北者管理教育を受けているようだったが、いくら部下にあたるといっても警備員たちはみな老人なのに、二日と空けずに小学生のように復唱させるため、警備員たちの間で恨みを買っていた。

「千さんを見かけませんでしたか？」

「三〇一号棟の守衛室の前で、アレしてなかったかね？」

所長が切羽詰まった表情なので、羅氏も何事かと思って彼を見つめた。

「警備の仕事が主たる業務ですから、資源ゴミの分別などはその次ではありませんか？正門の前に露天商たちが歩道をふさいで群れているのに、まったく取締りできてないじゃありませんか」

「そうかい？　見まわりに行かんとな」

所長は階段を上りかけて、羅氏を再び呼び止めた。

「新しい入居者に太極旗を持っているか確認してくれましたか？」

「ちょうど行こうと思ってたところだがね」

「早くしてください。明日は八月十五日の光復節だというのに、まだ渡していないなんて、どうするんですか」

「ちょうど今から行こうとしてたところだよ」

「太極旗を渡すときに、セト民の家庭によく説明してやってくださいよ。どこに掲揚するかもわからないでしょうから」

羅氏は警備室に戻るついでに正門に寄った。露天商の取締り問題も、警備員の立場から すると所長がやりすぎだった。もう何年もアパートの前で小銭を稼いで暮らしているおやつのポンテギ〔蚕のさなぎを煮たもの〕売りだとか、布団売り、果物を積んだトラックや野菜を売る老婆たちのことを、前の所長は大目に見てやっていた。千氏が露天商たちに金を出しあって所長に差しだしたらどうかとアドバイスしたようだが、所長からは門前払いをくらったという。とにかく、最近の若い者たちは教育を受けたからか、公私の区別がはっきりしているところがあった。それでも人が生きていくのはそう割り切れるものではないと、羅氏は残念に思っていた。

一〇五号室のセト民の女が、片足を引きずりながら正門の方から歩いてきた。ひとかかえもある布団の包みを抱えていた。羅氏は荷物を持ってやろうと走りだすそぶりを見せた。女は羅氏を見ると、人当たりよくお辞儀をした。痩せこけた額に汗がぽつりぽつりと噴きだしていた。

「いやあ、また買ったんですか？」

羅氏は奪うように布団を受け取った。この間も布団売りから買ったのを見ていたので聞いてみたのだ。

「警備されてる方に、面目ねえです」

「いやいや、そう言わずに……ああそうだ、昨夜金《キム》さんが勤務してるときに持ってきたアレ、おいしいでしょう」

女の顔が真っ赤になった。羅氏は自分の口の端を手のひらで叩いた。女と会話するようになったころ、自分が口を開くたびに女が顔を赤らめるので彼は不思議に思っていた。こっそりと避けられている様子もあった。そうしているうちに、千氏の口からその内幕が明かされた。羅氏が口癖のようによく口にする〈アレ〉が問題だった。羅氏のアレは、口が回らず意味もなく言っている言葉だが、あちらでは男性器を指す言葉だと教えられた。今日もスイカと言おうとして、失敗してアレを出し、元に引っ込めようとしても引っ込められなかった。

女が気まずい雰囲気をほどいて口を開いた。

「スイカを一切れ食べたくても、一人だでなんだか怖くて手が出せねえですよ」

女は北の訛りの残るざらざらとした言葉で言った。羅氏は女と歩幅を合わせようとゆっくりと歩いた。女は日ごとに歩くのが辛くなってきているようだった。この間、鍼のうまい漢医院を紹介してやったが、通っているふうでもなかった。

「中国の娘さんたちに送ろうと買ったんだね」

「ええ。上の子がこの前赤ん坊を産みましたけども、母親らしいこともできねえからこれだけでも送ってやらねえと。道端で売ってるけども、中国のものよりはいちだんとましじゃあねえですか」

羅氏がうなずいた。

「でもわからんよ、これも中国産かもなあ。なんでも中国産だらけだからねえ」

「それもそうですね」

女がケヤキの影に入ると足を止めた。羅氏もここまで何歩か歩いただけで背筋が汗ばんだ。二人は木陰に立って汗をぬぐった。噂によると、女は娘二人を連れてこようと何度か北に戻り、その間二度も捕まってひどい目にあっているという。女がハンカチで額を拭きながら言った。

「お爺さん、この間、遺影を撮ってくれるって人がいるって言ってましたよね」

「ああ、そういう若いもんがいるな。あちこちの老人会でボランティアしているカメラマンがいるんだよ」

ひと月前、市内で写真館をしているという若者が、無料で団地の老人たちの遺影を撮っていった。十二人の老人たちが敬老会館に集まって写真を撮ったが、羅氏も千氏に引っ張られていって写真を撮った。家には十五年前、妻が生きていたころ撮った遺影があった。しかし、今回いざ撮ってみると家にあった写真はあまりに若すぎて、あらためて写真を撮ってよかったと思えた。

「そのカメラマンさんは、また来るんでしょうね?」

「そうさなあ、一度は写真を届けに来るでしょう。そろそろひと月くらいになるが、連絡がないねえ」

「次に来るときには、私にも忘れずに連絡をくださいな」

女が恥ずかしそうに言った。

「まだアレなのに、もうそんなものを撮ろうとするのかね。あんまり若い時に撮るのもみっともないよ。ちょうどいい時に撮るのがいいってものだよ、こればっかりはねえ」

「もう、私も婆さんじゃねえですか……」

女ははにかんで言うと、淋しそうな表情で続けた。

「下の子が祖国から出てくるときに、自分の父親だからと夫の写真を持って出てきたんですよ、私の時はそんな余裕もありませんでしたね。最近中国から来た人にその写真を持ってきてもらって、あらためて見たらなんとも若造の写真で、まあ、驚きましたよ。私はこれ以上年を取る前に、写真に残しておかなくちゃねえ」

女は淋しげに笑った。

「カメラマンが来たら忘れずに知らせますよ。ともかく、故郷を離れたら体だけは達者でなくちゃね」

「そうですよね」

二人はまた歩いた。羅氏は尻ポケットに入れた新聞を見せたい気持ちにかられたが、我慢した。セト民たちには、管理名目で家ごとに担当の刑事がついているので、不要なごたごたに巻きこまれるのではないかと心配だったのだ。

羅氏が警備室に戻ったとき、千氏はランニング一枚で机に脚を上げて椅子に深々と埋まって眠っていた。いびきまでかいていて、まるで世の中にまたとないすばらしい運勢に生まれついたようだった。管理所長に服装の注意をされたのは一度や二度ではないのだが、何かにつけてシャツを脱いでしまっていた。軍隊で二等上士まで勤めあげ、ずっと制服を着ていたわけだが、彼がどのようにその歳月を過ごしたのか気になった。机の上にはスイカの皮が三切れ、お盆の上に転がっていて、羅氏の引き出しから出しただろうタバコがまたしても抜き取られていた。このようにだらしなく、雑なことは日常茶飯事で、そのたびに腹が立った。

「おい、千さん」

彼は千氏の肩を揺さぶった。

「ああ、どうした？」

目をつぶったままバランスを取ろうとして、千氏がイラついた様子で聞いた。

「所長が大騒ぎだぞ」

千氏がようやく目を開けた。目が赤かった。

「いや、あいつがまた、なんで？」

「なんだと思う？　露天商、アレしとけって言うんだろ」

千氏が背伸びしながら立ちあがった。眠気を払おうと、彼はタバコをくわえた。

「早く九月にならんと、身が持たないな。新しい所長が来てからっていうもの、正門の守衛が軍隊みたいだ。ありゃあ、まるで監獄だよ」

翌月には警備員の定期異動があった。千氏は後門の守衛に、羅氏は正門の警備室につく番だった。羅氏もすでに緊張していた。千氏は警備服の上着を羽織り、帽子を探してかぶった。警備室を出る前に彼は言った。

「残りの資源ゴミはあんたに任すしかないな。適当にやっといてくれ。ああ、それから晩飯はどうするかね？　一人で貧乏くさくラーメンなんか作らないで、後門の守衛室に来いよ。李《イ》さんがテンジャンチゲを作るって言うから、晩酌でもいっぱいひっかけて夜の作業を切りあげりゃいいよ」

千氏が出ていくと、羅氏は机に散らばった盆や灰皿を片付けた。敵意のようなものが込みあげた。彼はベルトで押さえた腰元から上着の裾を引っ張りだした。そして、後ろポケットから新聞を引っ張りだして机に広げた。扇風機の風に新聞がカサカサと音を立てた。新聞を大きく広げてみると、さっき破れたところ以外にも、四つの角の部分に針で刺したような跡があった。そして壁にでも貼りつけてからはがしたようなテープの痕跡もあり、その辺りの活字がかすれてなくなっていた。薄暗い部屋の壁のひと隅に、あるいは箪笥のようなところに写真のように貼りつけ過ごしていたのかもしれない。彼は破れたところをセロハンテープで張りあわせた。新聞が完全に元どおりになった。新聞をきちんとたたんで机の引き出しにしまった。彼はキャビネットから太極旗を出した。太極旗はプラスチックのかごに入っていた。政権が代わって、祝日のたびにとりわけ国旗掲揚を言い立てるようになった。祝日になるとボランティアの実績が必要な子どもたちを募集して家ごとに国旗掲揚を促し、さらに何日間か太極旗を揚げるようにとうるさく住民放送をした。今年は独立運動を記念する三一節に、ボランティアに行った中学生の女の子を一人泣いて帰らせた家があった。塾講師をしている四十代の男だったが、これのどこが教育なのかと、子どもたちを動員するのが気に入らないと言って青筋を立てた。男からは、自分は良心的国旗掲揚拒否者であると、どこかの化け物が種もみを噛みつぶすような言葉まで飛びだした。婦女会長とその子の母親が束になって大韓民国が嫌なら出ていけと言うと、今更国民動員かと返して、殴りかかりそうな口論になった。羅氏は男が普段、挨拶も欠かさない好人物だと思っていたので、なぜこんなちょっとしたことにやたらと突っかかってくるのかとがっかりした。もしかして、あの男ならアカの新聞を持っていないとも限らないと考えたが、すぐに羅氏は頭を振った。あの日、男があれほど騒ぎ立てたのは朝寝を邪魔したのが逆鱗に触れたのだろう。七月の憲法記念の制憲節に見たときには、あの家でも国旗を掲げていた。

六月と七月に入居した家庭は三〇一号棟に三家族、三〇二号棟に五家族だった。彼は太極旗のかごを八つ持って三〇二号棟から回っていった。留守の家が三軒もあり、ドアノブにひっかけて戻ってきた。彼が最後に届けに行った家は三〇一号棟の七〇九号室で、先週入居したセト民の男の家だった。羅氏は呼び鈴を押した。人の気配がなかった。ドアノブに太極旗をかけてカタンと音がしたときに、中からロック装置を外す音が聞こえた。操作に慣れていないのか、しばらく時間がかかった。やがてぼさぼさ頭の男が顔を出した。彼はランニングシャツに半ズボン姿だったが、羅氏から目をそらさずにゆっくりと頭を下げて挨拶をした。

「太極旗を持ってきたよ」

男が手を伸ばしたところを、

「どこにアレするかわかるかね？　私が教えてやろうかね」

と言って、羅氏は男になんの同意ももらわずにさっと玄関に入っていった。十四坪の部屋だったが、家財道具のない部屋は広々として見えた。タバコの臭いが家中を満たしていたが、窓は閉めきってあった。羅氏が部屋を通ってベランダへ出ていくと、男もついてきた。羅氏は窓を開けて、熱く焼けた欄干を指差した。

「ここに穴が見えるだろう。ここに、明日の朝、アレしてくれや」

男が肩越しに首を伸ばして見おろした。彼が初めて口を開いて尋ねた。

「明日ってなんの日ですか？」

「アレも知らんのか」

彼はおびえているような男の疲れた目を見つめた。

「……あ、解放記念日のことですか？」

「あっちではそう言うのかね？」

男はこちらの様子を探る表情でうなずいた。二人は玄関の方に出てきた。

「ちょっと見てもらえませんか？」

男が履物をつっかけた羅氏を呼び止めた。彼は台所の天井を指差した。

「もしかして、あれって監視カメラじゃねえですか？　そうでしょう？」

羅氏は何のことかと思って天井をしばらく見あげていた。火災感知器を指して言っているようだった。羅氏はふっと笑ってしまった。男は顔を赤らめた。

「アレだよ。火が出たらそれがアレするんだ。水がザーッと噴きだすんだ。だから、台所の天井にくっついてるんだ。この家だけじゃなくて、わが国の団地には全部ついているよ」

「あ、そうなんですか？　僕はこれが気になって、息も殺して過ごしていたんです」

「なんでもアレなことがあったら、人目を気にしないで言いなさい」

「わからないことだらけですよ。だんだん適応するでしょう。ありがとうございます。おやじさん《アバイ》」

男はまた顔を赤らめた。

「太極旗ね、アレしないで、ちゃんと出してくださいよ。わが国では国旗を出さない奴は愛国者じゃないからね」

羅氏はにっこりと笑って見せてドアを閉めた。

エレベーターが一階に着いたとき、七〇八号室に住む中学生の子どもが立っていた。羅氏と向かいあうと表情を硬くして横にどいた。学校の制服に鞄を背負った姿を見ると、下校したところのようだ。子どもはさっと頭を下げた。挨拶なのか、目を合わせないようにしたのか区別できなかった。手には英単語帳のような手帳を持っていた。

「学校から帰ってきたのかい？」

「はい」

子どもはエレベーターの階数ボタンを押して中に入った。

「ちょっと！」

ドアが閉まる前に羅氏があわててエレベーターのボタンを押した。

「おまえさん、忙しくなかったら私と一緒に警備室にちょっと来てくれるといいんだが」

子どもがもじもじとエレベーターから降りた。

「ちょっと教えてほしいことがあってな」

子どもは黙って気後れした様子でついてきた。

羅氏は冷蔵庫から出したスイカを切ると皿に乗せた。子どもに差しだしたが、すんなりとは受け取らず、用件を待っている顔で羅氏を見ていた。羅氏は皿を宅配物の受付台に乗せると机の引き出しを開いた。羅氏は新聞を広げて子どもに見せた。

「おまえさん、これ見たことがあるだろう？　あっちのものだよな、気になってね。ただそれだけ知りたくて聞くんだが」

子どもがかしげた首を伸ばすと驚いて一歩引き下がった。

「どうだい、本物かね？　北側のものに間違いないかね？」

子どもは目をまん丸にして羅氏を見た。羅氏は新聞を広げて子どもに詰め寄った。その瞬間、子どもは壁に背中を付けたまましゃがみこみ、羅氏が驚いて近づくとばっと立ちあがって逃げるように駆けだした。

「おい、どうしたんだ？」

追いかけたが、子どもは姿を消していた。

羅氏はあっけに取られた表情で、しかし、すっかり戸惑った顔で警備室に戻ってきた。警備室の床には子どもが落としていった手帳があった。羅氏は拾って手に取った。ヌンティン〔ネット上に書きこみをせず、見るだけの人のこと〕、アンスプ〔涙でウルウルする状態を指す俗語〕、タルギニョ〔ネット上で写真が拡散した苺を持った美女のこと〕……そんな若者の流行語が書かれていた。意味はわからないが、羅氏の目にはなんだか子どもが勉強する単語帳のように見えた。彼は子どもに申し訳なくなって皿に残ったスイカをビニール袋に入れた。

七〇八号室の呼び鈴を押したが返事がなかった。住民たちが退勤してくる時間になって、また資源ゴミが溢れだした。午後七時前後に分別収集台の麻袋を変えていたところ携帯電話が鳴った。晩飯を食べに来いという千氏の電話だった。まだ日は暮れていなかった。羅氏は管理事務所のトイレに行って手と顔を洗った。ハンカチを探る濡れた手に、黄色い付箋紙がくっついてきた。彼は携帯電話で付箋紙の電話番号にかけてみた。呼びだし音が聞こえたが、電話に出る人はいなかった。彼は首をかしげて付箋紙をポケットに戻した。

後門の守衛室に入ると、千氏と李氏が夕食の準備の真っ最中だった。カセットコンロでは豚バラ肉が焼かれていて、管理事務所の裏の自家菜園で収穫した青菜と青唐辛子が盆に山盛りになっていた。分別収集日の夕食には、彼らは喉につかえた埃を流すのだと豚バラ肉を焼いて食べることにしていた。

羅氏が簡易椅子に座ると、千氏がにこにこしながら机に向かった。

「羅さん、写真ができたよ。この写真だけ見せたら、もう一度嫁さんが来てくれそうだぞ」

千氏は机の上に広げてあった写真の額縁を窓に立てかけた。おそらく何かに包んであっただろうに、千氏の性格からすると断りもなく破って開けたのだろう。

「どうだい？　誰が警備の爺さんだと思うかね。ご立派に勤めあげた校長先生だよ。ほら、俺がなんて言った？　黒縁眼鏡をかけりゃ別人だって言わなかったか？」

初めは他人のように見えたが、千氏に褒められたからか知らないが、いい写真だと思えた。それでも遺影だと思うと心の片隅がしんみりとした。

「おい、あの顔を見ろよ。気に入ったならちょっとは笑えよ」

ようやく羅氏はにっこりと笑った。

「カメラマンはいつ来たんだね？」

「さっき、日が暮れるころに来たのを俺が受け取って持ってきたんだよ。とにかく、タダだから別に期待していなかったが、額縁まで付けて持ってきてくれたんだよ。立派に見えるよなあ」

食卓に肉が上り、焼酎グラスが満たされた。腹が減っていたところで、みんな焼酎には口だけ付けると、さっそく肉ばかり三切れ、四切れと野菜に包んで食べた。焼酎に手を伸ばすころ、

「さっき拾ったとか言ってた北の新聞ですがねえ……」

と李氏が口を開いた。千氏がとっくに話題にしていたようで、羅氏は千氏と李氏の顔を交互に見ながら次の言葉を待った。

「どう考えても危ないものじゃありませんかね。ここにいるタンジン兄《ヒョンニム》さんはたいしたことないって言うばかりだが、私が思うにはたいしたことおおありですよ」

還暦にはまだ二年ある李氏は、二人のことをヒョンニムと呼んだ。彼はヒョンニムの考

えはいかがですか、とばかりに羅氏を見つめた。羅氏は野菜に包んだ肉を口に入れたばかりで返事ができず、千氏が口を開いた。

「ああ、そんなに怪しいと思うなら通報すりゃあいいさ。セト民管理のために出入りする人がたくさんいるだろう」

口の中のものを飲みこんだ羅氏が言葉を続けた。

「まず最初は所長に……アレするのがいいんじゃないか」

すぐさま千氏が目を見開いた。

「あいつに報告したら、どれだけねちねち言われることか。だったら見なかったことにしよう。酒がまずくなるようなことをやたらと口にするもんじゃないよ」

李氏が青唐辛子を半分に折ると、ひとつを千氏に差しだした。

「そりゃあそうですがね、私はどうも脱北者を信じられないんですよ。言ってはなんですが、北で人を殺して逃げてきたのか、泥棒して逃げてきたんだかわかるものですか。ジャンフンヒョンニムの言うとおり、脱北者に偽装したスパイがいるのかもしれないし。唐辛子の辛味は十分ですか？　そんな新聞がどうやってこの団地までできて混ざっているのか、まったく」

李氏の表情ばかり見ていた羅氏が口を開いた。

「まあ、私の考えもそうだな。ただ腹が減って渡ってきたアレじゃあないか。思想的にもこっちのアレがよくて来たって考えるのも難しいだろう。しかたなく来た人たちだよ。ミグ機で帰順した李雄平《リウンピョン》大尉だとか、家族で脱北した金萬鐵《キムマンチョル》だとかいう人たちとは本質的に違うんじゃないか。それが政府で住むところを準備してやる、働き口も見つけてやる、どれだけ与えてやるんだか。私は生まれてこのかた、そんな大サービスを受けたこともないね。とにかく、あれを拾ってしまったからには入居者だとかなんとか、アレたちがみんな怪しく見えてくるんだよ」

千氏が二人のグラスに酒を注いだ。

「そんなに心配するな。あの人たちは血の涙を流しながら来たかわいそうな人たちだよ」

「ああ、もう、誰かさんはこれまで血の涙も流さず生きてきたのかね。私はうちの嫁さんに手術もできずに死なせちまったよ」

羅氏が体をよじって座った。

「羅さんときたらまた始まった。頼むからやめてくれよ。酒を飲むといつもそうだ。なんでそうなるのかねえ。俺もさっきからよくよく考えてみたがね、もしかしてこうじゃないのかね。あっちが生き地獄だろうが、天国だろうが、あの人たちにしたらともかく故郷じゃないか。故郷が恋しくなったときに思いだすためにあれを一枚、懐に入れてきた可能性もあるだろうよ」

「ああ、聞いてみるとそうだなあ。その可能性は十分ですね」

千氏の言葉に李氏は喜んで同意した。彼にしたら居心地の悪い話題をギリギリのところで収拾したという表情だった。羅氏は匙を置いた。

「あの新聞に故郷が懐かしくなる何が書かれているって言うんだ。千さんよ、あんたもさっき震えが止まらんって言ったじゃないか。アレに故郷の知らせを伝えてくれる優しい文章が一行でもあったかね？」

「そりゃあそうかもしれんがね、カラスだって故郷のカラスに会えばうれしいもんだっていうじゃないか。とにかく、俺たちはこれまでにしよう。俺らの力量で何がわかるものかね。どっちにしても出てきたものはしょうがない、もう忘れよう。あんな新聞一枚で大韓民国が滅ぶかね、沈没するのかね。さあ、一杯ずつ飲んで夜間作業に戻るとしよう」

千氏がグラスを持ちあげた。羅氏はしかたなく自分のグラスを当てた。千氏に腹を立てて、無駄な口喧嘩になってしまったかもしれないが、千氏が言うとおり、別に大変な陰謀が仕組まれた新聞ではないのかもしれない。彼は一日中馬鹿らしい話で心の中を乱されていたようで、そう思うと自分が馬鹿らしくて笑えてきた。あれっぽっちのもの、捨ててしまえばそれまでだ。

資源ゴミの分別収集作業は、夜十時をすこし過ぎて終わった。最後に空き瓶を集めた麻袋を資源ゴミの山の上に乗せたとき、七〇九号室の男が現れた。彼は小さな包みをひとつ持って立っていた。

「なんだい？　何か捨てるものがあるのかね？」

「古着を持ってきました」

羅氏は今更ながら男の頭からつま先まで見渡した。

「分別収集の受付は八時までって知らなかったかね。それと古着はあっちに別の収集箱があるからそこに入れなさい」

男は恥ずかしそうに体をかがめた。彼は街灯の下に並んだ黄色い収集箱の方へ足を向けた。羅氏は申し訳なくなった。

「おい、それこっちに出しなさい。服なら全部リサイクルできるわけじゃないよ」

男が包みを差しだした。包みを受け取って羅氏は驚いた。古着を包んでいた風呂敷は太極旗だった。

「アレをこうやって使うのか？」

羅氏がたしなめるように声を上げた。

「家を片付けていたらですね、古いものが出てきたんです。さっきアバイ同志が新しいものを届けてくれたもので……」

言い訳する声が大きくなった。羅氏は男を立たせたまま古着をごみ袋へ入れると、太極旗を心を込めてたたんだ。

「あっちでもアレをこんなふうにやたらと使いまわすわけではないだろう。そうでなくても、周りの人にこんなところを見られたらなんて言われるか。気を付けなさい。こっちだって苦労のない世界じゃないんだよ」

男は元気なく戻っていった。羅氏は舌うちをした。

夜間巡回まで終えて警備室に戻ってきたのは夜十一時だった。彼は濃いコーヒーを入れて飲んだ。くたびれる一日だった。彼は机に置いてある写真をのぞきこんだ。眼鏡をかけてみると、本当に自分が別の人生を生きてきたかのようだった。農民でも警備員でもない、千氏の言うとおり、校長先生のようだった。いつか葬式に来てくれるだろう弔問客を思い浮かべて、彼はにこりと笑みを浮かべた。しかし死んだ妻の写真の横に飾ると思うと、なんだか心苦しくなった。妻に対して申し訳ないとでもいおうか。一〇五号室の女性が昼に会ったときに言っていた寂しい言葉を思いだした。やはりこの写真は妻の写真の横に並べずに、箪笥にしまいこんでおくのがいいだろう。

彼は写真を包むビニール袋か買い物袋を探した。パン屋でもらった紙袋はどうにも小さかった。彼は警備室を見まわした。ちょうどよさそうなものが目に入らなかった。机の引き出しを開けた。太極旗と労働新聞がたたまれて並んでいた。彼はすこしためらったが、新聞を取りだした。それを机の上いっぱいに広げた。その上に写真の額縁をつかんで乗せた。四隅を折ってセロハンテープで止めていくうちに、彼ははっとして手を離した。何か心に引っかかるところがあった。セロハンテープを貼った場所と活字がかすれている場所が偶然にもぴったりと一致した。彼は新聞紙の左上の端を写真の額縁と合わせてみた。穴の開いたところにちょうどはまるように、額縁の四つの角が現れた。

翌日の朝十一時に交代勤務の金氏が出勤した。羅氏が勤務日誌と昨夜受け取りのなかった宅配の荷物を引き継いでいるころ、管理室から放送があった。国旗を掲揚しましょう、住民に国旗掲揚を促す放送だった。

羅氏は自転車の後部に写真と弁当の入った鞄をくくりつけて、団地の後門から出ていった。彼は振りかえって団地を見あげた。窓を広く開いた三〇一号棟と三〇二号棟のベランダが見えた。ぽつりぽつりと太極旗がなびいていた。高層階のある家の窓辺では、母親の腕に抱かれた子どもが太極旗を指していた。彼は脱北者たちが入居しているアパートのベランダをひとつずつ点検するように見ていった。自分の目に間違いがなければ、四家族みんな太極旗を掲揚していた。彼はすこし満足した表情でうなずいた。

羅氏は太極旗がはためく団地を見あげながら携帯電話を取りだした。つながらない未知の番号へ電話をかけた。信号音がしばらく聞こえた。彼は団地のどこかで電話のベルが鳴っているような気がして電話機から耳を離した。ごくかすかに、幻聴のようにあちこちから電話ベルの音がした。彼は首をかしげると再び電話機を耳に当て、団地の窓をひとつひとつ見渡した。

墓参

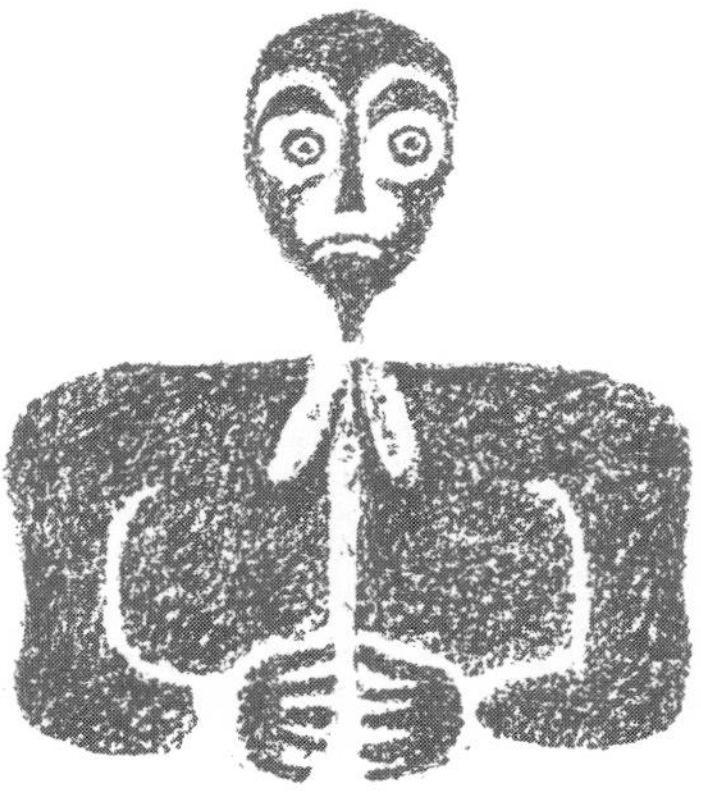

성묘

兵士が商品の前を行ったり来たりしている間、朴《パク》老人はレジの前に座り、開け放った引き戸の奥の間にあるテレビから目を離さなかった。若くして生んだ娘をよその家に捨てた女が、今になって母親づらしてしゃしゃり出てきたところでドラマが終わった。まったく、なんて女だろう！　奥の間からはそんな悪口も聞こえてきそうなものだが静かなままで、実際に悪態をついたのは朴老人自身だった。毒づいておきながらも、老人は来週の予告まで見守った。

兵士がレジの前に雑貨を広げた。

兵士に向かって座り直すと、老人は脇腹が突っ張るのを感じた。以前は店の棚に置かれていたテレビは、妻の沈《シム》氏が唐辛子畑でぎっくり腰になってから奥の間の文箱の上に移った。湿布をして鍼も打ってよくなっているはずなのに、腰の病気は年のせいだからと、今になっても温かいオンドルに横になっているのは意地になっているからだろう。あちらが痛い、こちらが痛いというのも、この年になるまで畑仕事を続けるしかない自分の身の上の嘆き節《シンセタリョン》で、店番婆さんをするのはこりごりだと言いたいのだろう。

今年は腰が口実だが、仕事をしないで寝こむのは、風がひんやりするころになると毎年恒例行事のように始まる癖だった。ああやって寝こんだら最後、怒りが収まらない限り、たとえブルドーザーで押しても動かないので、朴老人は黙って見ていた。軍医官の姜《カン》中尉は仮病もれっきとした病気だよ、とうそぶいた。自分が清平《チョンピョン》に勤務していたとき、そんな兵士を何度か入院させたという。英語だとなんとかいう名前があるんだがなぁ、それが一種の仮病のことだよ、という。仮病だとはっきりわかっているのに、どうして患者として受け入れるのだと真に受けずにいると、そうなるだけの心理的な問題がちゃんとあるからだという。仮病を言いだす兵士たちは、何日か休ませて元の隊に復帰させるなり、時にはほかの部署に転出させるというが、そう言われてみると、うちのヤツもまったく機嫌が直らないようなら太田《テジョン》の娘の家に行かせてこの冬を過ごさせるのもどうだろうかと思われた。夜遅くまでテレビをつけっぱなしで寝返りばかり打つ様子を見るのも嫌だった。

兵士は外国産タバコをさらに二ダース注文した。朴老人は老眼鏡を鼻までずらして顔を上げ、ロボットのように直立不動の二等兵を見た。工兵隊の先任下士官が、補給部隊へ草刈り機を受け取りに行く途中で店に残していった新兵だった。メガネをかけた青白い顔に、軍服から軍靴まで下ろしたての匂いがぷんぷんするようで、ありがちな言葉だが板についていないどころか体験入隊に来た学生のようにあどけなく見えた。考えてみれば、店に寄っていく軍人たちが自分の末の弟か息子のようだったのが、今では孫のように思えるほどの月日を、彼は生きてきたのだ。

「配属指令はいつ受けたんだね」

「二週前です」

物品リストをぎゅっと握ったまま兵士が答えた。軍紀がびしっと身について、冗談の一言も入る隙間がなさそうだった。軍隊生活に入ったばかりでもあるし、先任者たちから勝利商会の爺さんは主任上士官まで務めた軍の出身者だと聞かされたのかもしれない。

「では専門は野戦工兵かね？」

「運転兵です」

おそらく、あと四か月で除隊だという迷彩色の軍隊トラックを運転している李《イ》兵士とかいう子の後任のようだ。

「これからはしょっちゅう会うことになるな。兵役の時間がどうやって過ぎるのかと思っているだろう？　でもこの店の前にトラックを停めて、除隊することになりました、って挨拶する日がすぐに来るってものだよ」

兵士は返事もせず、唇を真一文字に引きしめていた。ちらりと目が赤くなるのが見えた。朴老人は迷彩偽装クリームと日焼け止めのバーコードを読みこんだ。後は使い捨ての髭剃りの束、白い綿靴下三足、チョコバー、カフェイン飲料、チキンの燻製、キシリトールガムと外国産のタバコがそれぞれ二ダースずつだった。

「修繕を頼んでいたものがあるって？」

老人は老眼鏡をかけ直して兵士に聞いた。妻が寝こんでから、自分が修繕品を受けつけた記憶はなかった。兵士は品物リストをゆっくりと見直した。

「輸送部から預かった、兵長の戦闘帽が三つです」

老人は奥の間に向かって声を張りあげた。

「おい、工兵隊のロック刺繍、注文受けたか？」

やはり返事はなかった。老人はミシンのある作業台を探した。彼は洗濯物のように積まれた軍服の横に並んで積み重なった戦闘帽を見つけた。確かに三つある。どれもまったく手を付けておらず、古くなった上兵の階級章がそのまま付いていた。老人は目を丸くした。

「仕事をしないんだったら、注文受けるんじゃない。これはどういうことだよ！」

　そう言って機械的に壁にかけたカレンダーに目をやった。

「この秋夕《チュソク》〔旧暦の八月十五日に一年の豊作を祈り先祖に感謝する祭日。祖先祭祀をして墓参を行う〕の祝日に休暇を取った奴らの分みたいだが……」

　老人は舌打ちをした。村のクリーニング店にでも頼んでやってもらおうと思った。老人は兵士に言った。

「明日の夕方までにやっておくって、伝えてくれるか」

　老人はなかなかつかめないレジ袋の口を、乾いた指でこすって開いた。今日、工兵隊が敵軍墓地の草取り作業に入った。つられるように老人の気持ちも急いた。老人は二か月前まで敵軍墓地のすぐ隣にある唐辛子畑の主人だった。二十年以上休まず、その畑で唐辛子だけを作ってきた。その畑沿いに敵軍墓地ができたのは十五年前だった。老人も畑の片隅を墓地のために差しだした。敵軍墓地には、戦争時に死んだ北朝鮮軍と中国軍の遺骸はもちろん、北朝鮮の南派工作員たちの遺骸も埋められていた。北朝鮮軍の墓の一帯には百五十基余りが造成されて以来そのままだったが、中国軍の墓域は戦死者の遺骨発掘作業が進むにつれて毎年数十基ずつ増えていた。以前に造成した墓域がいっぱいになり、老人はこの夏には畑をすべて差しださなければならなかった。唐辛子をすべて収穫したら、工兵隊が土地をならしにかかるだろう。

そんな墓地のすぐそばで畑仕事をしていると、わずらわしいことがいくつもあった。モグラが増えて、畑を耕して整えた土地が一晩でぼこぼこになった。墓地の見物に来る人たちは、毎度のように畝の間を踏んで横切って行った。よその人間に踏まれた畑周りが無事なはずもなく、時には作物に手を出す者までいた。最近になって中国人の墓参客がぐっと増えた。中国人には決まって墓前で紙銭を燃やす風習があるが、軍の部隊が火災予防の観点からこれを禁止すると、燃やさずに撒いた紙銭は畑まで飛んできて唐辛子の枝に紙の花を咲かせた。工兵隊の先任下士官たちは金が咲く唐辛子畑だと軽口たたいて面白がったが、秋の収穫後に燃やそうと熊手でかき集めると、まるで落ち葉のようだった。紙銭には文句ばかりも言えなかった。老人も自分の店で紙銭を売っていたのだから。

しかし、そんなことはなんでもなかった。墓が与える心理的圧迫感がかなりの負担だった。普通の魂ではない。若くして銃や砲弾に撃たれ、倒れた魂だ。故郷の土地にも帰れず、敵地の日陰に埋められ、名もなく、訪れる人もなく、月日に削り取られていくだけだ。そんな遺骸を隣にして毎日畑を耕すしかない人間の心情は、体験しなければわからないだろう。忌まわしく、恐ろしかった。悪夢に苦しんだ。特に北朝鮮軍の墓域に立てば、なんとも複雑な気持ちになり、落ち着かなかった。かつて世間を揺るがしたスパイ事件の主人公たちが、その名前を一本の木碑に刻んであの土地の下に横たわっているのだ。木碑をひとつひとつ見つめるたびに、テレビで見たあのむごく恐ろしい事件が昨日のことのようによみがえった。死刑囚の墓の前に立てば、こんな気持ちになるのだろうか。だからといって、軍人たちに向かって、埋めっぱなしにしないでお経のひとつでも唱えて魂を鎮めてやれと注文するわけにもいかなかった。人道主義に立って敵軍墓地を造成したとはいっても、あくまで敵軍なのだから、軍人たちに頭を下げて冥福を祈れとまでは言えなかった。

その仕事は老人がした。新しい墓ができれば翌日にでも焼酎を一杯ずつ供えた。あくまでも墓の隣で唐辛子を作って生活している農夫の気持ちから、そうしないと夢見が悪いためにやっているのだった。死んだ者には事情を問わないことにした。季節ごとの名節には墓域の上席にこじんまりとした食事を供えて墓参りもした。墓守が秋の収穫をして他人の先祖の祭祀をするといったところだ。だからといって他人に知らせることでもなかった。人知れず何年かやってきたことに、自然と管轄部隊の先任下士官たちの何人かが気づいた。自分たちも特別な墓地を監理していることをいつも薄気味悪く感じていたのだろう。自分たちができないことを老人が代わりにしてくれるのだと考えて黙認してくれていた。そうこうするうちに、いつの年からか彼らの方から供え物に使ってくれと封筒に集めたカンパを差しだしてくれるようになった。明日明後日の間に部隊が草取りを済ませたら、老人は最後になるかもしれない食事を供えるつもりだった。

レジ袋はひとつでは足りなかった。老人は袋をもうひとつ準備した。兵士は老人の前で実習生のように老人をじっと見ながら立っていた。

「君は何か必要な物はないのかね？」

兵士は何のことかわからず、無愛想な顔で見返した。

「頼まれたもんじゃなくて、自分のものだよ」

「はい。ありません」

しかし、兵士はそっと横を向いて商品棚の方に歩いていった。兵士はコンパクト型の三色迷彩偽装クリームをひとつ持ってくると注意深く差しだした。在庫が多く残っている商品を老人は思いだした。

「そこの黒いチューブ型も人気があるが……」

「自分は肌が脂性で、肌荒れしやすいんです」

兵士は自分のための偽装クリームを別に会計すると、軍服ズボンのポケットに入れた。時節によって兵営でも流行する私物の装備があるものだが、最近の兵士たちは日焼け止めと迷彩偽装クリームは私物を使う傾向にあった。また大概の物ならインターネットで買えるので、商売もかつてのようにはいかなかった。それでも妻の沈氏が四季をとおして休まずミシンを回す衣服の修繕と、このような流行の私物の販売がそれなりの売り上げになった。さらに墓参りをする四月の寒食《ハンシク》と十月の秋夕のころになると、中国人の墓参客がたまにやってきて祭祀用品を買っていった。老人は中国語を専攻したという兵士を噂で探して〈祭神用的供献〉と書いた案内文をガラス窓に貼りだした。

奥の間からテレビの音だけが寂しく聞こえてきた。終戦六十年を迎えて訪韓した英国軍の老兵たちを扱ったドキュメンタリーが再放送されていた。妻の沈氏はそんな番組を見るような人ではないが、静かなところを見るとうたたねでもしているのだろう。

八十代の老兵たちは参戦軍特有の自負心が表情に溢れていたが、老兵たちの着ている軍服は他人の服のようにぎこちなく見えた。朴老人はタンスに自分の制服一式と戦闘服一式をしまっていた。彼は自分が死んだときには、三十年間着ていた軍服を着せて埋めてほしいと考えていた。

レジ袋ふたつをまとめて、彼は兵士に尋ねた。

「カップラーメンでもひとつくわんか？」

兵士はびっくりしていいえと答え、うつむいた。

「金《キム》中佐が戻ってくるのはまだまだだよ」

壁の時計の針は午後四時を指していた。

「食べたいのを選んできなさい」

二等兵は道路の方を眺めてから老人を振りかえった。

「結構です」

しかし、彼の顔はある種の期待と困惑でいっぱいだった。

「金中佐からチョコパイのひとつたりとも口にしてはならんと厳しく言われたか」

兵士は心の中を見透かされたかのように驚いて、すぐには口もきけなかった。

「いいえ」

老人はにこりと笑った。

「あいつがいつも仕かけるいたずらだよ。君にしばしの休息をあげようとお使いを頼んでいったんだろうよ。考えてごらん。品物を買うだけならメモを置いていけば私が全部まとめておくのに、なんで君をここに残していくんだ？　そうじゃないか」

兵士の瞳が揺らいだ。そうしてふらふらと立っていたが、兵士はカップラーメンの商品棚の方へ歩いていった。商品棚の前でまるでたった一度のチャンスを与えられた人のように、しばらくためらってからラーメンをひとつ選んできた。ポケットを探っているの見て、老人は手を振って断った。

「お代はいらんよ。これからはしょっちゅう会うからね、私が顧客サービスにプレゼントするんだよ」

兵士はテーブルの方に出ていった。彼はカップラーメンができるのを待ちながら、秋の日差しが眩しい窓の外側に寄りかかるように座っていた。傾いた日差しに照らされて兵士の後ろ姿がシルエットに見えた。

老人は兵士にキムチを一皿差しだした。兵士はその場でがばっと立ちあがると、すぐに座り直した。

中庭から道路に向けて広げたビニールのむしろでは、唐辛子を乾かしていた。初物で取りこんだ唐辛子は、すでに乾いて透き通った暗赤色を帯びており、二度目に収穫した唐辛子も一通りしんなりとして乾き始めていた。今年の唐辛子はよくできていた。老人はふた山に分けて乾かした唐辛子をまんべんなくかきまわした。時々老人のうちの唐辛子を見て、共産《アカ》のそばで育ったからさすがに真っ赤だな！　と冗談を言う人もいた。

兵士が店の外に出て公衆電話のブースに入った。電話がうまくつながらないのか、すぐに受話器を下ろした。兵士はまた電話をかけた。まもなく、元気だよ、心配しないでという声だけ繰り返して切った。相手は両親のようだった。しかし兵士が一番声を聞きたい人には、まだ電話をかけられないでいる様子だった。電話番号を押しては受話器を下ろす、その繰り返しだった。兵士は店を出たり入ったりしながら三、四回電話に向かったが、そのたびに元気なく戻ってきた。

乗合いワゴンが一台上ってきて、道端に止まった。助手席からカジュアルな服装の若い男が降りて、老人に近づいてきた。

「お爺さん、ちょっと聞きたいことがあるんです」

老人は唐辛子のむしろにかがめていた体を起こした。男は胸元に旅行会社のネームプレートを垂らしていた。

「この近くに中国軍が葬られた墓地があると聞いたんですが」

老人はワゴンを見た。老人や子どもたち合わせて五、六人の家族一行がこちらを見ていた。中国人の墓参客のようだった。

「敵軍墓地を探しているんだね」

「あ……はい。そうですね。中国人墓地です」

老人はトウモロコシ畑と松林の出会う道端の丘を指差した。彼らがすでに通りすぎてきた場所だった。

「道からはよく見えないんだよ。林のすぐ横に小さな丘があるだろう？　そこを越えてごらん。中共軍の墓地は右側にあるから」

老人にとって中国といえばいつまでも中国共産党軍だった。

「目の前にしてぐるぐる回っていましたよ。ナビに頼ってきたのに、頼りにならなくて」

「迷う人が多いんだよ」

「あんなにわかりにくいなら、看板でも出しておいてくれないと」

男は後ろを向いてワゴンに向かい、中国語で叫んだ。後部座席の窓から顔を出した老人が組んだ両手を高く上げて喜んで見せた。男は老人に振りかえって言った。

「朝鮮戦争に出ていったお兄さんが戻ってこなかったそうです」

「全員無名で埋められているのに、行ったところでどうやって探すんだね。気持ちだけ無駄に辛くなるんじゃないかね」

「そうですねぇ。日程になかったところに連れていってくれというので、びっくりしましたよ。それはそうと、この辺は景色がいいですね」

ガイドの男が川と山を見まわした。老人が言った。

「そうだ、祭祀に使うものはそろっているかね？」

「ああ、線香はありますか？」

「紙銭もあるし、月餅も、白酒まであるよ」

「あれこれ準備してきているようですけど。ちょっと待ってください」

そう言って男はワゴンに向かって何か叫んだ。今度は老人の息子に見える中年の男が車窓から顔を出して答えた。二人の男の間に中国語が行き交うと、ガイドの男が振りかえった。

「白酒も必要だそうです。子どもたちのお菓子もちょっと買って」

老人が先に立って店に向かった。

ガラス窓の張り紙に目を止めたガイドの男が言った。

「たくさん来るようですね」

「朝鮮族がちょっと来るけど、漢族は多くないね。昨日行ってみたら、秋夕の前でかなり来ていたよ」

「噂には聞いていましたが、墓参客を直接案内するのは初めてですよ」

「一度は来るけど、二度は来ないよ。まあ確かに名前のない墓でも、見ていけば恨みもすこしは晴れるかもしれないな。中共も暮らしやすくなったのは本当のようだね。世の中もずいぶん変わって。中共軍の墓参客を迎える日が来るとは思わなかったがね」

老人はレジ袋を男に持たせた。

「今度また来たいっていう旅行客がいたら、こっちに寄ってくれ。ソウルの延喜洞《ヨニドン》まで買いだしに行って、大概の祭祀用品は準備してあるから」

老人は店の前まで男についていった。

「紙銭は燃やさんように言ってくれよ。火事にならんかと軍部隊でも郡庁でも戦々恐々だよ」

　ワゴンが遠ざかり、墓地の方に向かうのを見守ってから、彼は部屋に戻った。新兵の若者はテーブルにほおづえをついてうつらうつらしていた。金中佐の帰りは思ったより遅かった。老人は首をかしげて奥の間をのぞきこんだ。見る人もいないテレビがつけっぱなしなのかと思ったのだ。テレビのリモコンは妻の指先から床に落ちていた。老人は膝歩きで敷居をまたぎ、リモコンをつかみかけて妻を振りかえると、その場にぺしゃりと座りこんでしまった。沈氏が頭に何か黄ばんだ布をかぶって顔に巻きつけていた。まるで死に装束に着替えた死体のようだった。

「なんのマネだ！」

　沈氏がわっと驚いて顔に巻いていたものを取ると、それは男物のブリーフだった。沈氏はむくんだ目が開かず、寝言のように聞いた。

「どうしたのよ」

「とうとうぼけたのか」

　沈氏は手につかんだパンツをまじまじと見ると横に押しやった。脂肪のついた腰にゆるく巻きつけた腹帯が胸元までめくれあがっているさまは見るに堪えなかった。彼女は横を向いて体を丸め、ああ痛いと声に出して腕を伸ばした。しかし老人は指先のひとつも動かさなかった。沈氏はようやく座ると腹帯を引っ張って締め直した。彼女は老人をにらみつけて怒鳴りだした。

「私の腰がボキッと折れたらすっきりするんでしょう」

「見せもんみたいに、なんでそんなものを巻きつけて眠りこけてるんだ」

沈氏は聞きたくないと顔の前で手を振ってみせた。

「頭が殴られているみたいにずきずきするから、ちょっと巻いたのよ」

「馬鹿か。頭が痛かったら薬なり飲めよ。パンツをかぶって頭痛が収まったなんて聞いたことがないな」

「そちらこそ泥棒猫でもあるまいし、なんで靴をはいたまま部屋に入ってきたの。汚いじゃないの」

言われて初めて、老人は後ずさりして靴を脱いだ。

「汚いだと？　そんなもんをかぶっているよりましだよ。名妓黄仁伊《ファンジニ》に恋煩いして死んだ若い幽霊にでも取り憑かれたのか？　なんでそんなもんかぶっているんだよ。とうとうおかしくなったのか」

「あきれた、効果もあったもんじゃないわね。三万ウォンも出して雑巾の材料を買ってきたものだねえ」

沈氏はパンツを老人にぱっと投げつけると、片頭痛持ちの女性がするようにこめかみに手を当ててぎゅっと押さえた。老人は投げつけられたものを叩き落として広げてみた。赤ん坊のおくるみほどの大きさだが、間違いなかった。ひっくり返してもパンツだった。彼は抑えられない敵意を持ってパンツをつかんだ。

「いくらなんでも病院に行った方がよさそうだな」

「まったく、このご老人は。私ゃ、あなたに言われたとおりにやったんですよ」

「俺が何を言ったね?」

「去年の冬に、村に敬老公演団が来たの、覚えてるでしょ? 銀ナノだかなんだかついている下着だって、あなたがその手で買ってきたの、覚えてないの? サイズが大きくて文句言ったら、あなたその口でなんて言った? 有望な中小企業の特許品だ、電磁波を遮断する機能がある、銀ナノが出ているから頭にかぶって寝てもいい。自分で宣伝しておいて、今になって私をぼけ老人扱いするなんて」

言われてみるとおぼろげにだが覚えていた。公演だけ見て帰るのも格好が付かず、男性に効くという言葉につられて買ってきたものだったが、人目に付かないところでいざ開けてみるとサイズが大きすぎた。照れ隠しに司会者が読みあげた言葉を言い訳として並べたてたのだった。

「そりゃあ、そうは言ったけど……。かぶるように作ったものではないだろうよ」

夫婦は互いに斜めに向かいあって座り、ため息をついた。久しぶりに会話ができた以上、老人はちゃんと話しておきたかった。

「寝てばかりいるから元気な人間も頭痛がするんじゃないか。外に出て風に当たって、体を動かせば腰も伸びるだろう、なあ」

壁にもたれたまま、沈氏がため息をついてうなだれた。

「どうせ、生まれつき体が丈夫じゃないから」

「ずっと一緒に暮らしてきたがなあ、おまえのそういう言い方は死ぬまで慣れないかもしれないよ」

「それはこちらの台詞よ」

そう言って沈氏は横になった。

「とにかく、夕方に村の方へちょっと行ってこなきゃならんから、ちょっと店番してくれよ」

「……」

「祭祀の準備があってな。今年は豚の頭《テジモリ》と餅《トック》も準備して、よそに行った先任下士官らも呼んでやろうと思うんだよ」

「最後に残っていた畑の土地まで差しだしたのに、なんでそんな真似をするの？」

「だから最後にちゃんと祀ってやろうってことだよ」

「本当にまめなことで。勲章もらえるわね」

「そうしてやった方が気が楽だからな」

沈氏は急に背を伸ばして座り直した。やはり腰痛ではないようだった。

「自分の気持ちが楽になるためならそうやってなんでもさっさとするのに、私にはどうしてこうなのかね。三十年も自分の思うとおりに、こっちの山奥、あっちの山奥と人のことを連れまわしたのはあなたでしょう。全国にある三俣《サムゴリ》って地名に九か所も住んだことある女は私だけですよ。ほかにもいるなら連れてきてちょうだい。茶房《タバン》のレジの若い子だって、そんな風には暮らさないでしょうよ。この年になったら子どもらの近くに住みたいじゃない。安山《アンサン》に住んでいる上の子も隣に来いって言ってくれるし、太田《テジョン》の娘も人に貸してるマンションを空けてくれるって言っているじゃないの。夫婦が身ふたつで、すっと出ていけば済む話でしょう。こんな谷間に何が埋めてあるっていうの、私たちまで杭でつながれたみたいにどこにも行っちゃいけないっていうの？　ここに先祖の墓でもあるの？　食い扶持になる田畑があるの？　雑貨屋だってそうですよ。今日閉店しても残念がる人のひとりもいないのに、いつか一山当たるかもって店を守っているあなたの気持ちがわからないわ」

沈氏は乾いた口に唾を飲みこんだ。

「年金が出ないの？　すねをかじる子どもでもいるの？　何が悲しくて、この年になってこんな山奥で昼には唐辛子畑で蟻にくわれて、夜にはしょぼしょぼした目でミシンを回さなくちゃならないっていうのよ。そういう運命なのかもしれないけどね。あなたが私を人間だと思っていてくれたら、こうはしないでしょうよ。十六で実家を離れてミシンを回して、職業軍人を新郎に選んだだけでも死ぬほど恨めしいのに、この年になっても軍隊のラッパに合わせて寝起きしないといけないの？　口があっても言う言葉もないわ」

とうとう沈氏の目から涙が溢れた。手で膝を叩いて泣いた。これは老人が予想もしない状況だった。老人は咳払いをしてそっと奥の間を出た。

四時半の軍内バスが入ってきた。休暇と公用出張から軍に戻る近隣部隊の兵士たちが十名余り降りて店に押し寄せた。静かな店がすぐににぎやかになった。

兵士たちは引き潮のように店から出ていった。

老人は兵士たちがカップラーメンを食べていなくなった簡易テーブルを片付けた。そういえば二等兵の姿が見えなかった。老人は店の中庭まで出てみたが、人影もなかった。任された子どもを見失ったように、老人はにわかに怖くなった。

どれだけ店の周りを歩きまわっただろうか。金中佐に知らせなければと店に戻ろうとした時だった。兵士が見えた。彼は川辺の土手を上ってきた。ふっきれたような歩みだった。老人は怒鳴ろうとして口を閉じた。水で洗ったのか、顔が濡れていた。濡れていたのは顔だけではなかった。目頭が赤かった。老人は気づかぬふりをした。

兵士は簡易テーブルが自分の席であるかのように、そこに戻って座った。

金中佐は五時を過ぎて戻ってきた。

二等兵はレジ袋を手にして迷彩トラックに走っていった。

金中佐は、トラックに戻らず店に入ってきた。彼は古い草刈り機の整備が遅くなり、新しい草刈り機を三台受け取ったと言った。

「除草作業がはかどるな」

老人が言った。

「はい。二日ばかりまじめにやれば終わるでしょう。ところで主任上士殿！」

と、金中佐は老人の名を呼んで、声をぐっと低めた。

「今年もあそこに花が供えられるでしょうか。金大尉の墓ですが」

北朝鮮軍の墓域の、とある墓を指して言っているのだった。金大尉は一九九二年に西海岸で起きた半潜水艇工作員潜伏事件の際に射殺された六名の武装工作員のうちの一人だった。中国軍の墓域とは違い、北朝鮮軍の墓域には墓参客がなかった。いるはずがなかった。

ところが一昨年と去年、ちょうどこの時期に金グァンシクの墓の前に菊の花束が置かれるという事件があった。初めて菊の花束を発見したのは、草取り作業の指揮をしていた金中佐だった。金中佐がしおれた菊の花束を持って老人の唐辛子畑に下りてきた。畑仕事をしながら墓参客をいつも見守ってきた老人なので、何か知らないかと探りに来たのだろうが、なんとも言えない妙な表情だった。老人も同じ気持ちだった。スパイの墓に菊の花が手向けられていようとは……。その時はお互い驚いたが、誰か節操のない観光客が感傷的になってやったことだろうと推測して終わった。縁のない者でも花束を供えることはできるのだから。

しかし、去年もその墓の前に菊の花束が置かれていた。この時は朴老人が食事前に畑を見にいって見つけた。それは三十八度線の南側に、墓と縁のある人間がいることを意味していた。老人は迷宮に入りこんだような感じがした。これをどう解釈すべきか、老人と金中佐は心が騒いだ。

「南に送りこまれたスパイの仕業じゃないでしょうか？」

「それはあまりに無駄なことじゃないか？　敵地で死んだ工作員の墓に花束を置いてこいと工作員を送りこんだってことなら、正気の沙汰じゃないな」

「いや、軍人は必ず故郷に帰らなきゃならないともいうじゃないですか。ですから、この人たちはあちらにしたら英雄だろうし、遺骸を収集しようと企ててもおかしくありません」

「骨泥棒するってことかい？」

「そうです」

「骨泥棒をするならどうして痕跡を残すんだ？　今、私らがこうやって話しているのも、菊の花のせいじゃないかね？」

「それもそうですね。じゃあ、こう考えてみるのはどうですか？　あの時、南に送りこまれた工作員は全部で六名ではなくもっといた。あるいはですよ、六名が全員射殺されたのではない、生け捕りにされた工作員もいた、ようやく自由の身になった元工作員は自責の念に駆られて仲間の墓を訪れた」

「映画みたいな話だな。私の考えではね、同僚というよりも家族じゃないかと思うよ。最近はこちらに定住した脱北者もちょっと多いじゃないか。あの金大尉にも家族がいただろう。老母だとか、兄弟だとか、結婚していたら嫁さんとかだよ。それにほら、南に来た時に小さな子どもを残してきたのが、その子が大きくなって北を脱出したとか」

「それはドラマですよ。死んだといってもあれほどの人だったら遺族たちは北側でなんとか世話してもらえるでしょうに。南に逃げてくる理由がありますか」

「わかってないな。あの人たちはどうしてここに埋められているのかね。あちらの工作員だと認めないからここに捨てられているんじゃないか。こちら側でも北へ送りこむ工作員だと認めてもらえずに当事者たちは大変な思いで暮らしているのに、あちら側だって同じだろうよ」

　終わりのない推論が結論も出ずに一年続き、またこの季節が巡ってきた。

「そうだな、今年も見守らないとな」

　店の前までついて出て老人が言った。金中佐がつぶやいた。

「本当に気になるんですよ。いったい、誰が墓参りに来てるんでしょう？　何日か兵士に張りこみさせてみましょうか」

「そこに花束を供えたからって罪ではないだろう。私らの好奇心を満たすためにそこまでするかね？」

「気になったもので」

　金中佐は帰るそぶりを見せた。トラックに乗りこむ前、彼は封筒を差しだした。

「今年はいいよ」

「気にしないで受け取ってください。梁《ヤン》上士と先輩たちにも私から電話しておきますよ。朴上士殿もいらっしゃるそうですよ」

　老人は金中佐の腕をつかんで引きとめた。老人はトラックに背を向けてささやくように言った。

「現役兵は来させない方がよくないか。無駄に誤解されないか心配で」

「私たちも参加した方が気が楽なんですよ」

「金中佐。それとあの新兵のことだがね。気にかけて見てやれ。女性問題があるみたいだな」

「やっぱり。予想はしてたんですが、一度聞いてみないと」

「何か月かすればぼつぼつ話してくれるだろうが、わざとらしくなく慰めてやれ。なんにもわからない年頃じゃないか」

「心配しないでください。来週も一人、来させます。母子家庭で育った子なんですが、口数が少なくて何を考えているのかわからんのですよ」

「そうか。早く行きなさい。今日は早い時間に監視に立つって言ってたな」

山影が低く下りてきた。老人は唐辛子を広げたむしろを片付けた。

店の中と外の電灯をつけて、老人は村に向かう準備をした。沈氏は暗くなった部屋でまた眠っていた。

「おかゆ買ってきてやろうか。三俣《サムゴリ》の豚足《チョッパル》でも食べれば食欲も出ると思うが」

オンドル部屋の方からゴトンと寝返りをうつ気配が聞こえた。聞かない方がよかったたかもしれない。自分の家族にはどうしてこううまく接することができないのか、老人は劣等感を感じた。老人は今日、妻が心のうちをすべてぶちまけてくれたと思った。これまで知らなかったわけでも、初めて聞いたわけでもなかったが、妻の本当の気持ちを知ることができた。今度は自分が答える番だった。妻が言うとおりに、ここを離れることができるだろうか。離れられないということもない。どうせどこにも定住できない人生だった。それでも老人は、ふと恐怖にかられた自分の顔に向きあった感じがした。嗚咽する妻を見守りながら、自分の、残り少ない人生の階段をコトリと踏んで一段下りた気分だった。

老人は店を出るとき、今日はもう店を閉めようかと考えた。しかし、すぐに考え直した。とにかく妻には起きあがって敷居をまたいでもらわなければ。自分ではなく、何か荒々しい力が家から出たように感じた。ふと他人の家から出て旅立つ人のような淋しさが押し寄せた。

谷間の下からバスが上ってきた。老人は金中佐が置いていった封筒を開いてみた。十万ウォン入っていた。こうした、敵軍の墓に供え物を捧げるぎこちなく特別な経験について考えてみた。軍人として、市民として、どうもうまくはできないが、ひそやかに自然に行われているこれらの行為について考えた。これは人間的な行為だろうか。だから自分は人間なのか。彼はこんななぞなぞのような問題に悩んだ。

バスが着いた。兵士たちが降りて老人が乗った。一人の兵長がバスのステップから声をかけた。

「お店には、お婆ちゃんがいるんでしょう?」

老人はしばらくぼんやりと立っていたが、行ってみろと手を振った。兵士たちはどっと店に向かった。老人は自分の家が見えなくなるまで顔を上げたまま目を離さなかった。それは実に巨大な山の麓に、ぽつんとともった小さな灯りだった。何ものでもなかった。だから彼はその小さな家が物悲しく感じられ、自分の人生に残されたものは妻だけだと思った。

敵軍墓地の入り口にバスが止まった。若い女性が一人バスに乗りこんだ。近所で見たことのない若い女性だった。白いシャツにジーンズというでたちで、背中には小さなリュックを背負っていた。こんな平日に恋人に会いに来た面会者のはずもなく、この山間にはほかに人家もなかった。女性は老人の向かいに座った。軍人の恋人と考えるにはすこし年がいっているように見えた。老人はある直観に体を硬くした。

バスは老人と女性だけを乗せたまま川辺を走りだした。老人はちらちらと女性を盗み見た。女性はイヤホンをしてスマートフォンに顔を向けたまま視線を上げなかった。菊の花を抱いて敵軍墓地に上っていく女性を思い描いてみた。虚しい想像だった。敵軍墓地は誰でも一度くらいは見物してみたいだろう。ソウルから日帰りで往復できる観光地のようなところ。何かわけあって人里離れた島へ行き、知らなかった人生を見て戻る若者のように、女性がそんな旅行でここに来ることもあるはずだ。記憶には長く残るが、人生にはさしたる影響もない、そんな日帰り旅行に女性は来て、今帰るところかもしれない。

今年も金大尉の墓の前に菊が供えられていたら、そして明日の朝にでも自分がその花を見つけたら？　老人は考えた。さっきから考えていたことだが、自分はその花を人知れず片付けるだろう。金中佐も同じだろう。誰も菊を見ることはないだろうし、だから誰かの墓参りは続けることができる。そこまで考えてようやく、老人は女性の存在から放たれて安心して目を閉じた。

望郷の家

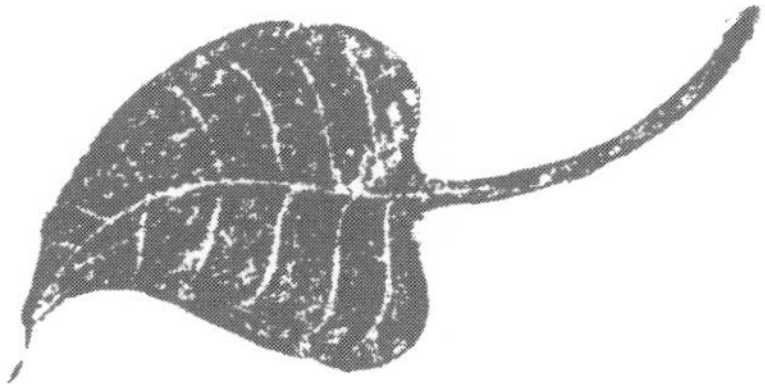

망향의 집

コンテナハウスは新しくできた海岸道路沿いにあった。道路沿いといっても漁港から遠く離れているうえに、そこには廃船や網、浮きなどの漁具や捨てられた家財道具が積まれていた。コンテナハウスは一見、古物商のようでもあり、土地の地目変更のために農地に建てられた仮建物のようにも見えた。

その建物には〈北面事務所〉〔面は郡の下に置かれる行政区画。面は村にあたる区画だが面事務所は町内会のようなもので自治権はない〕と書かれた額がかけられていた。よそから来た人が怪訝そうに振りかえることもあるが、ここが面事務所であることは間違いなく、振りかえった人たちは北面という地名がここには存在しない行政区域だという事実に気がつくのだ。北面とは南北分断によって北側の土地になった江原道《カンウォンド》北部のとある地区の名前だった。したがって、このみすぼらしいコンテナハウスは、そこがいつの日か取り戻すべき土地だという事実を知らせるために、象徴的に設置された官庁というわけだ。事務所の壁には、不動産屋のように分断前の北面の行政区域図が貼ってあった。その横に最近航空撮影した金剛山《クムガンサン》の写真もあった。奇岩怪石で知られる金剛山の峰々と長箭港《チャンジョン》の埋め立て地がはっきりと見え、地図の上部に目をやれば、通川《トンチョン》を過ぎて咸鏡道《ハムギョンド》の元山《ウォンサン》がすぐ近くだった。

今年で八十になる李戊庚《イムギョン》老人が、ここの名誉面長を務めていた。彼は二十歳で南に来て、この地で人生のほとんど、六十年を過ごした。彼は毎朝、机がひとつ置かれた事務所に出勤して、今年で五年目になる面長の職を文字どおり名誉に思い、誠実に遂行した。面事務所は彼が四十になる一九七〇年ごろに設置された。三十八度線の北側の五道庁が名誉邑・面長制度を実施し始めたころだった。その時も彼は面民会の総長を務めるなど、面の一員として活動していた。始めのころは、事務所が人で混みあうことも多かった。面の住民と相談して、いつか南北が統一された日に取り戻すべき土地の台帳を作るなど、政府主導の各種集会に面の住民を動員して参加した。住民たちの帰属感や愛郷心は格別で、むしろほかの地域の住民より強く団結していた。

ところが時が過ぎ、今ではこの建物は失郷民の老人たちが集まる応接室として細々と役割を果たしていた。実際に北面出身の老人ではなくても、北に故郷を持つこの地域の失郷民が足を運んだ。戦争前に元山で水産専門学校に通っていた老人もおり、明沙十里と呼ばれた美しい浜や風光明媚な松濤園《ソンドウォン》でのデートを自慢する者もいた。麗島《ヨド》だの卵島《アルソム》だのといった元山沖で治安隊隊員として、あるいは米軍の諜報部隊であるKLO部隊員として参戦した老人たちもいた。そのため地域の住民たちからは次第に面事務所ではなく〈望郷の家〉と呼ばれるようになった。ここに土地を用意してコンテナハウスを設置したのも、李戊庚老人が面長を任されてからのことだった。彼は財源を確保し、ここに〈望郷の家〉にふさわしい建物を作りたいと思っていた。しかし、その事業は遅々として進まなかった。

そうしている間に、故郷に関する深い記憶を持った老人たちは、ひとりふたりとこの世を去って、幼くして大人の手につかまって南に渡り、今や七十になった失郷民の老人たちが大部分となった。昨年末の決算総会には十七人が顔を見せた。その中の二人は失郷民の当事者ではなく、父母の名代で参加した子どもたちだった。都会に出ていても総会行事には時々顔を出していた会員たちも、ここ何年かで次第に足が遠のいていた。年が明けてから開いていた定期総会も、今年は面長名義の年賀状を一枚送るだけで済ませた。かつては失郷民がこの漁村一帯の住民の三分の一を占めていて、秋になれば面民体育大会まで開いていたことを考えると、隔世の感を覚えずにはいられなかった。

コンテナハウスの窓辺には桐の老木が生えていた。「ありゃあ、大きすぎるから倒れたらいいのになあ」などと言っていた老人たちも、そのうちの何人かは三途の川を渡っていなくなってしまった。桐の木は今年も変わりなく紫色の花を咲かせていた。面長は桐の木陰を避けて空き地の片隅を片付け、小さな畑をこしらえた。暇つぶしにと思って始めたが、八十の老人には楽な仕事ではなかった。畑は毎日手入れをしているだけあって、雑草ひとつなくすっきりとしていた。サンチュやトウガラシ、キュウリなどが草花のように育っていた。

十時を過ぎ、副面長を務める金光淑《キムグァンスク》老人がオートバイに乗って現れた。面長がじょうろを手に畑に向かう姿を見ると、いつものように挨拶をした。

「今日もお勤めご苦労さまです」

いつも聞いている軽口に、面長は笑ってしまった。金光淑は束草《ソクチョ》に出て暮らしていたが、戻ってきてから七年ほどたっていた。小学校の前に文房具店をひとつ出していたが、婆さんにすべて任せて、ここに出勤でもするかのように顔を出していた。老人たちの中では若い方で、副面長を任せたところ、実にひたむきに職にあたっていた。

副面長が畑のわきにしゃがんで、タバコをくわえた。面長はサンチュの株に降った藤の花びらをつまみだした。一生涯、蘭でも描いてきた老人かのように厳粛な面持ちでいるのを見ると自然と笑いがこぼれた。それを知ってか知らずか、面長がつぶやいた。

「なんだ、日照りでサンチュが葉もつけずにしおれてるなあ」

「毎日毎日、火消しのように水をやっているのに、何が日照りですか。世話を焼きすぎて、そうなるんですよ。子どもでも作物でも、放っておくのが一番ですよ」

「船乗りに野良仕事がわかるかね？」

「何をおっしゃる。私ゃ千石持ちの地主の息子ですよ。そりゃあそうと、スーツを汚さないうちに出かけませんかね」

「まあ、口だけは達者だねえ。同情するなら、面事務所の雑巾がけなりしてくれたらどうだね」

まもなく、未修復北面支部長の朴《パク》船長と、漁港にイカ釣り船を三隻持っている呉《オ》船主が乗用車で乗りつけた。みな面長より一、二歳下の老人たちで、副面長の金光淑より四、五歳上だった。車は呉船主のもので、会員たちが遠くへ出かけるときには足になってくれた。彼らもまたこざっぱりとしたよそ行き姿だった。彼らは事務室を見まわすと腕時計を見た。

「李康《イガン》の爺さんは、まだ来ないのか？」

「十一時あたりに出ようって言っといたから、そろそろ来るでしょう」

副面長が事務室に入ってきて答えた。

その間に面長は畑から引きあげて、長靴を革靴に履き替えた。彼は冷蔵庫から茶の入ったボトルを取りだし、ソファーに座った客たちに湯呑を回した。茶は赤く、その間にところてんのような透明で青みがかったものが浮かんでいた。

「五味子《オミジャ》茶かね？」

みんなが面長を見あげた。

「蓴菜《じゅんさい》入りだよ。昨日、巨津《コジン》で食堂をやってるっていうご婦人が来たじゃないか」

「旦那が今年、郡の議員に出馬するってご婦人のことか」

「ああ。これは清澗亭《チョンガンジョン》で摘んできた貴重なものだとさ」

「うん、こりゃあ貴重だとも……」

朴船長が一口飲むと、歯にしみるのかしかめっ面になった。それでもなんとかこらえて一言付け加えた。

「解放前に母親の里で蓴菜汁を飲んで以来、久しぶりだな。故郷を思いだすよ」

咸鏡道文川《ハムギョンドムンチョン》が故郷の彼は、そこの村で大きな米屋をやっていた家の息子で、過ぎし日の自慢話がいったん始まれば〈鰌の噴水〉というあだ名のように口数が増えた。

「そのお里やらは、妓生《キーセン》の置屋でもやっていたのかね？　食べたことのない料理なんてないんだろうな。これだって貴族の食べ物だよ、わしら話には聞いていたが初めてお目にかかったんだから」

呉船主が、朴船長の話をさえぎって嫌味を言った。彼が漁協の帽子を脱ぐと白髪がぺたりと頭に張りついていた。骨ばった顔つきが頑固そうに見えた。

「そりゃそうと、これを口に入れさせておいて一票入れろって話じゃないだろうなあ」

笑わそうと思って言った言葉に、老人たちはぎくりとした。しかし、すぐまた話題が元に戻った。

老人たちは、今度の地方選挙が始まるころに緊急総会を開いた。ちょうど今そろっている顔ぶれに、一、二名加えた会議だったが、案件は選挙のたびに出てくる話題で北面の宿願事業である〈望郷の家〉建設費の調達と、面民共同墓地の造成問題だった。いつだって同じことだが、出馬した政治家たちは力を尽くします、と約束だけして、誰一人として解決してくれた人はいなかった。それどころか、公約に一行加えるのにも、もったいをつけた。それはつまり、老人たちがたいして期待できない票田に転落したことを意味していた。コンテナハウスの周りに廃材が山積みになったのにもいきさつがあった。再選を目指した基礎団体長が、面民会で経費を調達する付帯事業として廃材処理を始めたら、そこに支援金を出す方式で陳情を解決してやろうと言いだしたので、あわてて漁村関係者を巻きこんで廃棄物処理場を開いたのだった。ところが、その政治家は再選を果たして一年で政治資金法違反で辞職し、忌々しい廃棄物だけが残されたのだった。彼らには廃棄物を処理するだけの財源もなかったので、そのままにしておくことも意思表示のひとつだった。意地になって抗議のつもりでいまだに放置していた。そうしているうちに、夜になると冷蔵庫や箪笥などを捨てに来る恥知らずが出てきた。廃棄物は倍に増え、郡庁からは環境法違反で罰金を払えなどとうるさく言われていた。

今年の緊急集会の結果も、前と変わりはなかった。政治家たちの誰一人として期待できるほどの人物はいないという結論だった。当選が有力な候補は、積極的に検討しますという言葉だけを繰り返し、絶対に約束しますと駆けつけてくれる候補は、当選圏からは遠い人たちだった。さらに地域経済は目も当てられない状況で、宿願事業などでガタガタ騒いでいると地域社会で後ろ指を指されるのが目に見えていた。だから、緊急集会などと呼ぶのも名前負けで、結果はうやむやになった。

「まだ顔を出していない候補、いるか？」

呉船主が確認するように面長、副面長を交互に見た。副面長は飲みかけの湯呑を口から離した。

「わしらを邪魔者扱いしても、道端にこうして建物があるから通りがかりに顔を出すようですね。たくさん来すぎて、誰が誰だかわかりませんよ」

「そうだ。今回は教育監選挙まで重なって、誰かに道で引きとめられて挨拶されても郡の議員なのか、道の議員なのか、さっぱりわからんわい。まあ、投票をしないわけにはいかんから、党の番号を頼りに投票するしかないな」

朴船長の言葉に、呉船主がすぐさま指を立てて抗議した。

「おい、そのみっともない癖は直せないか。今どき候補者を見ないで党の名前だけで投票する奴なんかいないよ」

「ああ、道知事から教育監まで八票も入れにゃあいかんっていうが、自分の家族も出てない選挙で誰に文句言われるんだ。今度の投票用紙を、餅のように重ねたら白頭山《ペクトゥサン》が十一個分にもなるほどだっていうじゃないか」

「だから、幹部たちを選んでおくんじゃないか。この爺さんは」

静かに座って聞いていた副面長はずきずきする腰を伸ばした。

「おいおい、どんな官職様だねそれは、幹部だって決まってないよ」

周りを見まわして湯呑にお茶を入れていた面長が口を開いた。

「だから、面でよく考えて注文をまとめてくれっていうんだろ。馬鹿野郎。官権選挙をしようって話じゃないか。政党番号を頼りにしようって話よりも、もっと恐ろしいな」

大事なことではないとでも言いたげに笑い飛ばしながら、面長は壁の時計に目をやった。十一時になりつつあった。彼は体を起こし、事務室の窓から漁港へ向かう道を見やった。

藤の葉が窓を半分覆っていた。事務所に来ていながら、枝を剪定するのをうっかり忘れていた。彼は机に移ると老眼鏡をかけて電話帳をめくった。

「李康は奇路星《キロソン》に面会するってはっきり言ったのか？」

朴船長が副面長に尋ねた。

「私が昨日会いに行ったら、そう言っていましたね。会わないって言うのを拝み倒して、ようやく行く気になったって顔でしたけど」

「まったく。死にかけてる相手に、昔の恨みを引っ張りだしてどうするんだか」

「李康の兄《ヒョンニム》さんにはそれだけのことはあっただろ。奇路星の一言で人生台無しにされたんだから」

「もう国から補償金ももらっただろうに、恨みも消えるころだろう、なあ」

「補償金なら私ももらっていますがね、いくらにもならんですよ」

「それで、今度の選挙はどうすりゃいいんだ？」

呉船主が話の方向を元に戻して、ソファーでは再び選挙が話題に上がった。

「今度の選挙はどうすることもないよ。道知事一人をちゃんと選んで、後はそいつをうまく助ける人物かどうかそれだけ考えて選べばいい。ほかに何かあるか？」

「その手もありますね。それで……」

副面長が開けっぱなしの事務所のドアを見やって、声を低めた。

「一昨日、昼飯代を包んでいった五番に入れてやらなきゃいけませんかね？」

「ありゃあ、六番じゃなくて五番だったか？」

朴船長が目を丸くして聞いた。副面長が舌打ちをした。

「これだからな！　ほかのどこかでそんな話を言わんでくださいよ。北面の奴らはボケて投票したって、噂になりますよ」

「来ないって？　来ないなら、わしらだけで行こう」

呉船主が机の前で受話器を手にした面長に大声で言った。その言葉には、たいしたことではないとやり過ごすのではなく、気に入らないという気持ちがしみだしていた。

「電話を取らないところをみると、もう家を出たようだな。まだ余裕があるから、もうすこしだけ待ってみようか」

面長は、再び窓の外を探った。

海岸道路を観光バスが北上していった。老人たちは何も言わずに外を眺めた。観光バスは一台で終わらず、列になって六、七台が通りすぎた。修学旅行の学生たちを乗せて統一展望台へ安保見学に行くバスのようだった。まさに今、修学旅行の季節なのだ。

「あの子らがひとかたまり、行ってきたからってどうなる。金剛山への道が開かんことには、生活できんな」

呉船主が、ソファーに座り直していった。金剛山への観光ルートが閉鎖されて二年になり、地域経済は目も当てられなかった。金剛山観光が盛んなころには、旅館も食堂も景気がよかった。漁港も、スケソウダラが上がらなくなって十年、近年あれほど外部の観光客でごったがえしたことはなかった。今となっては閉店した食堂が軒を連ね、ペンションだのなんだのと建てかけてやめてしまった建物が海岸に並んでいた。

「それはともかく、潜水艦の天安号が沈んじまったから、金剛山観光の再開には時間がかかりそうですね」

一番最後まで窓の外を眺めていた副面長は、振りかえりながらつぶやいた。昨日今日に始まった話題ではなかったが、老人たちの顔に心配が見えた。呉船主がぶっきらぼうに言った。

「なんだい、死ぬ前に故郷に一回行ってみたいのか?」

「ちぇっ。金剛山が失郷民みんなの故郷でもあるまいし。年上のあんたがたは、どうだか知りませんけどね、私はガキどもが修学旅行に行くっていう金剛山に、いまだに足の一歩も踏み入れたことはありませんよ」

老人たちはみな、初めて聞く言葉に驚いて彼を見つめた。この地方の老人たちで、金剛山に一度も行ったことのない人は珍しかった。故郷を失くした人々からしたら、金剛山だけでも踏みしめてみたいのが人情の常というものだ。さしあたりの暮らしに余裕のある呉船主は、季節ごとに墓参りにでも行くかのように金剛山に通っていた。春には母親の遺影を抱いて、秋には父親の遺影を抱いていったが、彼は金剛山への道が閉ざされてからというもの、永遠に故郷へ行く希望が消えてしまったとがっかりしていた。

「いや、どうしてあそこに今まで一度も行かなかったんだ？　故郷で何か悪いことでもして南に逃げてきたのか？」

「故郷が何の……喜んで迎えてくれる人がいるでもなし、思い残すことでもあれば故郷が懐かしいだろうけども。私は、自分の子どもに故郷を作ってやろうと生きてきましたよ。だから自分の故郷を恋しがって生きたことはありませんよ」

　副面長は、相変わらず気が利かない返事をした。珍しい人もいるものだと、老人たちは彼をじっと見た。故郷の話が出るとまず切り上げて、互いにいたわりあうのが彼らの心情だった。こうしてともに過ごすのも故郷をなくした者同士という縁があってこそだと考えている老人たちからすれば、いきなりそんなことを言うのはいぶかしいばかりだった。だから、この故郷の話題が気に障る老人や、故郷を恋しがる心をむやみにかきたてる話だと嫌がる老人もいた。面長だけは、別に思い当たる節があって金光淑老人の顔をじっと見た。

「ともかく、今だから言えることですが、ネズミのしっぽほどの故郷を、あんな幻のようなもんをどうして恋しがるんですかねえ。そんなの、むりやり作りだした気持ちですよ。子どもらに向かって百日間、話してみなさいよ。また何かぶつぶつ言っているって白い目で見られるのがおちですよ。運が悪いんだ、世の中が悪いんだ、どうにもなりませんよ」

金老人は歯ぎしりするほど腹が立つとばかりに、ぶるっと肩を震わせた。

「話のはずみで、そう言うんだろうがねえ。どんなに気にくわなくても、そういう言い方はやめなさいよ」

呉船主が、遠回しに訓戒のような自説を述べた。

「生きていくのに精いっぱいだったからか、故郷を思いだして枕を濡らした日もかなりあったよ。わしらが今、〈望郷の家〉を建てようとするのも同じ考えだろう。これだけ年を取ってみると、思い残すことは故郷と故郷の人たちばかりってやつだよ。そこに行って父母兄弟抱きあって、ここまで生きてきた自慢もしてみたいってなあ。あんたは十二、三歳で出てきたからかもしらんが、わしらは違うよ。出ていこうと決心して行くところだったら何も言わんがね。押しだされて出てきたもんも、逃げだして出てきたもんもいるのが故郷だって言うが、わしらの身の上はそうじゃないだろう。わしはむしろ長く生きるほど、ここでの暮らしが幻みたいに感じるんだ。いくら気にくわないからって、あるものをないって言って済むのか？　おまえさんの言葉を聞いてると、急に膝の力が抜けてくるよ」

と甲高い声で言って、話に終止符を打った。

雰囲気が急に沈んで、金老人もそれ以上、説明を加えようとはしなかった。

副面長の金光淑は、過去に北に拿捕された経験のある人物だった。それは一九六八年の冬だったはずだが、この辺りではスケソウダラが大量に採れていたころだった。南北関係が硬直し、接境地域であるこの地方では多くの漁船が北朝鮮の警備艇に拿捕された。そのころをすこしでも知っている人ならわかるだろうが、十隻の漁船が列をなして引っ張られていく日もあった。時には戻ってこられない人たちもいたが、大部分は二か月から四か月、長くても半年ほど引きとめられた後に戻ってきた。北側にしたところで、人口を増やそうと漁師を引っ張っていくわけではなかった。平壌《ピョンヤン》やら、興南《フンナム》やらの名勝地に連れまわして観覧させ、産業施設を視察させて体制の宣伝に活用すべく拿捕したのだ。かつてこの地方では、そうやって北に拿捕された漁師が百名をゆうに超え、今でもこの地でひっそりと暮らしている住民が十五人ほどいる。金光淑もそのうちの一人で、今待っている李康と、今日面会に行こうとしている奇路星もそうだった。

今日集まった老人たちは、かつて延縄《はえなわ》漁船にともに乗っていた同僚だった。呉船主だけが奇路星とは面識がなく、今日は束草まで車を出すために同行することになったが、彼にしても海を相手に年を重ねてきた海の男だった。当時は南北間の漁労限界線が不安定に上下しており、魚群探知機のような装備もなく限界線を表す灯台から離れると、限界線を越えたのか越えていないのか知りようがなかった。そして実際に線を越えていることにハッと気づきながらも、船で北上することもあった。潮に任せて移動する魚の群れを追いかけているうちに漁師の欲が出ると、ロープが引いてあるわけでもない漁労限界線など目に入るわけがなかった。運悪く捕まってしまえば面倒な人生になるとわかっていても、一日稼いで一日くいつなぐ身の上では、北に捕まるなんて他人の話だと思って海に出ていった。うとうとしては線を越え、わかっていながらも線を超える、そんな時代だった。

ある時、面長と朴船長は東草船籍、東進三号に、金光淑たちは東進四号に乗り、四海里沖の北の漁場に行った。油壷を灯した二十隻余りの漁船が船団をなしていた。海辺にある軍部隊の教会では、高々と立てたクリスマスツリーの灯りが遠く揺らめいていたが、まもなくそれも見えなくなった。

当時の延縄漁業というのは、縄に付けた針にイワシやサンマを刺して海に入れ、明け方に引きあげていた。縄を長く伸ばしながら北の方を見ると、北朝鮮の漁船の灯りか警備艇の灯りが、水平線に見え隠れするように遠く揺れていた。スケソウダラが回遊する季節だったのでどこも昼も夜もない忙しさだった。延縄を海に放り投げて立ちあがると灯りがぱっと近づいてきた。錯視現象だった。海で水平線の近くに目をやれば、ましてや月の光の下ではどんなものも実際の距離よりずっと遠く感じられるものだった。彼は、そうだと信じていた。その時にはすでに船が限界線を越えているとは夢にも思わなかった。南を見ても自国の海軍警備艇は見えなかった。出港するときには取締りに捕まるかと心配していたが、今では内心安心していた。

延縄を海に入れると、五人ずつ乗っていた船員たちは三、四時間でも眠ろうと船室に入り、折り重なるように横になった。冬の風が吹きすさび、海風に濡れた船室が温かいわけがなかった。焼酎を回して一口ずつ飲むと、酒の勢いで眠りについた。

万が一のためにと、寝ずの番に立たせた十七歳の少年が「カーチェルだ！」と叫んだ。カーチェルとはソ連製の警備艇を指して船員が呼ぶ言葉だった。船室から飛びだして見るとサーチライトを灯した北朝鮮軍の警備艇が五隻、漁船の間を走っていて、南に逃げだす漁船も見えた。東進三号も急いでエンジンをかけて船首を回転させた。カーチェルはすこし追いかけるふりをしてあきらめ、包囲網に入った三隻を拿捕して北上していった。漁港に戻ってみると、金光淑たちの乗った東進四号と、豊年号、江津号が最後まで戻ってこなかった。

拿捕された船が南に戻ってきたのは三か月後の翌年三月だった。船員たちは人民軍が提供した新しい衣類と食料、船で使う燃料を補給してもらい海金剛と呼ばれる領津港《ヨンジン》を経由して東海《トンヘ》の海上で解放された。すぐさま海軍の警備隊に引き継がれ、束草に移動すると関係機関の取り調べを受けた。船員たちは公設運動場近くの旅館に別々に監禁されたまま、ひと月を超える厳しい調査を受けた。調査というのは罪人を扱うような断固としたものだった。北に拿捕された当時の状況と、拿捕後の滞在期間の行動が詰問されるのだが、拿捕当時の状況は脱出した船の乗組員がすでに証言しているのでそれ以上調査の必要がなかった。問題は北で過ごした三か月だった。対共産主義捜査官たちは、拷問まで加えながら証言を求めた。どんな機密を漏らしたんだ？　派出所や行政官舎、灯台の場所を教えたか？　北朝鮮はいい暮らしをしていると同僚と話したことがあるか？　ほかの船員たちの陳述と違うじゃないか。ほかの人がサッカーをしているときおまえは何をしていたんだ？　スパイになる密封教育を受けなかったか？　潜入スパイの誰それと接触しようとしたか？　対共捜査官たちは船員たちをスパイに仕立て上げた。北では夜間だけ全国を移動して回り、よい場所を見学させてくれたが、拿捕された船員たちの気持ちはひとつだった。みな妻子と家族を南に残した立場で、北側がいかなる工作と懐柔策、脅迫をしたところで耳に入れるはずがなかった。早く無事に家に帰りたい一心で、愚直に相手に従っているだけだった。むしろ、戻ってからこのようなひどい目にあうなんてやりきれなかった。対共捜査官たちは水拷問に電気拷問まで加えながら、でたらめな調書を絞りだそうとした。

それでも金光淑と李康は、下着を下痢便で濡らしながらも耐えた。しかし奇路星が問題だった。北で解放される前に金剛山の温井里《オンジョンリ》にある旅館で四日間過ごしたのだが、そのうち二晩のアリバイといくつかの問題が解明されなかった。金光淑と李康は、ある一日は団体での会食があり、翌日は文化映画の観覧をし、最後の日には温泉につからせてくれたと陳述した。すべての日程が団体行動で、船員たちの調書は同じになるはずだったが、奇路星は映画観覧と温泉のところで違う陳述をした。初めは腹を下して旅館の部屋にとどまっていたと言ったが、その後には疲れて一人旅館に残り、周囲の散歩をしたと言った。そして何発か殴られると、再び温泉に自分も行ったと陳述を繰り返した。個人行動が可能なのかという問題が浮かびあがった。当時、一緒に拿捕された十八名の証言を総合すると、奇路星の陳述がまったく間違いだというわけではなかった。昼はカーテンで閉ざされた旅館の部屋で過ごさなければならなかったが、案内員の引率のもとで旅館の周辺を散策することができた。

そして奇路星は温泉の風景をかなり詳しく陳述した。ただし、ロビーと待合室の様子は具体的に陳述できなかった。露天風呂の構造や水温、露天風呂の横にある松の木の位置などは行ったことがなくては説明できないほど詳細で、旅館から温泉に行く道にある、金正淑《キムジョンスク》休養所だとか、休養所の隣の畑だとか、そして国道のプラタナスなどをまるで小説を描くように描写してみせた。そんなことはほかの漁師たちが証言できない部分で、むしろ疑われた。しかも彼は温泉のロビーにかかっていた金日成《キムイルソン》の肖像画と接待員たちの人相や服装をまったく陳述できなかった。決定的だったのは、何人かの船員たちが奇路星は二晩の間、一緒に行動していないと口をそろえて言ったことだった。さらにいくつか疑わしいことが残った。拿捕された船員たちは北から新しい服を支給されたが、背広を支給されたのは奇路星ただ一人だった。そして船員たちは、奇路星が普段とは違って二晩の間泣いたり笑ったりといった不安定な状態だったと述べた。領津港から戻るときに、彼は地べたにべったりと腹這いになって慟哭したという証言もあった。

ひと月に渡る調査の末、拿捕された船員全員に水産業法違反が適応された。奇路星には〈いわゆる北朝鮮平和統一委員会からのスパイが現れたら、捜査当局に通報せずに北傀に同調しろという教育と指令を受けた〉という名目で国家保安法違反、反共法違反が追加適応された。そして彼の陳述によって、李康もまた敵国に対する称揚・鼓舞罪が適応されることになった。李康が開城《ケソン》へ行ってきたとき、夜のバスで「野良仕事まで機械でやるのか！」と言ったというものだった。しかし、それは李康はそれまでソウル見物のひとつもしたことのない、世間に疎い漁師だっただけのことだ。

金光淑は六か月服役して家に戻ると、家族を連れて束草に行ってしまった。奇路星と李康は太田《テジョン》の刑務所にそれぞれ、三年と一年服役した。李康は戻ってきてからは再び船には乗らず、埠頭の人夫として他人の網などを手入れしながら暮らした。奇路星もまた、漁港に戻った。拷問の際に聴力を失って二級障碍者の判定を受けたが、鎮痛剤を常用するほど症状は重く、日雇いのまま年老いた。奇路星はこのコンテナハウスに一歩も足を踏み入れたことのない、唯一の失郷民だった。徹底的に孤立していた彼は、見ようによっては失郷民の中で一番不幸な部類に入る人物かもしれなかった。

ある日、李康が奇路星の家に会いに行って、住民の前で奇路星を十発もひっぱたいたことがあった。奇路星は言い訳の一言もせずに李康の殴打を最後までおとなしく受けていた。この事件の後、彼らは二度と会わずに生きてきた。

奇路星は言わずもがなだが、李康にしても解放されてから一日も安楽に生きることはなかった。常に警察が後ろをついてきて、四キロ先に出かけるといっても管轄の警察署に申告が必要だった。事件が起こればまっさきに疑われて警察に呼ばれていき、随時、行動を聞きこみするので隣人と親しくすることもなかった。そればかりか、誰かが訪問したり、おかしな動きがあれば通報するようにと指示まで出されていたのだから、隣人たちも互いによく知りながらも、互いに面倒なことに巻きこまれまいと距離を置いた。当時の北面事務所の幹部たちは、北に拉致されて戻ってきた住民たちをひそかに監視する役割も持っていた。

李康は盧武鉉《ノムヒョン》〔韓国の第十六代大統領。任期は二〇〇三〜〇八年〕政権下で再審請求をしてスパイの汚名を晴らし、拉北被害者として慰労金をいくばくか受け取った。しかし、スパイの汚名を着せられて過ごした月日は決して保障されなかった。末の弟は海軍士官学校に受かったものの責任連座制に引っかかって不合格となり、漁師になったが嵐にあって死んだ。一人娘は教育学部を卒業したが、赴任地の発令はされなかった。

奇路星は拉北被害者申請をしていないことで知られていた。そんな彼が末期の肝臓がんと診断され、束草の病院であえぐように最後の息をつないでいた。

十一時半を過ぎるまで、とうとう李康老人は現れなかった。副面長が彼の妻に電話して確認したところ、朝早く出かけたということだった。

「なんだい、誠意のない奴だな。行きたくないからって、わしらを避けてるんだ」

面長が舌打ちをした。

老人たちは呉船主の車に乗りこんだ。

「俺には、よくわからないから聞くんだが……」

と、助手席に座った朴船長が後ろを振りかえり、副面長を見た。

「奇路星の爺さまは、どういういきさつで北で二晩、別に過ごすことになったんだ？」

「そうだなあ、俺も知りたいよ」

ハンドルを握る呉船主も相槌を打った。

「なんですか、私らがありもしない話をでっち上げたって言うんですか？」

「聞いただけで腹を立てることないじゃないか」

「三十年過ぎても理解できないのは李康の兄さんも、私も同じですよ。大体どんな事情があって、二晩の行動をすっきり打ち明けることができないのかって」

「愚か者なんだろうよ」

呉船主が言うと面長が答えた。

「融通が利かないっていってもそこまで馬鹿ではないだろうよ。独り身であんな生活をしながらも息子を博士にまでしたところを見りゃあ。その息子も二人といないほど孝行者だそうだ。病気になった自分のおやじを生き延びさせようってソウルでも、どこでも手を尽くして探しまわったようだよ」

車の中はしばし静寂が流れた。副面長が再び口を開いた。

「昨日、李康の兄さんに会ったときに、妙な話をしたんだよ」

朴船長がはっと後ろを振りかえった。

「俺たちが温井里の旅館にいるときに、党からよこした案内員が何人かくっついていましたよ。たしか男が二人に女が三人だったと思いますが。その中に髪を後ろにリボンで縛った素朴な感じの女の案内員がいて。誰だったか、あの豊年号に乗っていて二度も拉北された一里のソングンさんっていたじゃないですか。その案内員の女が言うには、あなたは本当に幸せ者だ、こうして故郷に二度も来られて、ってうなずいていたって。それで李康の兄さんが言うには、その女が奇路星の部屋に何度も出入りしていたって言うんですよ。俺もその話を聞いてじっくり考えてみたら、そんなこともあったような気がするんですよ」

「じゃあ、何か。その女と浮気でもしてた。それが言えずにスパイ罪で引っ張られたってことか？」

「そうでなかったら、説明が付かないでしょうよ」

「それはそうだけども。北に行ってそんな真似をするかね。奇路星みたいな不器用な奴が」

「ただ、私らの考えだとそうだってことですよ。愛情なんて当事者でなかったらわからないものだし……」

「ともかく、人の心の中はわからないもんだけど、奇路星の奴も真っ暗なもんを抱えて行くことになっちまったなあ。かわいそうに」

「そりゃあ、そうだよ。正直言って私らだって、あの兄さんに申し訳ない気持ちがないって言ったら嘘になるでしょうよ。刑務所を出てきてからは誰一人気さくに話しかけたこともないんだから。嫁さんが亡くなったときも、葬式に来る人もいなくて淋しいもんだったじゃないですか」

「なんだ、どうにもならん世の中だったじゃないか。馬鹿な時代に馬鹿な人間が生きてたんだよ」

「いろんな見舞いに行ってきたけど、こんなのは初めてだな。なんて言葉をかけたらいいかまったくわからんよ」

朴船長は前を向き直った。話は興味深かったがあっさりと終わった。やはり当事者がいない場では、それ以上の話は出なかった。

病院の駐車場で面長は封筒を用意した。面事務所の公金から十万ウォン出して、それぞれが懐具合に合わせてすこしずつ見舞金を出した。

四十の時に生まれた息子とその嫁が、病床を見守っていた。患者は鼻にチューブを挿して荒い息をしながら眠っていた。肉が落ちて皮ばかりが残り、顔色は黒くやつれていた。腹水がたまり、布団をかけた腹は妊婦のように膨らんでいた。三日前から急に何度も昏睡状態に陥るようになったと息子が言った。午前中はしばらく意識が戻ったが、今は意識がないと言いながら「父さん！　父さん！」と耳元で呼んでいた。老人たちは手を振ってやめるように伝えた。老人たちは患者の冷たい手を順番に触って病室を出た。

息子が見送りに出てきて、老人たちを病院の前の中華料理屋に案内した。

再び老人たちは、父を心配する息子を褒めた。息子は何度も頭を下げては、感謝の意を伝えた。

「午前には李康さんも来てくれたんです」

「あの爺さんが来たのかい？」

老人たちは驚いた表情で顔を見あわせた。

「はい。僕の方から呼びに行ってきていただかなくてはと思っていたんですけど、あちらからわざわざ来てくださいまして、本当にありがたいことです。父もその時はちょっとだけ意識が戻って、互いの顔を見て話もしていたんです」

「おお、そうか。よかったなあ。互いにしこりに残るものは解かないとな。雰囲気はよかったかい？」

息子の様子を探りながら、副面長が言った。

「話しながら二人で手を取りあって和気藹々としていました」

「ああ、そうだろうなあ。どうして、そうならないわけがないよ」

「父さんは、死力を尽くして話をしていました。心に秘めてきた言葉を全部話したことでしょう。僕も二人の話は大体知っていたので、胸に込みあげるものがありました。妻と僕もずいぶん泣きました」

息子の目頭が赤らんだ。老人たちは前に置かれたビールのコップを手にして、喉を潤した。

「わしらも行ってみろって言っていたんだよ。そうやって早く会っておくべきだったんだよ」

面長が言った。

「ありがとうございます」

息子は老人たちを一人一人見つめて挨拶をした。

「こうやって、みなさん来てくださって、もう父も思い残すことはないでしょう。父は李康さんに故郷に行ってきた話をしていました。僕も初めて聞く話で驚きましたが、李康さんも驚いていました。父の故郷は金剛山の温井里ではありませんか？」

「温井里が故郷だったって？　わしらは咸鏡道の人だと思っていたが」

面長が言った。

「北に連れ去られて過ごしているとき、父は旅館の部屋のカーテンをめくってみて、気が遠くなるほど驚いたそうです。そこが故郷の家の前でしたから。家は移転してなくなっていましたが、プラタナスの並ぶ通りだとか、橋だとか、すべて記憶の中にあったそのままだったそうです。案内員が不憫に思って、夜中にこっそり二人だけで外を歩いたそうです。峠を越えて、森にある祖父母の墓まで連れていってもらい、墓参りもさせてもらったそうです。父は一度もそんなことは顔に出しませんでしたが、一生、そのことを慰めにしていたと言っていました」

老人たちは口をぽかんと開けたまま、言葉がなかった。息子が続けた。

「ビールをもうすこし注文しましょうか？　本当に、父はその話をするとき李康さんの手をぎゅっと握って離しませんでした。あんな力がどこから出るのかと、李康さんは手がびりびりしたと後から言っていましたよ。李康さんが帰られてから、父は思い残すことはないという表情でした」

老人たちは、もう奇路星が再び目を覚ますことはないだろうと思った。彼らはなぜか胸が空っぽで、ぼんやりと座っているばかりだった。誰かがため息をついた。面長がかろうじて言った。

「本当によかったなあ。ようやく、安らかに目をつむることができそうだ」

「そうですねえ。父は思い残すことはないでしょう。ないでしょうとも。こうやってみなさんがいらっしゃったんですから」

目を赤くして、息子はその言葉を何度もつぶやいた。

中華料理屋を出て、息子と別れた。車に乗ってからも、老人たちは口を開かなかった。

車が海沿いを北に走っているとき、後ろの席で誰かが寝言のようにつぶやいた。

「まったく、恵まれた爺さんだ。故郷にまで行ってきたとは」

みな食後の眠気で寝てしまったのか、答えがなかった。副面長は海に視線を送ったまま、もう一度つぶやいた。

「墓参りまでしてきたってことか。あの爺さんはまったく」

白菊を抱いて

국화를 안고

女は居間の窓辺に座って熱い茶を飲んだ。湯呑に息を吹きかけるたびに、闇が、女の背後に根を下ろしたほの暗い気配が、袖についたチョークの粉のように払い落とされていった。窓はほのかに明るかった。官舎の前庭に立つ街灯の電灯の周りに、雪がまばらに舞っていた。学校の運動場や民家の屋根は輪郭を消しつつ雪に埋もれていた。満月が描きだした夜のように、風景は非現実的に見えた。彼女は怖くさえなければ、こんな非現実感も好きだった。彼女は菊花茶を一口ゆっくりと口に含んだ。茶は舌の先で冷えながら、生豆のように青臭く匂った。茶を飲むのは、散歩前に水分を取るという長い習慣からだった。普段よりも早い時間だったので、彼女はもうすこし明るくなるのを待ちながら、昨夜、引っ越しの荷物をまとめているときに戸棚で見つけた、去年の秋に寺でもらった菊花茶を入れた。

階段を上る足音が聞こえ、しばらくすると床に新聞が落ちる音が聞こえた。隣部屋の李《イ》先生が購読していた新聞は、彼が全州《チョンジュ》に転任して半月たってもいまだに配達されていた。まだあいまいな時間だった。夜だとも明け方だともいえる時間が窓の外に流れていた。散歩なら夜更けにも楽しむ方だが、今日は散歩というよりも外出に近かった。女は前の晩から不思議と時間に執着し、日付が変わる時間は零時ではなく明け方ではないかと考えたりもした。

女は覚悟したように、猫のような背伸びをして、マフラーを耳元まで巻きあげた。彼女は食卓に行き、包んだチョコレートとタバコとライターを順番に外套のポケットに入れた。靴箱の上には白菊の花束とミトンの手袋が置かれていた。彼女は昨日、菊を買うために近くの港の医療院前まで出かけてきた。登山靴のひもを締め、手袋をして花束を持った。玄関の壁には新しいカレンダーがかけてあった。七日に丸が付けてあった。二日前の日付だった。赤い色鉛筆で描いた丸は闇の中で黒く見えた。ドアを開けると隣の部屋のドアの前に置かれた新聞が白々と見えた。女は新聞を拾いあげ、自分の家の靴箱の上に乗せるとドアを閉めた。電灯のない階段を足先で探りながら下りていった。

冷たい風が吹いていたが、空気は冷えていなかった。登山靴が雪の中に埋まった。二階建ての職員住宅は闇の中に眠っていた。この地区の小学校と中学校に籍を置く独身教師が八名入居しているが、休みに入って街に出たり研修を受けたりで家を空け、宿舎に残っているのは女一人だけだった。女は実家が光州《クァンジュ》にあった。二年前に母親が亡くなり、今ではその家に兄家族が住んでいた。

女は小学校のカラタチの垣根に沿って小道を下っていった。枝を切りそろえたカラタチの垣根に雪が積もり、長い城郭に沿って歩いている気分になった。小道は用水路を流れる水のように雪が積もっていて、足首まで雪に埋もれた。忙しそうに夜明けの祈祷に行く信徒たちの足跡が、雪道の真ん中についていた。垣根の向こうのテニス場には人気がなかった。毎日この時間には、五年の担任の尹《ユン》先生と予備軍の中隊長がテニスをしていた。二日間、テニス場は空っぽだったが、ボールを打つ音が幻聴のように耳元に響いた。女が二時間ほどの散歩から戻ってくるころには、黄土色のテニス場は熱の冷めた夕方の塩田のように静まり返っていた。

時おり彼女は垣根に引っかかったり垣根を越えて小道に落ちたりしているテニスボールを拾って誰もいないコートに投げこんでいた。カラタチの葉が散ると、刺の隙間に固くはまったテニスボールが目についた。女はボールを引っ張りだそうと枝の間に手を差しこんでみたが、そのたびに刺に刺されて手を引っ込めた。ここを発つ前に取りだせるだろうか。

カラタチの垣根を通りすぎるときにはそのボールのことをふと思いだし、それは今となっては思いだせない宿題のように心に引っかかっていた。

女はそろりそろりと足を踏みだした。時々、雪の下のくぼみを踏んではっと驚き、花束を胸に抱きしめた。五年間行き来した道なのに、雪に埋もれた道は初めて歩く道のようによそよそしかった。カラタチの垣根が終わり、民家が現れた。

竹に赤い旗を付けた占い師の家の前を過ぎると、小道は雪が片付けられすっきりとしていた。呉《オ》医院の前だった。老院長は病院の前を掃くことを日課としていたが、女はなんだかその家の前を通るたびに他人の領域に入った獣のように焦りを感じて、我知らず小走りになった。清潔な小道は、老院長の自負心と強迫観念を表しているようだった。育てあげた娘を一人失ったとはいえ、彼は二人の息子を医者に育てた。三代続く西洋医学者の家系が住民たちから畏敬のまなざしで見られていることを老院長もよくわかっていた。彼は学識があり、もの静かな名士として生きてきた。それでも壁のように積みあげた権威を越えて、住民たちに手を差し伸べているようには見えなかった。そんな孤独は地元の人たちの目にはなかなか留まらないものだ。

病院の建物につながっている住宅の中庭には、堂々と生い茂ったヒマラヤ杉が白い雪をかぶって巨大なクリスマスツリーのように立っていた。その異国の木は濃い緑色で、高くそびえる西洋風の屋根とともに呉医院を目立たせていた。村には地方文化財に指定された王朝時代の郷校だとか興礼橋、そして榎《えのき》の保護樹など由緒正しい静物がたくさんあったが、呉医院の家とその家の人々が醸しだす近代的な趣は何よりも時を経た味わいがあった。

老院長は小学校で毎年六月に行われる安保教育の際に常連の講演者として招聘されていた。軍の医官として参戦した戦歴があり、大統領を選ぶ統一主体国民会議〔朴正熙大統領によって自身が当選することを目的に設置された機関〕の代議員も歴任していた。女は子どもたちを引率して講堂に座り、彼の講演を何度か聞いた。麗水順天《ヨススンチョン》事件の際に村に進駐した反乱軍の一派は、銃を放って貯水池にいる野鳥を捕まえているうちにあえなく鎮圧されたのだとか、数年前、光州で起こった事件〔一九八〇年、全斗煥《チョンドゥファン》らのクーデターと、金大中《キムデジュン》の逮捕に抗議する学生デモに端を発し、市民と戒厳軍との銃撃戦とまでなった民衆蜂起のこと。事件の真相は長らく報道されず、暴動とみなされた〕はヤクザ者たちの仕業で、奴らはバスを奪取してそのバスの天井を殴り破って飛ばしてしまったなどというとんでもない話を、不揃いな列で座って聞く子どもたちに泰然と話して聞かせていた。

女は初の配属でこの地に来たが、教師生活にはなんの期待もなかった。老院長のような人物がこの地方では徳望のある有志としてふるまっているという事実だけでも、程度が知れるのではないかと思った。彼女は老院長をとおしてこの地方の情緒とレベルを見破ったと感じていた。彼女は寡黙な未婚女性で、はた目には誰よりもおとなしく穏やかに見えた。

しかし、内面の深いところで冷笑と自虐に苦しんでいた。彼女はいつの間にかここで五年間過ごしたが、この地方に適応できたというより、自分自身を罰するように過ごしてきたという方が正しかった。

昨年の六月、呉院長が言った言葉の中で女の胸に届き、刺さった一言があった。「私たちのような年寄りは死のただ中を生きてまいりました」

死のただ中を生きてまいりました……どうしたことか、女はその言葉に取り憑かれたように何日間か悩み苦しんだ。反発し、否定したいと考えながらも、一方で自分の心に響くものを感じた。彼女はその言葉に慰められているという事実に戸惑った。年寄りは、あるいはあの世代は、その言葉を虚偽や大げさに訴えるのではなく真実として受け取っているのかもしれなかった。百歩譲って彼らの真意にすこしでもうなずけるとしても、それは実際のところ、死んだ者たちをないがしろにした聞こえのいい言い方ではないかと疑った。残酷な光州も、あのような口ぶりをとおして繰り返し語られるのだろう。それでいつの日か、死のただ中を生きてきたという、この真実味を持たない無意味な言葉がこの地球上をぎっしり満たすのだろう。彼女はざらりと鳥肌を立てた。

数日後、女は自分の組の子どもたちが提出した安保教育の参観感想文をぼんやりとチェックしていて、ある男子児童の作文の中でその言葉に再び出会った。〈院長先生は死を避けて生きてきた方です〉女は自分が読み間違えたのかと思い、もう一度読んでみた。子どもがはっきりとした自意識を持って意図的に変化させたというよりも、書き間違えているのははっきりしていた。十五の文章からなるその作文を全部読んでみても、書き間違いに違いなかった。ほかの感想文と同じように、呉院長の講演を要約して書き写し、国のために犠牲となれる立派な子どもになります、という判で押したような文で結ばれていた。

その子どもは、塩田の辺りに祖母と二人きりで暮らす、不憫な児童だった。組の子どもたちの中で通学する距離が一番長かった。女は子どもを呼ぶと、最初の文章をどうしてこのように書いたのかと尋ねた。子どもがもじもじしながら答えた。「死んだ人は絶対帰ってきません」小さいが断固とした声だった。「それは……」女は訂正してやりたかった。「それはとても大変な中を生きてきたってことよ」と言いかけて、女はどうにもならない憐憫に子どもを抱きしめた。そう、私たちが胸を焦がして呼んでも死んだ人は戻ってこない。誰に向かっての憐憫なのかわからなかったが、彼女は自分の一角が崩れていくのを感じた。子どもは思いがけなかったのか、力を入れた首をこわばらせた。しばらくして女はあわてて子どもを放した。そしてその日の午後、教室の一番後ろに置かれた自分の席に座って、自らを責めた。口数が少なく、笑顔もない上に情緒まで不安定な先生だなんて、子どもたちはどんなに居心地が悪いだろう。

突然、呉医院の家の塀の向こうに長い竹竿が突きあげられたかと思うと、ヒマラヤ杉の一枝に積もった雪が崩れた。雪を含んだ風は塀を超えて彼女の顔を包んだ。雪払いは次の枝に続いていた。女は逃げるように小道を抜けだした。通りに出たとき、いきなり一枚の布が空から落ちてきて彼女の顔をかすめていった。女は花束を落とした。片側の結び目がほどけた横断幕が風にはためいていた。それは去年の末から一斉に掲げられた大統領の年頭巡視を歓迎する横断幕だった。まだ大統領は来ていないので、横断幕はすぐにかけ直されるだろう。彼女は数日前、新聞で〈先進〉と〈統一〉を主張する独裁者の新年の言葉を読んだ。ほどなく任期が終わる者の言葉と思えないほど、あまりに意気揚々としていて、さながら五年前の就任の言葉を見ているようだった。

横断幕が揺れるたびに、高い塀とその向こうの校庭で風が雪を巻きあげて、また雪が降っているかのように見えた。女は外套をはたき、雪の中に落とした花束を拾った。花弁が何枚かいたずらのようにこぼれた。彼女は長いセメント塀のわきに伸びる通りを眺めた。小学校と中学校の校門は隣りあっていた。中学校の校門側の塀から醸造場の前まで、この地方の人たちがチェジェと呼ぶ朝市が開かれた。半農半漁地域で、開く時間が短くて朝早くたたんでしまう市には、主に薬物野菜や海産物が出ていた。今は冬だからか、野菜を出している農民はおらず、魚や灰貝、青海苔などを出している海辺のおかみさんたちと、四季を通じて雑穀や干した菜っ葉を広げているお婆さん二人だけが目に付いた。冬の朝市は春夏に比べて規模が半分以上小さくなっているようだ。店の並ぶ通りもがらんとしていた。

女は塀に沿って歩いていった。

二日前、散歩の途中に立ち寄った朝市で男の母親に会った。時おり寺で会う、顔なじみの関係なので、二人はお辞儀をして挨拶をした。いつものようにむくんだ顔が暗く見えた。老女は供え物を準備するために出てきたようだ。新年に行う息子の供養の膳を準備しようと、物寂しい夜明けの道を出てきたのだろう。

老女は買い物かごと青いビニール袋ひとつを両手に分け持って歩いていった。女はついていくように、一歩下がって歩いた。老女は歩みが速かった。身についた農民の歩き方かもしれないが、後ろを歩く彼女の存在が気詰まりで意識的に急いでいるようだった。田舎の人たちはどうしても教師に気兼ねするものだった。郵便局を過ぎて村の通りが終わるころ、女は自分がついていっているという印象を与えたくなくて老人と並んで歩いた。ほどなく、老女から買い物かごを奪うように受け取った。

「運動に行くところです」

むしろ寺に行くのだと言えばよかった、と女は後悔した。女は田舎の人たちに散歩に出歩くことを知られるのが恥ずかしく、ばつの悪いことだと思っていた。

「それ、こちらによこして散歩に行きなさい。手に何か持っていて運動になるかね、そりゃ仕事だよ」

老女がまた手を差しだすと、女は買い物かごを後ろに隠した。老女はしかたがないとばかりに足を止めた。

「寒さがだいぶゆるみましたね」

「小寒も済んだからねえ。でも近いうちに雪がとんでもなく降るっていうじゃないか、それも気になるねえ」

「そうですね」

二人はそれきり言葉もなく、国道を並んで歩いていった。人家が途切れ、霜の降りたにんにく畑と麦畑が広がった。男の家は村はずれの里にあった。老女はひときわ歩みを遅くした。女は姑になるはずの人と歩いているようで、怖さとときめきで胸が騒いだ。ちょっとした心理的な変化にも顔がすぐに真っ赤になる彼女としては、自分の顔が人参のように赤くなっていないかと心配だった。気持ちがばれないように息を殺して深呼吸をした。まるで姑と一緒にいるようで最後まで気が楽にならなかった。二人で歩くなど一度も想像できなかったことだ。女は何も言わずに歩こうといたずらに誓ってみた。道が分かれるところで、さりげなく挨拶をしなくてはと気づき、我ながらはっと驚いて老女をちらりと見た。

老女もまた口をきゅっとつぐんで歩いていた。何か一言言わなくてはいけないが、何も思いつかず、そんな技量もないといった表情だった。

「先生されているそうだけど、中学校にいらっしゃるのかね？」

「小学校です」

「ああ……私はあっちのビド里に住んでいるの」

「あ、はい」

老女は再び口をつぐんだ。女は昨年の秋に男が破談になったという噂を聞いた。男が不幸にして亡くなった若者同士、霊魂結婚式〔韓国では結婚適齢期の男女が未婚のまま亡くなると、この世に恨みを残すと考えられ、死んだ男女の結婚式を形式的に行う。死後結婚とも呼ばれる〕をあげるという話さえ聞いていなかったので、信徒の女性から破談の話を聞いたときには驚いた。花嫁は十七歳で亡くなった呉医院の娘だった。縁談が交わされたという事実だけでも、彼女は自分が彼と恋愛関係でもあったかのように喪失感を感じた。まるで寝ているところを無理やり起こされたようにぼんやりとして、その不思議な感覚にまた戸惑った。何年か切実に男を慕ってきた時間が、非現実的な夢のように彼女の人生から簡単に消されてしまうように思えた。男に向かうやるせない思いはただ自分一人で育んだ執着であり、自分が正常ではないと自覚すると、今更ながら淋しくなった。自分の真心が、盲目と虚飾でもってひとりでにからめとられた気分だった。

何年か前、彼女はある日の散歩中に偶然にも彼の墓を初めて見た。そしてほどなく墓の主は光州で軍人たちの犠牲になった青年だという事実を知らされた。田舎の道などそんなものだが、彼女の散歩はどうかすると墓地の間を通り抜けるコースだった。自分とは何の関係もなく、いわれも知らない墓は、ただ堆肥の山か稲塚のような田舎の情景にすぎなかった。しかしその前を通りすぎ、男の墓を目にするたびに、何度も視線が向かった。居心地の悪い気持ちが凝り固まってほどけなかった。初めは特別な事情を聞いたから気になるのだろうと考えた。次第に、居心地の悪い気持ちがどこから来るのかと自ら問わずにいられなくなった。ほどなく、彼女自身がある悪夢に対面しているという事実に気づいた。七年前、彼女は大学生だった。その年の殺戮は彼女にはなんの被害もなく過ぎていった。それでも大学はもちろん、都市全体が喪中のようで、彼女の気持ちを押しつぶした。卒業と同時にこの地方に配属されたとき、彼女はしばらく開放感を味わいもした。しかしその気持ちは長く続かなかった。彼女は相変わらず憂鬱だった。彼の墓は、自分が悪夢から逃げきれなかったという事実をあらためて思い起こさせた。行きすぎた執着ではないかという恐れを抱いたまま、彼女は時おり道に立ったまま墓を長い間眺めて、時には墓の前まで上っていった。

いつの間にか、彼の墓は彼女にとって追悼の塔のような存在になった。彼女はそのころ再び日記を付け始め、日記の中で顔のひとつも見たことのない男を何度も呼びだした。彼の命日を知ってからは、彼女は自分だけの儀式もしていた。月命日の二日後に花を買って墓に向かった。この五年間というもの、月命日に雪が降るのはこれが初めてだった。

彼女は寺に住みこんでいる信徒の女性に、どうして男が事件の犠牲者が眠る望月洞《マンウォルドン》墓地に埋葬されなかったのかと尋ねた。夫の暴力を避けて四歳になる娘とともに寺の庵に身を預けている若い女性だった。

「銃で撃たれて病院に運ばれてから、二日後に死んだんですって。だから先祖の墓の近くに彼の墓があるようですよ」

教師たちの間で聞いた話では、地方の名士である呉院長が遺族に望月洞行きをやめさせたともいわれていた。理解できないのは、前回の破談を言いだした当事者が呉医院の家族側だったという事実だ。婚礼の日取りを決めてから呉医院の夫人が病で寝こみ、仲人になった占い師が言うには、新郎側に女がいて娘の霊魂をたたっているのだという。破談を言いだした当事者の家で、それも新婦家族の立場なら、その理由を言葉そのまま伝えるわけにはいかなかっただろう。最初からお互いに傷を持つ両家だった。一人は軍人たちの銃に撃たれて死に、一人は失恋を苦にして十七歳で毒薬を飲んだ。似た境遇の者同士、縁を結んでやろうと進められてきたことで、自分たちの娘がたとえ口にしがたい事情で世を捨てたとしても、呉医院の家族からしたらそんな男との縁組は乗り気ではなかっただろう。女はそのように想像してきた。

女が本当に衝撃を受けたのは、死んだ男に女がいたという言葉だった。まるで自分の存在がばれたとしか思えなかった。

「亡くなる前に付きあっていた女性がいたってことでしょう?」

「だから、男の家ではまあ、大騒ぎですよ。道理のある理由だったらともかく。あの家のお婆さんの話では、息子は女性の一人も付きあったことがないのに、って悔しがって。でもね、お墓に花を供えていく若い女性を見たって人もいるんですって。死んだ者同士の縁談って、残っている家族がいたずらにやっているように見えるけど、今回見ていると私たちの縁談よりもずっと堅苦しいものなんですねえ」

女は深い混乱に陥って、男の墓へ行くことをやめた。

村へ続く道の入り口にたどり着くころ、老女はバスの停留所に向かっていった。しばらく休んでから行くようだ。女も買い物かごを手に、老女とともに停留所のセメントの椅子に座った。老女はポケットからごそごそとタバコを取りだしてくわえた。

「先生も吸われるのかね?」

「私は試したことがなくて」

老女はタバコの箱を引っ込めた。老女はまっすぐに伸ばしていた背筋をようやく丸くゆるめた。ひときわのんびりとくつろいでタバコを吸った。たまに老女が寺の庵のかまどの前にしゃがんでタバコを吸う姿を遠くから見たことがあって、女にはなじみのあるものだった。

「口に合うのがこれしかないんだよ。年を取ってから覚えたんだけど。私は、早くに亡くした息子が一人いるんだけど、生きているときにこれをちょっと吸っていてねえ。あの子の墓の前に供えてやるものがなくて、行くたびに一本ずつ火をつけて供えてやって、そうしているうちに覚えたんだよ。だから、これは息子に教えてもらったことになるね。あの子が母親を憐れに思って薬をくれたってことだよ、私にしたら」

老女は溜息のようにタバコの煙を吐きだした。しばらくして、老女が半分まで燃えたタバコの火をもみ消して立ちあがった。老女は虚しい考えから目覚めたように急いでいた。

「もう行かないと。残念だけど」

女は老女の肩から垂れ下がるマフラーをぎこちない手つきでなでた。老女はすこし意地悪そうに見える口元の片側をぴくりと動かした。

老女は買った荷物をまとめると道を渡っていった。女は老女が道を渡り農道に入る姿を眺めた。農道は山裾に続いていて、その山の向こうに老女が帰る里があった。女が男の墓にタバコを供えるようになったのも、墓の前にタバコの吸殻を見てからだった。碑石もない墓の前に人の顔ほどの大きさの石が置かれていて、たまに石の上に吸いかけのタバコを見かけた。遺族がやったことだろうと想像していたが、彼の父親や兄弟だと思っていて、母親が供えたタバコだとは夢にも思わなかった。老女が山道に消えて見えなくなるまで女は停留所に立って見守った。もう、自分は本当にここから離れるのだという実感が湧いた。

女は村を抜けて雪の降る道路を歩いていった。にんにく畑と麦畑が雪で消され、聞こえるのはキュッキュッと雪を踏む自分の足音のみ、世界は静寂に沈んでいた。明け方の気配が下りてきて、周りの物が姿を現した。女はまるで初めての道を歩いている気分になった。登山靴の生地から水気がしみこんで靴下がだんだんと湿ってきた。花束に片手を取られているので、体が傾くたびに手をついてはなんとかバランスを取った。女は歩みを止めると、振りかえって後ろを見た。自分の足跡がずらりと刻まれていた。自分が道を汚したように思った。しかし、墓に近づくにつれて、気持ちがひときわすっきりしていくのも事実だった。

停留所に座って彼女はしばらく休んだ。空が明るくなってきた。空気は重い灰色に押されていた。日は昇りそうになかった。女は外套のポケットからタバコを取りだした。火をつけて一口吸うと咳が出て、すぐに地面でもみ消した。女は立ちあがった。

寺の場所を表示する石を見ると、女は道路から離れて山道を登っていった。松の木の並ぶ道が広がった。尼寺のある山はそれほど高くなかった。寺は道路から三百メートルも離れていない山の中腹にあった。それに比べて、寺の裏山に続く登山道はずいぶんと長かったが、山を西側から回りこむ稜線につながっていて、稜線を越えると小学校の運動場に出た。尾根に登ると塩田と海が見おろせた。以前はこの地方の子どもたちはこの先の尾根まで遠足に来たのだそうだ。

女は道を登って東側の登山道に出た。すぐに林道が終わり、広めの丘陵地が現れた。開墾した畑が雪原のように広がっていた。雪の間にエゴマの株がぽつぽつと見える畑では、二羽の雉が冷たそうな足で駆けまわっていた。林に面した畑の端には一塊の雪がなだらかに盛り上がっていた。女は胸を膨らませた。会ったことはないけれど恋しい人が、秘密のように横たわっていた。女は林道の端で息を整えた。

女はグッとむせぶように息を吐きだすと、畑の畔に下りていった。そしておずおずと退いた。女は再び踏み出そうとして足を引っ込めた。誰も踏んでいない雪道が女を押し戻した。ようやく、女は雪道を歩いて男に菊の花束を差しだし、タバコの火を供えることはできないのだと悟った。女はこれまで墓に自分の痕跡を残したことがなかった。タバコの銘柄も彼の母親が残したものと同じにして、次に来たときにはその吸殻も必ず片付けた。万が一、彼の親兄弟が足跡を見つけたらどう思うかなど、想像もできなかった。予想もしなかった状況に、女はあわてた。雪が降り続いて自分の足跡を消してくれたならと願ったが、今、女にできることはなかった。ただ川のように立ちふさがる雪原を暗澹とした思いで眺めるだけだった。

女は力なく引き返した。瞼が熱くなった。後ろから服の裾を引っ張られるようで、何度も立ち止まったが振りかえることができなかった。

かすかに風鈴の音が聞こえてきた。僧侶といっても尼僧ひとりの小さく寒々とした尼寺だった。生活の世話をする住みこみの信徒親子と、その子どもと友達のようにいつもくっついている赤毛の犬一匹がその寺に住むすべてだった。河月《ハウォル》という若い尼僧は二年前住職としてやってきた。三十代なのか四十代なのか見当が付かない容貌だった。痩せて静かな顔に眼鏡をかけていた。女は仏を拝むことがなかったので、互いに膝を突きあわせて言葉を交わしたことはなかった。遠くから合掌だけして通りすぎるたびに、女は年若い姉に接しているようで、妙な感傷にひたることがあった。僧房に似合う人はほかにいるのではないかと思うような、時おり幼く見える修道女や尼僧に出会うときに感じるどうしようもない悲しみのように、俗世間に彼女たちを引っ張りだしてやりたい衝動に駆られた。以前の住職が僧房の扉を大きく開いて過ごしていたとすれば、河月は白いゴム靴を一足、石段に並べて常に戸を閉めて過ごしているといえるだろう。信徒たちは学識の高い尼僧が来たとささやきあった。住みこみの女性が「犬とでも友達になろうかしら、寺があまりに静かで私が成仏してしまいそう」と、淋しい胸の内を明かしたこともあった。河月が来て以来、客人のない境内は以前にもまして寂しくなり、散歩がてら立ち寄る女にしても心がひときわ静まり返った。

河月が来る前は、年老いた尼僧が寺を守っていた。田舎の口うるさい老人のように、俗人のあらゆる禁忌を仏法のように守った。日が暮れると枝折戸《しおりど》をきちんと閉めて、境内の湧き水を利用する人を村の共同井戸を管理するように取り締まった。酒と肉を口にしてきた人たちが水汲みの瓢《ひさご》に口を付けると言っては小言を並べ立て、境内を駆けまわる子どもたちには杖を振りまわした。住みこみの信徒のことを、お眼鏡にかなわない嫁を扱うようにして仕事に急き立てるので、長く居つく信徒は珍しかった。ある時は、女が何も考えずに観音堂に入ってしまい、仏典箱に手を付けた泥棒のように責めたてられたこともあった。痴呆の症状がひどくなり、金をあちこちに隠すようになると、信徒たちはそれを探すのに苦労した。とうとう老尼僧は病院へ移され、一年前に入寂し御仏のもとへ行った。

女は寺門の石階段のもとに菊の花束を乗せると、庭に入った。観音堂へ続く中庭まで雪を片付けて小道ができていた。地盤を一段高くしたところに観音堂があり、その下の左右に一間きりの庫裏が二棟、向かいあっていた。尼僧と信徒の母子は、そこで向かいあって暮らしていた。僧房がある左の庫裏の台所わきの土間から湯気がもくもくと湧きだしていた。庫裏の裏庭では犬が吠えながら駆けまわっていた。彼女はいつもと同じように湧き水を一口含んで熱くなった体を冷やした。

「朴《パク》先生！」

住みこみの女性が土間からこちらに気づいて手招きをした。かまどの火が温めている僧房の戸は閉まっていた。いつも履物が並んでいる石段は空っぽだった。

女性は待っていたかのように濡れた手で彼女の袖を引っ張った。温気の詰まった台所はぽかぽかとしていた。

「雪道に邪魔されて来られないいんじゃないかって、心配していました」

いつも声を殺して話していた女性が、いつになく浮かれた声で迎えてくれた。そういえば顔におしろいを塗っているようで、唇には口紅も塗られていた。

「お出かけですか？」

女がいつもどおりに声をぐっと低くして尋ねた。女性は恥ずかしそうに視線を避けた。

「出かけるってどこへ？　前に人からプレゼントされたものがあったから、一度塗ってみただけですよ」

「きれいですよ。これから時々は化粧してみてください」

「化粧したからって誰が見てくれるんですか。雪が降ってなんだかそわそわしていたから化粧でもしてみたんです。それはそうと、道は歩けそうですか？」

「大丈夫ですよ。それにここを発つ前に一度顔を出そうと思ってきたんです」

「ああ、そうね。春休みだから、ご実家にも行かないとね」

「転勤です」

女はささやくように言った。

「転勤なんですか？　まあ、どこに行くんですか？」

「羅州《ナジュ》です」

「まあ、そんな遠くへ行くんですね」

そう言いながら、女性は戸棚を開けてピンクの風呂敷で包まれた荷物をひとつ出した。包みはずっしりと重かった。

「昨日の朝預かった食べ物なんですけど、渡しそびれるかと思ってずいぶん心配したんですよ。ほら、下の里に住む、ほら、あの、いるでしょう、光州で息子さんを亡くしたっていう信徒さんですよ。朴先生に渡してくれって置いていったんです」

「私にですか」

女は子どもの父兄から贈り物をもらったかのように気まずくなった。

「今くらいの時期が、あの家の息子さんの月命日じゃないですか」

女はめまいがするようで、黙って包みを見おろした。

「そうだ、あの家の息子さん、やっぱり死後結婚することになったって」

「誰とですか？」

「前に縁談のあった病院の娘さんと、もう一度うまくいったみたいなの。年が変わる前に早くしたいからって、忙しいみたい。冥府殿に肖像やら縁談の書状やらがもう届いていますから」

この尼寺には冥府殿がなかったので、檀君らを祭る三神閣が冥府殿の役割を兼ねていた。女はどこでもいいから座りたくなり、かまどの前に行った。女はしっとりと濡れたズボンの裾を払った。

「あら、すっかり濡れてしまいましたね」

女性が上に乗っていた木の器をどけて、補助用の木の椅子をかまどの前に押しだしてくれた。女は尻を乗せて登山靴のひもをほどいた。

「庵主さんも昨日は戻ってこられませんでした。雪道の状態から見て、今日あたりは予定どおりに帰ってこられるでしょうか？」

　女性はちらりと外を見やった。女もつられてそちらを見た。松林の稜線から雪を含んだ風が霧のように白々と吹きあがり、尼寺に吹きつけた。

「どこか遠くへお出かけなんですか？」

「お里へ行かれました。在所の母君が危篤でいらっしゃるとか」

　女性が何気なく口にした在所の母君という言葉は耳なじみがなく、遠く感じられた。女は登山靴を脱いだ両足をかまどの前に近づけた。彼女は包みを膝に乗せ結び目をほどいた。干し魚を蒸したものと、茹でた灰貝、そして瓜や桔梗の根のナムルなどが重箱の中に整然と並べられていた。首をかしげて重箱をのぞきこみながら女性が言った。

「こうやって料理をおすそ分けしてくれるところを見ると、あのお婆さんは先生のことを本当に気に入ってたんですね。ほら、誰とでも親しくなるご老人じゃないでしょう。そうそう、引っ越しはいつなんですか？」

「二日後です」

「こんなに急にいなくなるなんて、寂しくて、どうしたらいいのか」

　女は外套のポケットをごそごそと探って、菓子の包みを出した。

「チョコレートです。ヨジンはまだ寝てるんでしょう？」

「だらしなくて」

「叱らないでくださいね。この間、チョコレートの代わりにワンちゃんを触らせてくれるって、私と約束したんですよ」

「いつもこれだから、先生はどうしてサンタのお爺さんみたいに自分が寝ている間に来て行ってしまうのかって、駄々をこねるんですよ。でもヨジンが起きたら、大喜びですよ」

信徒の女性はプレゼントを受け取ると吊り棚に乗せた。靴下からは湯気がふわふわと上がっていた。女は魂が抜けたようにくたびれていた。沈みこみそうな体を起こして足を登山靴に入れた。

「もう行くんですか？」

「器をお返しできなくなりそうだから、申し訳ないけど別のもので包んで行きたいんですけど」

「あら、そうですね、ちょっと待って」

信徒の女性は食べ物を韓紙とビニール袋に分けて包むと、それを紙袋に入れて差しだしてくれた。女は空になった重箱の上にタバコとライターを乗せて風呂敷で包んだ。

庭に出ると、女性はおこげ《ヌルンジ》が入っているというビニール袋をもうひとつ持たせてくれた。女は荷物でいっぱいの両手を持ちあげて見せた。女性が庭を横切って自分の庫裏から小さな古いリュックを持ってきた。

「これ、栗やドングリを拾うときに使うカバンだから、返さなくても大丈夫です」

女はリュックに食べ物を入れて、肩に背負った。二人は階段の前で挨拶をした。

「今日はむやみに山道に入っちゃだめですよ」

「子どもたちの卒業式の時、もう一度遊びに来ます」

女は石の階段を下りて、菊の花束を手にした。彼女は寺の後ろ側に通じる山道に沿って登っていった。女は、男と呉医院の娘を写真で見たことがあった。働いている小学校の卒業生なので、事務課の卒業アルバムから探して確かめるのは簡単だった。二人は四年差で卒業していた。互いに存在を知っている間柄だったかもしれない。男は坊主刈りの、ただ純真に見える田舎の少年で、一方ブラウス姿の少女は一目で大事に育てられたことが見て取れた。その写真から青年に育った二人を思い描くことはできなかった。生きていたなら、ちょうど三十歳と二十六歳になっているはずだ。新婦は女より一歳下だった。

三神閣の扉は錠がかかっていた。女は扉の隙間から中をのぞきこんだ。闇が濃くたまっていた。仏画とその前に設置された供物壇がぼんやりと見えた。供物壇には仏具が見えるだけで、遺品や位牌などは見えなかった。おそらく故人の祭壇は建物の側面に別に設けられるのだろう。彼女は朽ちた窓の穴から再び中をのぞきこんだ。右側の壁には位牌を並べた祭壇が見えた。そしてその中に女性の遺影の額縁を見つけた。額縁の中の白黒写真は、櫛でとかした髪をお下げに垂らした女性の輪郭が浮かぶだけで、目鼻立ちははっきりとは見えなかった。これでは新婦を見たとは言えなかった。彼女は長い間、穴から目を逸らさずにのぞきこんでいた。ほどなく、彼女は自分が意味のないことをしていると恥ずかしくなり、扉から離れた。彼女は三神閣の土間の片隅に菊の花束を置いて合掌した。

「あなたは……とても責任感の強い男でした。子どものころの夢は教師だった時も、軍人だった時もありましたが、大学では船を造るエンジニアになろうと勉強中でした……この地方の名産の舌平目の蒸し物と、青海苔が好きでした。ああ、それと母親が作ってくれる飴湯《シッケ》も大好きでした。多情多感でしたが、恋愛したことは一度もありませんでした。女性の前に立つだけで、声が震えるほどでした」

女は目頭を赤くした。

「……命を懸けて愛したあなた、どうか幸せになりますように」

彼女は三神閣に背を向けた。

停留場まで下り、しばらくあてもなくぼんやりと立っていた。用事が終わったと思うと、なんだか淋しくて虚しくなった。別れの挨拶を交わすべき人が、まだ残っているような気がした。しかし、その相手がすぐには思い浮かばなかった。ほどなく彼女は、そのような相手は誰もいないという事実を悟った。

彼女は村とは反対の方向、海辺の方に足を向けた。海辺の塩田に祖母と二人きりで住んでいる児童は、先週から近くの都市へ科学キャンプに行っていた。彼女は私費をはたいて児童をそこに行かせた。その子の祖母は孫が心配でいつも悩んでいて、彼女は児童が中学生になっても援助してやりたいと思っていた。引っ越しの日が決まったとき、女は卒業記念に何か買ってやろうと思ったが、すぐにそれよりも金を包んだ方がいいだろうと思い、封筒を準備してポケットに入れた。それから何日間か、どうも足が向かなかった。

彼女は農道を三十分歩いて塩田に着いた。海霧が深く、雪道はぬかるんでいた。一号、二号、三号と続く狭い建物が堤防に沿って現れた。ゆるんだ堤防をシャベルで叩く音が霧の中から聞こえてきた。家庭訪問をするために一度来たことがあったが、まったく同じ外見の家々が並んでいて、霧も深く、児童の家は簡単には探せなかった。彼女はさまようように干潟の道を歩いていった。すると誰かが急に彼女の前に現れた。男の方も同じように驚いたようだった。青みがかった瞳の男は、畑から採ってきたばかりのニンニクの束を手につかんでいた。ぎっしりと生えた白い根に土の塊がついていた。女は子どもの名前を伝えて家の場所を尋ねた。男は指で女が立っているすぐ後ろを指した。そしてすたすたと去っていった。

今しがた通りすぎた家だった。老祖母は台所で朝食の支度をしていた。最初は女のことを思いだせないようだったが、孫の担任だと伝えると大喜びで女を小さな部屋に迎え入れた。老祖母は布団の端を引っ張って膝にかけて言った。

「朝ごはん、まだでしょう。私がすぐに支度するでね」

そして、戸の前にぽかんと立っている男に村の人たちを連れてくるように言った。男は手につかんだニンニクの束を老人に渡していなくなった。女はリュックから食べ物の包みを取りだすと台所へ行った。

「ここで冬の三か月、過ごす人夫らが何人かいてね、私がご飯作ってやってるんだよ」

こじんまりとした食事がふたつの食卓に並び、まもなく人夫らが入ってきた。ニンニクの茎を入れたテンジャン汁を並べて、若干ぎこちなく食事をした。

「先生。あの子から手紙が来たですよ」

老祖母はにこにこして言った。

「まったくねえ、うれしくて死にそうですよ。あの子が私んところに来てから、離れるのは初めてだもんで」

すると、毛糸の帽子をかぶった青年が向こうの部屋から言った。

「あいつが子どもなもんか。股ぐらに黒いもんも生え始めてるっていうのに」

「シッ。若い先生の前で言う言葉かね」

老祖母は青年を横目でにらみつけてから、女の機嫌をうかがった。

「それでも、まだまだ子どもですよ。婆さんの胸をいじりながら寝る子だでねえ」

男たちが笑った。女が言った。

「私にも手紙が来ました」

「そうかね？　とにかくあの子は先生のことを自分の母親のように思っているから。かわいそうな子ですよ」

そう言うと老祖母は横を向いてスカートの裾で目元をぬぐった。

食事が終わると人夫たちは出ていった。女はそれから二十分余り座っていた。居心地の悪い席だった。老祖母は、ただ子どもの将来を心配するばかりだった。女は教師としての慰めと励ましの言葉を言った。なぜか女はこのような席に虫唾が走るように感じた。女はいっそ転勤の知らせを教えてやろうとまで思った。

「今となってはいつ消えてしまうかわからない身だでねえ、いつだってそれが心配なんです。私が逝っちまったら、誰があの子を引き取ってくわせてくれるかと考えると、眠れなくなりますよ。まあ、こんな私の言葉も、先生に言うことではありませんけどねえ、どうかあの子を息子と思ってくれませんかね」

女もむせび泣いた。

「まあ、まだまだお元気なのに何をおっしゃるんですか。あの子がすっかり大人になったら、お婆さんが何不自由なく暮らせるようにしてくれますから、心配なさらないでください。ずいぶんと人懐こくてしっかりしていますから、いい子に育ちますよ」

「とにかく、先生だけ信じてますでね」

女はポケットから封筒を出して床に置いた。

「これから中学校に入るのに、鞄やら参考書やら買わなくちゃいけなくなりますよ。私が買って、卒業式にあげようかと思いましたけど、お婆さんが直接買ってあげたらもっと喜びますから」

「まあ、先生ったら……」

老祖母は女の手を引っ張ってつかんだ。

子どもの家を出ると、外はまた雪が降っていた。女は塩田から急いで出るときに農道で足をくじいた。彼女は地面にしゃがみこんだ。右の足首に力が入らなかった。彼女は足首を伸ばして静かに立ちあがった。右の足首の外側が、足を地面に付けられないほど痛んだ。足を踏みだすたびに疼痛《とうつう》が電流のように腰まで上ってきた。しかし、次第に彼女はすっきりとした気分に包まれた。自分の体は自分のものだと感じた。痛覚が体を目覚めさせたのだ。

女は村に入ると足を引きずりながら呉医院に行った。医院に行くのは初めてだった。看護婦はおらず、待合室もない治療室はがらんとしていた。門についているベルを鳴らしてみたが、出てくる人はいなかった。住民たちは診療室の裏の扉を開けて医師を呼んでいるのだろう。女は診療室に向かってみた。暖炉には薪が燃えていたが、空気は冷えていた。住居側の中庭に人の気配があった。女は後門へ歩いていった。ヒマラヤ杉の影が深い、小さな中庭は暗く湿っていた。除いた雪を小さなリヤカーに乗せていた老院長が、ぼんやりと女を見た。

女の足の甲は腫れあがっていた。ケガをした部位は靴と厚い靴下に締めつけられて皮膚が死んだように真っ白だった。老院長が触れるたびに痛みがよみがえった。

「すぐに真っ青なあざになる。足を高く上げて寝ることです。歩きまわるのはよくないな。どうしても辛い時にはアスピリンを飲んで、炎症がひどくなるとよくないから、しばらく通ってください」

老院長は消炎剤を塗ると、包帯を巻いてくれた。老院長は血の気のない手を細かく震わせていた。皮膚はきれいだったが、頬には老人性の斑点が広がっていた。

女は靴を履いて頭を下げた。再び老院長がじっと見つめてきたので、女は気まずくなって目を逸らした。老院長が何を考えているのか、女にはわかる気がした。娘と同じ年頃の若い女性を前にするといつもそんなまなざしをするのだろう。老院長は女が考えていたよりもはるかに老いていた。女は意地悪な気持ちになった。娘の話を切りだして、苦しむ様子が見たくなった。

女はぱっと立ちあがった。しばらく休んだからか、逃げだしたいからか、女は足を踏みだすのが苦しかった。うめくような声を出して老院長がその場から立ちあがり、手を差しだした。しかし、すぐに手を引っ込めると、先に立ってドアを開けてくれた。思いのほか肩幅が狭く腰も曲がっていた。女は雪の降る道へ出た。老院長はちょうどそこまでと決めてでもいるかのように、ドアのところに立って尋ねた。

「歩けそうかね？」

女はうなずいた。挨拶をして背を向けると老院長が後ろから言った。

「生きるものも、死んだものもいない季節だな」

女は振りかえった。後ろに手を組んだ老院長が空を見あげていた。女と視線が合うと、老院長はやはりつぶやくように言った。

「雪が降るのを見ると、そう思いますよ」

女はその考え方が忌まわしくて、憂鬱な気分になった。老院長は相変わらず幼い子どもを見送る人のように玄関に立っていた。

午後の間ずっと、女は宿舎に残って荷物をまとめた。日記帳と手紙が段ボール箱半分ほどたまっていた。女は足を引きずりながら箱を持って学校の焼却場へ向かった。ずいぶん前から足を引きずっていたような気がした。彼女は炎の中に手紙を投げ入れ、日記帳を持ちだして焼いた。彼の生活記録簿を探した話、墓を訪れて遠くから彼の老母を見た話、そして村の人たちが彼について交わしていた話などが記録されていた。彼女は日記帳を五冊、火の中に投げこんだ。火が小さくなると、雪を集めて灰の山を覆った。

カラタチの垣根に沿って歩き、テニスコートの見える小道で足を止めた。腰をかがめてカラタチの木をのぞきこんだ。雪に覆われた垣根の間に、テニスボールが以前と変わらずはまっていた。彼女はカラタチの木の間に手を差しこんだ。刺が手の甲をひっかいた。彼女はうめきながら手を引っ込めた。手の甲に血が滲み、滴となって膨らんだ。彼女はまた垣根に手を突っ込んで目を閉じた。力いっぱい手を差しこんだ。指先がボールに届き、彼女は力を込めてそれを押した。テニスボールはカラタチの垣根の下に落ちた。手の甲には五、六粒の血の滴ができていた。女はハンカチで右手を包んだ。彼女は腰をかがめてボールをつかんだ。雪を払うと、テニスボールは黄色く色が褪せていた。女は今になってボールをどうすべきかわからずに黙って立っていた。彼女は背伸びをしてテニス場を見渡した。

疼痛が骨盤まで上ってきた。彼女はボールを垣根の中に力いっぱい放り投げた。ボールはテニスコートに落ちると跡形もなく雪の中に埋もれた。

女は他人の家を見るかのように、雪で覆われた宿舎の庭を見た。朝早く家を出た自分の足跡は消されていた。疲労感が体中を押し沈めた。長い旅行から戻ってきた気分がした。あちこちで大きな罪を犯して戻ってきたような思いだった。

女は家に入るなり崩れるように倒れこみ、そのまま眠った。

誰かがドアを叩く音に目を覚ましたときには、周りは闇に包まれていた。夢かと思ったが、また注意深くノックの音が聞こえてきた。女は明かりをつけないままで玄関に向かった。

「ああ、よかった」

尼寺の僧、河月が合掌した。毛糸の帽子と肩の上に雪が積もっていた。女はあわてて体を引き、尼僧を迎えた。

河月は寒さに震える子どものように体をぶるぶると震わせた。痩せた顔が青白かった。女は河月を部屋に迎え入れた。毛布を引っ張りだして体を包んだ。河月は毛布を首元まで重ねあわせてぎゅっとしゃがみこんだ。部屋をきょろきょろと見渡すと、包帯を巻いた彼女の足首に視線を落とした。

「飲み物を」

女はあわてて背を向けた。

菊花茶を出したとき、河月は横向きに寝て目を閉じたまま苦しそうにうめいていた。女は毛布を引きあげてかけてやった。ほどなく河月は眠ったようだった。女は黙ってのぞきこんだ。唇が青白く凍えて腫れていた。眼鏡越しに左目の下に小さなほくろが見えた。泣きぼくろのある人は、泣くことが多いというけれど……女は長い間別れていた姉妹が戻ってきて、目の前に横になっているように感じた。彼女は河月の眼鏡とマフラーを外し、枕元に置いた。

女も河月の横に静かに横たわった。河月がもぞもぞと動き、苦しそうにむせび泣いた。

「庵主さま！」

女は河月をギュッと抱きしめた。河月は静かに胸の中で泣いていた。女も力なく泣きだした。

夜具の擦れあう音に女ははっとして眠りから覚めた。河月が闇の中で服をかきあわせ、静かに立ちあがった。女は再び目を閉じた。河月が居間を横切り、探るように靴を履いてドアを開けて出ていくまで、女は息を殺して黙って横になっていた。かかとをかすめて風が通りぬけた。まだ夜明けが来るまで時間がかかりそうだ。ふわりと鼻先を菊の花の匂いがかすめた。本当に庵主さんが来たのだろうか。今横になっているのが本当なのか、夢なのか疑わしくなった。女は毛布を肩まで引っ張り上げた。毛布の温かさとなじんだ感覚がはっきりと感じられた。

消された風景

지워진 풍경

息子が車から降りるのを老人は黙って待っていた。午後の間、昼寝ができなかった老人はひっくり返ってしまいたいほどくたびれていた。息子は古びた個人タクシーの後部ドアをつかみ、パントマイムのような動きをしていた。彼に続いて降りる人などいないのに、誰かに手を添えるしぐさをしたかと思うと、相手を抱き起こす身振りをするときには頬に赤みまで差していた。

団地の駐車場には、午後四時の日差しが斜めに差しこんでいた。

近くの公園の木立から飛んできたポプラの花粉が春の日差しの中を舞っていた。光に満ちた空気は赤裸々に辺りを照らしつけながらも、なんだか白濁した感じを醸していた。老人は、自分がちょうどこんな矛盾した感覚の中でこれまで生きてきたように思えた。彼は息子に目をやると、どうしようもなく胸が詰まった。息子は幽霊か透明人間とでも腕を組んでいるような滑稽な姿勢で立ち、血の気のない顔で、初めて来た場所かのように団地を見まわしていた。禿げ始めた額はしわが増え、日差しにさらされて乾いて見えた。細くてまばらな髪はところどころ白いが、四十近くの年齢ですでに白くなり始めるのは遺伝だった。

青年の面影が消えてなくなった息子を、老人は他人のように眺めた。息子からは肉親だという実感どころか、他人だという意識よりももっと遠い、なじみのない感じがした。生を繰り返し、互いに絡みあう縁《えにし》の重みが体に染みつくのだという説法をラジオで聞いたのは昨日だったか、一昨日だったか。ラジオではなく、證心寺に行く客を乗せたときに聞いたのだったろうか。ともかく、この短くも神秘的な感覚は、しみじみと物寂しい思いを引き起こした。

息子が連れてきたあの子とも、一緒に過ごさにゃならんようだな。

何かの誓いのように、老人はつぶやいた。息子を病院から連れだして週末を過ごそうと決心してから、この何日間か何度も繰り返し考えていたが、彼は息子の病的な身振りを目にするたびに、まるで初めて見るかのように緊張した。

老人は息子と目が合うとにっこりと笑った。

「団地が建ってるから見間違えるだろう？　わからんはずだよ。俺もようやく見当が付くようになったんだからな」

老人はしきりに辺りを見まわしては、後門の方に視線を移した。

「たぶん、あの警備室の辺りだろうな。道を渡ると公園の榎《えのき》が見えるだろ？」

二車線道路を渡ると公園の古い石塀があり、保護樹木の榎が、自らも塀の一部になったかのように黒い枝を空に向けて力いっぱい広げていた。老人はひときわ元気のある声で言った。

「うちの屋上の目の前にあった榎の木だよ。俺もあの木を見てやっと撤去された家の場所を思いだしたんだよ」

数年の間に見間違えるばかりに変化した都心の風景の中で、榎の大木だけは変わりなく見えた。木は公園の片隅に建てられた高麗時代の石塔と同じように、この都市の遺跡のように見え、保護されてなんとか持ちこたえているように見えた。老人は自然と祈るような気持ちになって、焦点の合っていない息子の目をのぞきこみ、おまえと変わってやれるものならなあ、と口癖になった念仏のようなつぶやきを飲みこんだ。

やがて老人は地面に置いたふたつのボストンバッグを持ちあげた。息子は例の同行人を支えるような注意深い歩き方で老人に続いた。

建物では新築のにおいが鼻先をついた。広告のチラシで覆われたエレベーターだけでなく、老人が空け放った八〇三号室の玄関からも新築のにおいが漂った。

「どうした、早く入ってこないか」

息子はまるで他人の家の玄関に立っているように、足を踏み入れるのを躊躇していた。老人が手招きした。ようやく息子が動いた。同行人が履物を脱いでリビングに入ってくるのを彼は細心の注意を払って手伝った。彼は同行人を古びた革のソファーに座らせてから、自分もその横に注意深く座った。一仕事を終えたかのように彼は音もなくため息を漏らした。

リビングはよく整頓されていたが、なんだか家財道具がまだそろっていない新婚の家のように落ち着きがなかった。息子はテレビ台にしている槐《えんじゅ》の木の文箱や、寝室と隣部屋の間に置かれた花草模様の赤い一段箪笥に目をやった。それらはすべて韓屋《ハノク》で生活していたときに妻が大切にしてきた家具だった。家の中が不調和に見えるのは、おそらく団地の単調な空間に古家具を持ちこんだせいだろう。ベランダにはまだ荷をほどいていない段ボールが積んであって、その隙間には大小さまざまな甕が目についた。

「家っていうのは不思議なもんだよ。人間と同じで情が湧かないとだめだな。家も最初は人見知りをして、受けつけてくれないこともあるんだからな」

夕方の食卓で老人が言った。コムタンスープの上った食卓は、こじんまりとして清潔だった。息子の前に置かれたコムタンの器に、老人は刻んだねぎをたっぷりと入れてやった。息子の外泊日が決まってから、牛テールを買ってきて三日間コトコトと煮込んだ。老人は食卓に向かいあって座った息子を見やりながら、自分は晩酌に焼酎を一杯注いだ。

「そりゃあ、全部においのせいだ。人間も獣だからな、どこでも自分のにおいがしてようやく気持ちが楽になるってものだよ。食べ物のにおいも漂って、ぶうぶう屁もこいて、そうでなくちゃな」

老人は二杯分の酔いを借りて、けらけらと笑った。我ながら物寂しい時間に耐えていることに気づくと、そう自覚するほどに口数が増えた。息子と向きあって食事をする時間はどのくらいぶりだろうか。何年かぶりにようやく持てたこの幸せな時間も、わざわざ誰かにお膳立てされているようで、しっくりいかなかった。

「俺も三か月過ごしてみて、ようやく自分の家に住んでいるって感じがしたもんだよ」

彼は気まずくなってさりげなく付け加えた。息子はスプーンを持ったまま食事に手を付けなかった。傍目に不安そうな様子が見て取れて、老人はすぐに理由に気づいた。老人は大事なことをうっかり忘れていたというふうに、大げさに言った。

「姉さんもテーブルに呼んで一緒に食べようって言ってくれるか？　早く座ってもらいな

さい」

息子は隣の椅子をゆっくりと引いた。その間に老人はスプーンと箸を一組準備して、横に空のどんぶりを並べた。息子が姿の見えない娘を椅子に座らせる姿をやりきれない思いで眺めながら、老人は尋ねた。

「ご飯とスープは別によそわなくても大丈夫だな。空の器だけ出してくれってことだね」

彼は同意を求めるように尋ねた。息子はうなずいた。息子は表情がひときわ明るくなり、ようやくスープにスプーンを付けた。老人は、玉ねぎと唐辛子を味噌と一緒に息子の前に出してやった。

「お客さんがチサン遊園地の農園で育てて収穫したって分けてもらったんだ。採れたてのにおいがしていたが、消えちまったなあ」

そして彼はまた酒杯を持って口を湿らせた。

今更のように彼は四人掛けの食卓を見渡した。二人が逝き、二人が残った。息子は幸せな子どもだった。彼にとっては、自分の母親と姉のいる家族四人がそろった夕食なのだろう。医師は、息子が自分の妄想をすこしずつ認め始めているところだと言っていた。妄想を振り払うことは永遠にできないだろうが、ゆっくりと好転するだろう。その言葉を十年も聞いてきたが、そのたびにいい知らせを聞いたようにうれしかった。息子と同じ症状で治療を受けている多くの患者たちが、死ぬまで妄想とともに過ごしながらも大きな支障なく日常生活を営んでいるというのだから、せめてその程度に暮らせるようになればそれ以上は望むべくもなかった。

「さあ、二人とも早く食べなさい」

そう話しかけるころには、老人は息子の横に恋しい娘を座らせている気分になった。それは生き生きと実感できて、こんな贈り物を持ってきてくれた息子がありがたくさえ思えた。

老人が記憶を探るような表情で口を開いた。息子が老人の隣の空っぽの食卓を眺めた。

「ある日のことだ、母さんが昼飯を食べているときに青唐辛子を持っているじゃないか。しびれるほど辛いチョンヤン唐辛子だったよ。知っているだろうが、おまえたちの母さんは胃腸が弱くて辛い物は口にしなかっただろう？　そんな唐辛子を怖がらずに一口パクリとかじってしまってなあ。こいつ、気は確かかと思ったよ。すぐに顔をしかめて、水、水って騒ぐから、笑ったなあ。これまでしなかったいたずらだろうと思ったよ。誰だってそう思っただろうよ。ご飯を何スプーンか食べて、ようやく収まったかなと思うころ、あのおっちょこちょいがさっき一口かじって放りだした唐辛子をまたつまんで食べるじゃないか。はは、その日の食卓で母さんがそんなことを三、四回やったかな。それで気づいたんだよ。すぐに病院へ行ってわかったんだ。母さんは本当に安らかに晩年を過ごしていたよ。なんの記憶もなくて、死ぬことも忘れたまま……そう、そうなるとまったく辛く感じないそうだよ。それでも、辛いからこそ唐辛子じゃないか」

　老人は焼酎をぐっとあおった。そして初めてスプーンを濡らした。スープはぬるくなっていた。妻は認知症と診断されて五年目に逝った。最後の二年は夫の顔を見てもわからず、身動きもできないほど悪化して療養病院で過ごした。妻が認知症になったとわかったとき、老人は戸惑いながらも、むしろこれでよかったと思った。おまえさんはまったく運がいいねえ。老人は他人のように目も合わせない妻に言ったものだった。妻が生きてきた人生を振りかえってみても、幸せな日々だったとはいえなかった。幸せとはいったいなんだろう？　悪夢のような日々だった。早くに娘に先立たれ、続いて息子まで壊れてしまった。そんな子どもを持つ親は安らかに目を閉じることもできないという昔の言葉は、ひとつも間違っていなかった。そんな子どもを宿題のように任せて、妻は自分一人で苦労のない世界に行ってしまった。

　一日一日と妻の病気は悪化していった。死んだ娘を小学校に入れるのだと、いきなり大騒ぎをしたこともあった。料理の味付けができなくなって食事を忘れ、家の中に置いてあるものを探せないことが増えると、最後には外出して家に戻ってこられなくなった。彼は自分の個人タクシーを転がして妻を探す時間の方が長くなった。タクシーに妻を乗せて仕事に出た日もあったし、ベッドに縛りつけて仕事に出た日もあった。彼は妻の些細な記憶をひとつでも捕まえてやりたくてじりじりとしていた。生きるとは実に妙なものだった。たとえ地獄のような人生だったとしても、妻が何の記憶もなく目を閉じるなんて受け入れがたかった。人間にとって人の記憶から消えることが死なのだと言うが、妻はとうとう自分自身のことさえ忘却したまま旅立った。

「そうだ、姉さんはこの家が気に入ったって？」

老人が尋ねた。息子はスプーンを手にしたまま答えなかった。何かを熟考しているかのように、眉間を寄せた表情だった。息子の口から、姉さんはいません、妄想ですよと言われたら幸せなのだろうか。彼はじりじりとした気持ちで息子を見ていた。最後まで息子の口からは何の答えも出てこなかった。

「いちごがあるけど、ちょっと出してやろうか」

老人が皿を洗っている間、息子はリビングの窓から夕闇の下りてくる公園を見おろしていた。榎の木が作る闇の向こうに街灯の明かりが灯っていて、低い丘の上に建っている八角亭は蝙蝠のように黒い羽を広げていた。市立公園はどの都市にもありがちな古い公園だった。公園がいつできたのかはわからないが、一抱えもするようなポプラが多いところから見て、かつて日本人が近代式公園として造ったものだろう。

「姉さんも、気に入ったそうです、父さん」

息子は窓の外を眺めながらつぶやいた。老人は背中を向けたまま皿洗いに熱中していた。水道の水音が大きくて老人の耳には届かないようだった。息子は声を上げた。

「気に入ったそうです」

老人が水道の蛇口を閉めて、息子を見やった。

「よかったな。おまえは気に入ってくれると思っていたよ」

息子が六歳になったとき、父親はここに初めて持ち家を持った。父親は市の下級公務員だったが、借りていた家がちょうど売りに出されたので融資を受けて買った。屋上に上ると、榎の木を間において市立公園が庭園のように広がっていた。公園がなくても、この辺りはホルモン屋通りが有名でいつもにぎわっていた。春や秋には市内の幼稚園と小学校から子どもたちが公園へ遠足に訪れた、教師たちが宝探しのメモ紙を森の中に隠すのを、彼は屋上から望遠鏡で盗み見ていたのを思いだした。

公園の一角に小さい動物園があった。巨大な鳥かごのような檻の中に、猿と孔雀、金鶏鳥が家族のように飼われていた。公園の木々を手入れし、動物たちの世話をするのは七十を超えた老人だったが、ある日突然、姿が見えなくなった。ソウルの大統領官邸に庭師として連れていかれたといわれていた。動物園は手入れされなくなり、放置された。

その冬の間に孔雀と金鶏鳥がいなくなり、つがいの猿だけが残った。春になると、雄猿が赤い性器をむきだしにして市民の目を引いた。雄は発情期も関係なく雌猿をいじめた。子どもたちは猿の檻に石ころを投げてはクスクスと笑った。

ある日、雌の猿が焼酎の瓶を抱えている姿が目撃された。それは一度で終わらなかった。誰かが意図的かつ常習的に焼酎の瓶を猿に与えていた。浮浪者か子どもたちの仕業だという噂が広まった。雌猿はすぐにアルコール中毒の症状を見せ始めた。酒をよこせと鉄の網を激しくゆすった。まもなく雌は凶暴になって、何かにつけて雄に噛みつくようになった。結局、雌はどこかに隔離されていなくなった。一匹だけ残された雄は、相変わらず性器を伸ばしたまま変質者のように檻の中に座っていた。

息子は、公園のまた別の風景を思い浮かべていた。なんとか一頭の年寄りのラバを思いだした。当時、公園にはラバが一頭飼われていた。動物園で飼っている動物ではなく、あるリヤカー引きが使う家畜だった。リヤカー引きは公園の近くの市場で生活している老人で、仕事にあぶれた日にはラバを公園につないでいた。ラバは年老いていて人間で考えればゆうに百歳を超えているだろうといわれていた。朝鮮戦争の時に中共軍が従えてきた動物だとも、あるサーカス団で使われていて捨てられたのだともいわれていた。みんなラバと一緒に写真を撮りたがった。

息子はそのラバの最後をはっきりと覚えていた。戒厳軍が都市に侵入してきたときのことだ。戦車と装甲車が公園の前に現れると、ラバが驚いて走りだしそのまま手綱がほどけてしまった。ラバは阿鼻叫喚の都心を横切って戦車のわきを悠々と消えていった。ラバが大通りを駆け抜けて消えていく姿は、彼の脳裏の鮮明に残っていた。しかし、彼には疑問だった。あの晩、自分はどうやって大通りに出てその光景を目撃したのか、自分でも説明が付かなかった。こんな時、彼は自分の記憶を信じられなくなった。

公園には動物以外にも市民の目を引く母子がいた。母親は目が見えず、息子は知的障害のある青年だった。目の見えない母親は青年の首に空き缶をぶら下げて、物乞いをしてまわっていた。二人の間には縄のように棒が渡してあった。棒をつかんで息子が先に立ち、母親が後ろをついていった。母子は互いに目になり、保護者になっていた。幻想的な同行者だと言うものもいた。その母子がどこに住んでいるのかわからなかったが、二人は毎日のように公園に現れては物乞いをして暮らしていた。

そして、たまにその母子の棒の真ん中に入っていく知的障害の少女がいた。九才になる彼の姉だった。姉は棒の真ん中をつかみ一緒に歩きながらニコニコした。彼女が現れると盲人の女の息子も口を広げて笑った。それを見たみんなが盲人の女性に声をかけて話したものだ。嫁さんにもらいなさいよ、誰かに取られる前に縁組みさせなさい。姉も公園の名物だった。

姉さんがいなくなったらいいのに、と考えたことは一度や二度ではなかった。姉と一緒に屋上で遊んでいるときに、姉を突き落とす想像をしたものだ。父親と母親も、姉のことでしょっちゅう喧嘩をしていた。家の大門のわきにある部屋が空いていたのだが、母親はその場所に店子を入れたがっていた。以前の住人の時はホルモン屋がそこで商売をしていた。空いているなら貸してくれ、と言ってくる人たちは少なくなかった。しかし母親にしたところでホルモン屋のような食堂が入るのを望んではいなかった。代わりに用品店や文房具屋のような商店が入るか、部屋を改造して月払いで貸しだせたらと思っていた。父親は人が家に出入りするのはごめんだと言って、喧嘩になった。喧嘩の最後はいつも姉の話になった。父親は一度も賛成しなかったが、母親は生きている子どもを世間に隠して育てることはできないと訴えた。姉が、せめて公園だけでも自由に出入りできたのは、娘を人々の中で育てようとする母親の意志のたまものだった。

戒厳軍が都市を回り、市民を殺戮していた夜だった。彼は布団の中で銃声を聞いたが、それが夢なのか現実なのかわからなかった。息を殺して泣く母親、怒鳴りつける父親、何度もドアを開け閉めする鋭い音、小走りで駆けていく足音……。

姉が失踪したいきさつを知るまでには長い時間がかかった。彼の両親が重い口を開いて話してくれたことはなかった。あの晩、五感に伝わってきた夢のような、断片的な夢のようなイメージ、姉の失踪後に家の中を蝕んでいった沈黙とため息、父の鬱病と、酔ってくだをまく姿が積もって重なり、姉がどのようにいなくなったのか、ぼんやりと想像がついた。

「父さん！」

「父さん！」

老人はどこからか呼ぶ声にがばっと起きあがった。夜中の二時だった。彼は夢の中で幻聴を聞いたのかと思った。しかし、再び呼ぶ声が聞こえてきた。息子の声だった。

「どこだ？」

寝ぼけながら彼は暗闇に向かって叫んだ。

「屋上です。早く来てください。姉さんが撃たれました」

老人はリビングに飛びだした。彼は自分が団地にいることに気づき、息子の部屋に駆けこんだ。真っ暗な部屋の真ん中に幽霊のように立つ息子が自分の手のひらを見つめて、恐怖にかられた声で叫んだ。

「血を流して倒れました。僕たちは……ただ屋上で見物していただけなのに……急にあの道から銃弾が……」

老人は目を閉じた。激痛が胸をえぐって通りすぎた。

「いいかい、おまえは降りていって母さんと部屋にいなさい。絶対に外に出るんじゃないぞ。母さんも出しちゃだめだ」

老人は強く首を振った。

「いや、違う。おまえも手伝うんだ。今回はおまえも俺を手伝ってくれ。さあ、姉さんを父さんの背中に負ぶわせてくれ」

彼は息子が指差す床に向かって背中を差しだすと、しゃがみこんだ。

「何をしてる？　早く姉さんを背中に」

老人は声を上げた。息子はその場に立ち尽くして体をぶるぶる震わせた。

「手に血が付きました」

息子が泣きながら言った。老人の膝が温かいもので濡れた。息子がおしっこを漏らしたようだった。

「何をしてる！　早く、姉さんを！」

しかたなく息子は床から自分の姉を抱き起こし、父親の背中に負ぶわせた。

「さあ、よく見ておくんだぞ」

老人はおんぶの真似をして玄関を出た。息子もついて出てきた。老人はエレベーターのボタンを押した。息子は恐怖にかられた瞳を揺らした。「ああ……」声に出して、老人のズボンの腰をつかんだ。老人が言った。

「心配するな。あの晩どんなことがあったのか、おまえはよく見て覚えておかなくちゃだめだ」

エレベーターが到着した。老人は息子をエレベーターに押し入れると自分も乗った。

「しっかりしろ！　あの夜、おまえがどれほど怖かったのかわかっているよ。目の前であんなことを見たんだからな。父さんも、怖かった、恐ろしかった。おまえもわかっているだろう、父さんは怖がりで小心者だけど、あの夜怖くなかった人がいったいどこにいる。死んだ姉さんを父さんは門の外に出しておくつもりだった。本当に恐ろしかった。後から世の中が元に戻ったときに、姉さんが軍人の犠牲になったことを証明しようと思えば、そうするしかなかったんだ。あんな娘だとはいっても、犬死にはないんじゃないか。父さんはあの状況でそう考えたんだ。さあ、目を開けて」

エレベーターが一階に到着した。老人は娘を負ぶって息子の手を引いて走った。後門の警備室を過ぎ、榎の木の下まで走っていった。息が上がった。彼は負ぶった娘を榎の木の根元に下ろした。

「さあ、ここに下ろそう。朝になれば軍人たちが病院へ連れていくだろう。急いで戻ろう。いや、あの晩俺はまたこの木の下に戻ってきたんだよ。姉さんをここに置いていても軍人たちの目に付かないだろうと思って、もう一度負ぶって、あの大通りまで行ったんだ。さあ、もう一度負ぶわせてくれ。何やってるんだ、早く！」

息子が震えながら自分の姉を抱きかかえ、老人の背中に負ぶわせた。あの晩のように背中がずっしりとした。老人は何度もずれ下がる背中の荷物をゆすりあげて、大通りまで走っていった。街路樹の銀杏の下で、老人は歩みを止めて周りを見まわした。

「ほら、遠くに装甲車の灯りが見えるだろ。あの後ろに軍人どもがいるはずだ。俺はここに死んだ自分の娘を下ろした。また会おうと、手をつないで、額をなでてやったんだ……ああ、まだ体温の残っている小さい子どもを残して家に戻ったんだよ」

老人はへとへとになって地面にしゃがみこんだ。

「終わらないと思っていた夜が過ぎた。今にも飛びだそうとする母さんに一晩中しがみついて朝になった。朝の空気をかき分けて家の外から宣撫放送の声が聞こえてきた。四時三十分現在、戒厳軍は市街地を完全に掌握したと、暴徒の残党は投降しろと。絶対に外出するなと言っていたな。目についたら射殺するという脅しだったよ。母さんが先に家の外に飛びだした。俺もすぐ後をついていった。姉さんは跡形もなく消えていた。道端をくまなく探しまわったが、いなかった。軍用トラックが現れて、俺はおまえの母さんを引っ張ってまた家に戻った。それが、あの一晩の間に我が家に起きたことだ。これがすべてなんだ」

老人はその場で地面に手足を投げだして座った。

「そうだな、それで終わりじゃなかった。姉さんの死体は最後まで見つからなかった。病院も、火葬場も、共同墓地も、探しに行かないところはなかった。軍警の記録にも、犠牲者団体の記録にもなかった。誰にも言えなかった。誰が信じてくれるんだ。悪く言われるにきまってる。今でもあの朝の母さんの表情が忘れられないよ。また外から宣撫放送の声が聞こえてきた。公務員は出勤しろという放送だった。出勤しない公務員は勤務離脱とみなすと言っていたな。俺が一枚一枚服を着替えていると、母さんがぱっと立ちはだかるじゃないか。俺の胸倉をつかんで、涙をためた目でにらみながら『出勤するつもりなの？この人でなし、出勤するつもりなの？』って。俺は答えられなかった。いつかうちの家族にも笑える日が来たら、母さんが俺を理解してくれるだろうと信じていたよ。でも、とうとうあの子を見つけだせなかった。たぶん、母さんは意識がなくなるその瞬間まで俺を恨んでいたはずだ」

老人は慟哭するように、泣きだしたいのを飲みこんだ。彼はふと息子を見て言った。

「正気に戻れよ、こいつ。おまえは逃げちゃだめだ。ちゃんと記憶しなくちゃだめだ」

老人は息子の肩をつかんでゆすった。

「姉さんは死んだんだ。戻ってくることはない」

息子は苦しげに頭を抱えた。

翌日の朝、老人と息子は公園へ散歩に行った。息子は例の姉さんと腕を組んで歩いた。公園は変わりなく、そのままだった。相変わらず森はうっそうとして、深い日陰では散歩に出てきた人たちが休んでいた。老人はある銀杏の木の下で足を止めた。手のひらで木の幹をなでおろしていた老人が、胸の高さにある、こぶしほどの大きさの木のこぶを指して息子に言った。

「ここを触ってごらん」

息子は手を伸ばし、こぶを触ってみた。

「銃弾が埋まっているそうだ。国体を記念して植えた木だから、あの時はまだ小さな木だったよ。銃弾が撃ちこまれて、もう枯れてしまうだろうと思った。だがな、生き残ったんだよ。ここを離れるまで何年間か、俺は一日も欠かさずこの木を見守ってきたんだ。こぶになったまま傷が癒えて、ほかの木と同じようにがっしりと育ってくれた。ここを見てみろ。今では木陰にベンチまで置いてあるんだなあ」

彼は息子を木の椅子に座らせた。もちろんその横には娘も座らせた。彼らは木の椅子に座って感慨深げな目で公園を見渡した。

視線がある風景に至って、息子ははっと驚いて口をあんぐりと開けた。棒をつかんだ男がニコニコした顔で息子の前を通りすぎた。彼も年を取って初老に差しかかり、首に下げた空き缶は消えていたが、決して忘れることのできなかった盲人の女の息子だった。彼は棒の端を宙に差しだしたまま、公園の広場を横切っていった。その棒の端はなんだかうつろに空いていた。息子は気が遠くなりそうで、隣を探って手をつかもうとした。それは手探りでつかんだ父親の手だった。

桜の木の上で

소녀들은 자라고
오빠들은 즐겁다

昔、わが家は杉林のうっそうと茂った林道の先にあった。日本人が造成した林の奥には、赤い煉瓦で建てた古い農林学校の建物が隠れていた。その建物はかつて人形工場になり、その後しばらく珠算教室に使われた後、長い間放置されていた。

この地域は村から遠く、奥まった山裾にすっぽりと収まっているので、なんだか修道院のように見えた。照らされた額のように日当たりのよいこの場所は、しかし、そこで暮らす人からすると世の中で一番日当たりの悪い湿った谷間でもあった。以前は杉林の端に村があったが、干拓地が造成されて移住村ができ、丘の農家たちは一軒、二軒と平野へ下りていった。村では僕たちの居住地を農林学校、あるいは泉谷《センゴル》と呼んだ。

杉林の入り口に古い泉があった。深さ三尺の泉は、コンクリートで屋根まで作られていて、いつも澄んでいた。その泉の水を飲んで暮らしている住人は、わが家と古物商の二軒だけだった。小学校三年のころ、農林学校の建物を改修して小さな教会ができた。もともと野原の方に大きな教会があったが、信徒たちの間でもめ事が起きて長老の一人が信徒たちを引き連れて飛びだし、ここに新しい教会を開いた。長老は山の向こうの谷で蓮畑と芹の沢、それと柚子畑を作りながら活動家のように暮らす農夫だった。信徒以外の住民との間に壁を作り、ほとんど交流がなかった。

教会ができるまで、うちの裏の農林学校は僕の遊び場のひとつだった。建物の壁にはクレヨンで落書きを残した。中庭には僕が毎年夏の終わりから秋まで実を摘んで食べた大きな無花果の木があった。僕は教会ができてからしばらく、無花果を食べられなくなったことだけが自分のものを奪われたようで淋しくてたまらなかった。

教会はわが家と古物商の招かざる隣人だった。初めに、泉にパイプを埋めて水道を引くと言いだして、教会と住民の間に摩擦が起こった。父と古物商のおじさんは、水量が少ない泉から教会まで引けば水が足りなくなると反対した。長老はもともと農林学校が掘った泉で共同の井戸なのだから、当然、教会にも使う権利があると主張した。これは誰にもわかりえないことだった。住民の中に農林学校時代を経験した人は誰もいなかった。しかし、長老の主張はあながちでまかせでもなかった。この国有地が小分けにされて売りだされ、住人が変わる過程で学校の建物だけが残ったが、古物商やうちのある場所が、昔の農林学校の庭か小さな運動場だったことは明らかだった。うちのトイレのわきには、堂々とした桜の巨木があった。山裾にそんな木が生えているわけがなかった。

長老は信徒が五十人を超えるまで泉の水を一緒に使い、それ以上増えたら別の井戸を掘るなり、配管をするなりしようという妥協案を出した。父と古物商のおじさんは、譲歩するから村から上ってくる道を広げて舗装してくれと要求した。しかし、貧しい教会が解決できる問題ではなかった。教会から独立する過程ですっかり気の立っていた長老は、こんなチンピラどもになめられてたまるかという様子だった。彼は人夫を雇い、パイプを埋める穴を掘り進めた。父と古物商のおじさんは古い鉄板を熔接して泉にふたをした。そして彼らは泉のわきで酒の準備をすると、三日間、泉を守った。この道理も知らない人たちにあっては長老もお手上げだった。

「天罰を受けますぞ。天罰を！」

教会は金をつぎこんで教会の庭に井戸を掘った。信仰のある人に意地悪をしたからか、不思議なことに泉の水量は減った。

教会はしばらく聖職者を探せずに、信徒たちだけで礼拝をしていた。本教会との競争心と新設教会らしい信心から礼拝には熱がこもった。本教会はひそかに、あちらはエセ教会だと攻撃した。そのころ、長老が盲人の目を開かせ、立てない人を歩けるようにしたという噂が広がった。しかし、二十名ほどの信徒たちは日ごとに減っているようだった。長老が学生と若者たちに伝道しようと苦肉の策で礼拝堂の隅に卓球台を設置したが、役に立たなかった。ラケットを振りまわすのは長老の息子二人だけだった。上の息子は大学生で、防衛兵服務のために田舎に戻ってきていて、下の息子は高校生だった。

教会ができると、父はやかましい隣人ばかり寄ってくると不満を漏らした。

古物商からは、鉄をグラインダーで切ってハンマーで叩く音が一日中絶え間なく聞こえてきた。さらにその家のおじさんは六、七頭の犬と鶏を杉林で放し飼いにしていた。犬たちは村まで下りてきてやたらとほっつき歩いている、と苦情を言われていた。抗議がひどくなると犬たちを鎖につなぐ真似だけして、すぐまた放していた。だからといって、犬たちが獰猛なわけではなかった。放し飼いで育てられた犬たちはおとなしかった。

ただ、鶏は違った。古物商が放し飼いしている十五羽の鶏の群れには、雄鶏が一羽いて、僕は三年生になるまでそいつにいじめられていた。雄鶏は道に立ちはだかっていて、僕が現れると追いかけてきてくちばしでつついた。頭や肩に血の痣ができる日もあった。雄鶏はこの林の中で唯一の僕の天敵だった。僕は雄鶏を避けて小道をあきらめ、杉林に回り道をして登下校することもあった。

僕は雄鶏よりもずっと背が高かった。我ながら情けないとも思った。一生、雄鶏にやられて生きていくわけにはいかなかった。ある日、棒を握って杉林に入っていった。奴から目ン玉のひとつでもとってやると意気込んだ。奴が駆けてきて、飛びかかりそうに羽をバタバタと羽ばたかせた。胸の羽がひときわ膨らんだ。僕は棒を両手でつかんで奴をにらみつけた。もちろん、鶏は人間と目の合う生き物でないことはわかっていたが、僕は目つきで制圧できると信じていた。向かいあう時間は長くは続かず、雄鶏はそろりそろりと後ずさり、雌鶏たちの方へ戻っていった。僕はようやく森の帝王になった気分だった。

父と古物商は兄《ヒョン》・弟《ドンセン》と呼びあう仲で、時々泉の近くで犬を捕まえて食べていた。父は生き物を捕まえるのが上手だった。犬を捕まえた日には、男二人が酔っぱらって杉林にひっくりかえって眠った。

古物商の年老いた母親と嫁の間では喧嘩が絶えなかった。息子の結婚が遅くて、島から連れてきた嫁が一緒に寝るのを嫌がって子どもができないのだと、その家の姑は何かにつけて嫁を貶して回った。嫁は夜になると林に逃げだして犬たちと寝たり、うちの台所の薪置きでうとうとすることもあった。すると姑が母に文句を付けてくるので、母は嫁を薪置きにあまり入れなくなった。姑も嫁も気性が激しくて、その点でかなうものはいなかった。ある日、姑が手ぬぐいを持って下の村まで行き、飛びあがって騒ぎ立てた。

「あんたら、人の皮をひっかぶったアマがどんなマネをしたと思う？　ちょっと見ておくれよ！」

　姑が開いて見せた手ぬぐいには爪の付いた肉片が包まれていた。それが小指の先だと気づいた人たちは、あっと声を上げた。嫁が自分の亭主の指をくいちぎってしまったというのだ。姑はその指先を一軒一軒見せてまわった。そんな家族がばらばらにもならずにひとつ屋根の下で一緒に暮らしているのがあっぱれだった。

　だからといって、その隣に暮らすわが家がおとなしいというわけではなかった。古物商に及ばないところなどすこしもなかった。父と母はしょっちゅう喧嘩した。父はなたを振りあげて母を追いかけまわし、母は農薬の瓶を持って林に逃げこみ、父を脅した。

「あたしが死んじまったら、あの礼拝堂にでも行ってまともな人間になるんだね、この腐れ野郎が！」

　父は火のように短気な性格だったが、臆病でもあった。雌豚を一匹飼っていて、交尾させる時期になり、種豚のいる隣の村まで連れていくときに、棒きれで脅して歩かせているうちに死なせてしまった。すると父は、殺人者のように豚の死体を道端に放りだして酒場に逃げこんだ。母と僕が豚をリヤカーに乗せて帰った。その事件は長い間、人の噂話になって父を苦しめた。

そうしているうちに、父が柄にもないことをして完全に笑いものになる事件が発生した。父はその年の春、水田の水を争って、下の村のおじさんを用水路に押し倒して左の耳を噛みちぎった。力でかなわずに反則をしたわけだが、その対価として八俵分の米で賠償をした。

事件はその程度で収まらなかった。軍の中佐として長く服務しているその家の長男が休暇で帰ってきて、うちまで乗りこんできた。軍服姿で現れた彼は酒に酔って顔が赤くほてっていた。彼は父を静かに呼びだすと、韓紙でくるまれ黒ずんで干からびかけた肉片を、まるで休暇証か何かのように広げて見せた。父は顔を背けた。それは耳なのだろうが、それだけがあるべき場所から切り離されていると耳のように見えなかった。中佐は父を連れて村へ下りていった。彼は父を会館の庭に立たせると、「奥歯をくいしばってください」と歯ぎしりするように言った。そして父の頬を激しくひっぱたいた。やじ馬たちはギュッと目をつぶった。僕は目を真ん丸に見開いて、その光景をしっかりと見た。

父は見世物にされても、一言も言い訳ができなかった。二十発ほど平手打ちをくらわせた中佐はとうとう道端に手足を投げだして座り、泣きだしてしまった。殴られた方がしゃんとして立っていて、殴った方が倒れている姿は異常だった。あれ？　父が何かまじないでもしたのかと僕は不思議に思った。いつの間にか、中佐は手に持っていた自分の父親の体の一部を地面に落としてしまったようで、古物商の犬が一匹、耳をかっさらって逃げだした。大人たちは石を投げつけ、がきんちょどもは大喜びで追いかけた。中佐が泣きわめくように叫んだ。

「犬畜生みたいな奴らだな！　見世物にして楽しいですか！」

父と母が喧嘩した日には、僕はうまいこと隠れて二人を懲らしめた。林にはかくれんぼができるところがたくさんあって、僕は何時間でもひとつのところで動かずに隠れて過ごすことができた。父は母に向かっておまえを殺して俺も死ぬと大暴れしながらも、一人息子の姿が見えないと気が気ではない様子で林中を探しまわった。母は僕がどこに隠れているかお見通しのようで、一度も探しに来なかった。そんな時にはなぜだか意地を張って、夜遅くまで木の間で隠れ鬼から逃げとおした。僕は誰がなんと言おうとも林の帝王だった。友達はおらず独りぼっちだったが、決して淋しくはなかった。

僕が一番好きな隠れ場所は、トイレのわきに育つ一抱えもある桜の木だった。トイレの屋根を足がかりにして登れば、桜の木は太くがっしりした枝を伸ばし、座る場所を提供してくれた。僕は七つになる前から、桜の木に登っていた。そこに登っていれば、誰にも見つからなかった。両親のような鬼たちは、何かを探すときに上を見ることがなかったから。

桜の木からは村が一目で見おろせた。山裾にぎっしりと並んでそびえ立ち、風に吹かれてさざめく杉の木々は、海からザーザーと寄せる波のようだった。そして村の前を横切る国道や小学校、貯水池、干拓地が広く広がっていた。その先には南海《ナメ》と司馬島《サマド》がかすかに見えた。ある島には長剣のようなものが空高くそびえ光っていた。またある島はオバケのような形をしていて、僕はその島をオバケ島と名付けた。僕はそれらのすべての島へ行ってみたかった。島の向こうにはどんな世界があるのかと考えると悲しくなった。僕の桜の木は巨大な航海船だった。僕は好きな時に遠くの海へ船を滑らせた。

　振りかえると、教会の窓から信徒たちが輪になって座り、礼拝をする様子が見えた。そして僕は人食い部族に見立てた彼らに向かって空っぽのゴム銃を向け、目を閉じてる奴、賛美歌を歌っている奴、と数えながら一人ずつ倒していった。

　秘密だが、杉林は交わいの場所でもあった。林ではたまに、古物商のおじさんがおばさんを押し倒して尻だけ丸出しにしてくっついているのを見かけた。犬たちがズボンの股ぐらをくわえて引っ張ることがあったが、おじさんは動きを止めずに、うまいこと後ろ向きに犬の鼻面を蹴とばした。僕はよくゴム銃で二人を撃って、この夫婦のお楽しみを中断させた。ギョッとしてしばらく固まり、周りをきょろきょろしていたおじさんは、あわててことを済ませた。おじさんがぐったりすると、おばさんは服についた落ち葉をパタパタとはたいて、パンツをもんぺのポケットに突っ込むと、犬たちにやたらと石をぶつけながら家に帰っていった。林では犬たちもしょっちゅう交わっていた。僕にはなぜか、人も犬も交わうことが悲しく醜いものに見えた。

そんな僕が五年生に上がるころ、股間に手をやる癖がついたのはなぜだったのだろう。僕はひっきりなしにゴムズボンの中に手を突っ込んで性器をいじっていた。ふにゃふにゃとした温かいものは、手でいじるのにちょうどよかった。性器がカチカチになることもあったが、その状態はあまり好きではなかった。長い間性器が勃起していると、股間が突っ張って痛くなった。だからといって、性器がいつも勃起しているわけではなかった。知らず知らずのうちに手はいつもそこに行っていたが、そんな手遊びが性的な行為だとはまったく思っていなかった。大人たちも同じだった。母は唐辛子《おちんちん》に病気がうつるよ、と通りすがりに叱った。古物商の婆さんはキセルを振りまわして唐辛子が熟して落っこちるよ、と叱りつけた。僕はその場でズボンのゴムを引っ張ってのぞきこみ、まったく異常がないのを確かめた。

「まったくねえ、おまえはこの谷間で何を見て育ってきたのかねえ」

と言いながら、婆さんはあきれて舌を巻いた。

ある時、本当にびっくりしたことがあった。性器から透明な液体が出てきたのだ。その露のような滴を指先に付けて観察してみた。糊のように粘り気があった。大人たちの言う病気だと思いこんで、途方に暮れた。しかし、その後も分泌物が増える様子もなく、性器が腫れることも膿むこともなかった。学校の行き帰りにも両手を股ぐらに突っ込んで、ゆっくりと道を歩いた。教室で席についても机の下に手を突っ込んで過ごした。片手だけでもそこに行っていないと、何も手に付かなかった。

教会に伝道師が来たのは、教会を開いてから一年が過ぎた翌年の春だった。満開の桜が、泉谷の丘を灯台のように照らしていた。僕は伝道師の家族が引っ越してくる光景を桜の木の上から見守った。トラックは泉のところまでしか上ってこられずに、信徒たちが杉林の小道を通って引っ越しの荷物を運んだ。桜の木の下を通りすぎる荷物は、なかなかのものだった。ピアノが上っていき、その後を冷蔵庫とテレビとベッドと食卓が上っていった。重そうな木でできた机は五つを越えた。ひもで結んだ革張り本がまたどんなに多かったか、図書館をひとつ準備しているみたいだった。

ふさふさしたくせ毛に眼鏡をかけた伝道師は、長老と一緒に教会の中庭に立ち、荷物を置く場所を指示していた。荷物がほとんど運ばれたころ、奥さんが僕と同じ年頃の女の子を連れて古びた灰色のトランクを引きずりながら小道を上ってきた。舗装されていない道は木の根と石ころででこぼこになっていて、トランクがはまったりしていた。女の子は白いブラウスに栗色のスカート姿で、つないでいる母親の手から抜けだそうとうんううなっていた。

桜の木の下で二人は足を止めた。奥さんはトランクを下ろし、女の子を叱った。

「お願いだから、今日くらいはお行儀よくできないの？」

女の子は唇をとがらせた。

「この服も嫌だし、革靴も歩きにくいの」

女の子は赤いエナメルシューズを一度脱いで、ふくらはぎを揉んだ。

「荷物をほどいて信徒さんたちが帰ったら、スニーカーとズボンを出してあげるから」

女の子は適当にうなずいた。奥さんはあきらめたらしく、女の子の手を振り払うように離した。女の子はぱっと教会へ駆けあがっていった。奥さんは体の向きを変えて辺りを見まわした。そしてため息をついた。彼女がある瞬間、桜の木を見あげたので、僕は蝉のように枝に体を隠した。桜の花びらが舞っていたので、奥さんはしばらくそうして上を見あげて立っていた。僕は花びらが散ってしまうかと思って、息もできずにじっとしていた。信徒の一人が下りてきて、トランクを受け取っていくまで、奥さんは桜の木陰に足を止めていた。奥さんはゆっくりと歩きだし、教会の前に行ってもしばらくは中庭に足を踏み入れずに立ち尽くしていた。

僕は尿意を催して、木の枝に立ったままズボンのゴムを下ろした。いつ現れたのかわからなかったが、女の子が桜の木の下でキャーッと悲鳴を上げた。僕はびっくりしてもうすこしで木の枝から転げ落ちるところだった。ずっと我慢していたおしっこはすぐには止まらず、トイレの屋根の方におしっこの向きを変えた。女の子は桜の木陰から飛びだして、髪と上着にかかったおしっこを払い落とそうと躍起になっていた。いつの間にかジーパンとジャンパー姿に着替えてスニーカーを履いていて、さっきのあの女の子とは別人だった。ぱっと見たところ男の子のような印象だった。

僕はどうしたらいいかわからなかった。きっとこの子は泣きながら自分の親に言いつけるんだろうなと思った。しかし、女の子は腰に手を当てて僕を見あげた。すこしの間、お互いの視線が絡んだ。僕はすぐに新たな天敵が現れたことを悟った。雄鶏を相手にするように、僕は女の子をにらみつけた。しかし我知らず気が抜けて、矢で撃たれた動物みたいに滑り落ちるように木から降りた。そして僕は屋根を足場に家の中庭に飛びおりて逃げた。

翌日、学校で女の子を探してみたが見つけられなかった。帰り道ではわざわざ泉のほとりに座って、あの子が村から上ってくるのを待っていた。

僕は教会をのぞき見ようと桜の木のところへ行った。

桜の木から花びらが乱れ散っていた。トイレの屋根や地面は雪が積もったかのようだった。もうすぐ青葉が出てくるだろうが、桜の木は花が散ってからしばらく、冬眠に入ったように丸裸になるものだ。その姿はまるで冬の木と変わりなかった。木はこれ以上、僕の秘めやかな場所になってくれなかった。

僕は、気持ちが乱れそうな、目がくらむほどの桜の雨の中に駆けこんだ。桜の幹を抱えて、ちょうど木のこぶに足をかけようとした瞬間だった。温かい雨のようなものが頭の上に降ってきた。僕は木の幹を抱えたまま頭上を見あげた。女の子の白いお尻とつるんとして赤い性器が見えた。女の子はしゃがんで股の間から見おろすようにしてけらけらと笑った。おしっこから逃げようとして僕はあっちにこっちに顔を向けた。すると女の子はお尻の向きを変えながら僕を狙うようにおしっこを飛ばしてきた。

「女にはできないと思ってるんでしょ」

僕はやっとのことで木から降りた。木の下から見あげると女の子はもうズボンを引きあげていてあっかんべーと舌を出していた。僕は地面から石ころを拾って叫んだ。

「僕の木だ！」

「フン、木に持ち主なんていないでしょ」

「木に聞いてみろよ。ずっと前から僕のもんだ」

僕は石ころを投げた。石ころは女の子の膝に当たった。はっとして、急に怖くなった。女の子は膝を手で押さえてしばらくしゃがみこんでいた。

僕は逃げるように泉に走っていった。泉の水で頭と顔を洗った。

女の子はどうなったかと心配になって桜の木に戻ろうとしたけれど、足が動かなかった。

僕は牛の革のような杉の皮をぴっとはがして、目の前を飛び交う虫に向かって刀のように振りまわした。すぐにそれにも飽きて、もういなくなっただろうというころ、小道をとぼとぼ上っていった。

「ちょっと！」

杉の木の後ろから女の子が飛びだした。

「あんた馬鹿でしょ」

女の子がズボンのポケットに手を突っ込んだまま、目の前を行ったり来たりして嫌味を言ってきた。

「あんた、しょっちゅうおちんちんいじってるけど、そうしてると手に赤ちゃんがくっつくよ。聖書に全部書いてあるんだから」

僕はそれでびっくり仰天してズボンから手を出した。女の子がまたけらけらと笑った。

「何年生？」

ぴたっと笑いやんだ女の子が聞いた。あらためて見ると女の子は僕よりも十五センチほど背が高く見えた。

「四年生？」

「……」

「じゃあ、五年生ね。私と同じ。私の名前はケヨンよ。あんたもあの下の学校に行くんでしょ。月曜日から一緒に通うんだよね」

僕はぐるっと回って小道を上っていった。女の子がついてきて尋ねた。

「一学年に何組あるの？」

「ひと組」

「へえ、それだけ？」

桜の木の下で女の子が言った。

「本当に素敵な桜の木じゃない？　じゃあ、この木は私がもーらった。あんたも私の許可なしに登っちゃだめだよ」

女の子は小指を差しだした。僕は手をズボンの後ろに隠した。女の子は手をぱんぱんとはたいて背を向けた。そして踊るように体を揺らして教会に上っていった。まったくあんな小娘がどこから引越してきたんだろう。僕はがっくりしてズボンの中に手を突っ込み、びっくりして手を出した。そして、黙って手のひらをズボンで拭いた。

桜の木に葉が出て、すぐに青々と茂った。ケヨンは僕に望遠鏡をプレゼントしてくれた。

僕たちは桜の木に座って、世の中のすべてを見ることができるとばかりに、望遠鏡をのぞいて遊んだ。海には船がたくさん浮かんでいた。刀が刺さったように見える島は、島ではなくて遠くから伸びている岬だった。きらめく長剣は黒い煙を吐きだす何かの工場の煙突だった。僕はすぐに飽きてしまった。望遠鏡は遠くを見るために作られたものではないかもしれないと僕は考えた。だけどケヨンは望遠鏡で遠くばかり見た。

「わあ、本当にカバみたいな形してる。あんた、あのカバに似た島に行ったことある？」

ケヨンはたぶんオバケ島のことを言っているのだろう。

「学校の屋上でみんなで喧嘩してる、ほら！」

ケヨンは親切にも望遠鏡を手渡してくれた。僕はすでに遠いところには関心がなく、近くの杉林に望遠鏡を向けた。

母はなたを薪置きの松葉の中に埋めて、次の日は棚のむしろの中に隠した。父は農薬の瓶を空にして水で満たすと農薬かごに戻した。古物商の婆さんは土間を通るたびに嫁さんの履物を蹴っとばしてひっくり返した。嫁さんは台所で食事を作って運ぶときに姑の汁椀に唾を吐いた。古物商のおじさんは杉林で鶏を追うふりをしながら隣の家のケヨンのお母さんをのぞき見していた。ケヨンのお父さんは礼拝の時に気づかれないように居眠りしていた。ケヨンのお母さんは、時々ピアノのふたを開いてぼんやりと座っているかと思うとそのままふたを閉めた。夕方になると長老の上の息子が退勤して、教会に立ち寄ってケヨンのお母さんと卓球をした。二人は汗びっしょりになるまで、息を切らして卓球をした。ケヨンのお母さんは、自分の首筋から胸の谷間までぬぐったタオルを長老の息子に投げてやった。長老の息子は、帰り道に峠の杉の木に寄りかかって性器を握りしめた。そして、崩れるように膝をつくと祈りを捧げた。たぶん手のひらに赤ん坊がくっつかないか心配なんだろう。

ケヨンと僕は泉谷では二人組のようにくっついていたが、学校では他人のように過ごしていた。

ある日、ケヨンが言った。

「私、お母さんのことが憎らしくなるとおばさんって呼ぶの」

またある日には、顔をしかめながら言った。

「お父さんが肺病になったの。長老様がこっそり犬も食べさせて、蛇も煎じてくれるんだって。そうだ、長老様は死んだ人を生き返らせる奇跡を起こすんだって?」

それから三日もしないうちに、

「私、白血病なのかもしれない」

と言った。

「昨夜、長老様の家のお兄さんが白い蓮の花を五輪も持ってきてくれたんだけど、すごくきれいだったんだよ。あんた、長老様が住んでいる谷に行ったことある？」

と聞いてきたので、僕はケヨンを連れて山の向こうの谷へ行った。かつてはその山道につつじが真っ赤に咲いていていたが、だんだん減ってその年には見るべきものもなかった。芹の生えている沢が階段のように重なっているあぜ道を歩いて、ケヨンを蓮畑に連れていった。小さな湖のように広い畑は、傘のような蓮の葉が林をなしていた。その間に、白や赤の蓮の花が折り紙のように咲いていていた。

「わあ、きれい」

僕は秋になるとトウモロコシのように高く育った蓮の間を歩くこともできると教えてやった。僕たちは山裾を回って長老が柚子を育てる果樹園へ向かった。白い柚子の花が咲いていていた。僕は果樹園の角に堂々と生えている「柚子将軍」の木のもとにケヨンを引っ張っていった。その柚子の木はこの辺でいちばん大きく古い柚子だった。たくさんの人が、その枝を切って持ちかえり、自分の柚子の苗に接ぎ木をした。ケヨンは、柚子茶は飲んだことがあるが柚子を直接見たのは初めてだと言った。僕は匂いを嗅いでみろと、地面に落ちた柚子の花を拾ってやった。

「うん。柚子茶の匂いがするね」

ケヨンは花を捨てずにピンで髪に留めると、馬鹿みたいに笑って見せた。

僕たちは六年生の時に家出したこともあった。三軒の大人たちが同時に喧嘩した日だった。父は金づちを手に母を追いかけまわし、母は水の入った農薬の瓶を持って森に逃げこんだ。ケヨンのお父さんはケヨンのお母さんと口喧嘩をしているうちに卓球台をひっくり返した。古物商の姑は嫁の髪をひっつかんで、子どもも産めないあばずれだと罵った。

僕は桜の木にぼんやりと腰かけていた。ケヨンが灰色のトランクを引きずって下りてきた。引越しの時に見かけたあのトランクだった。

「どこ行くの?」

ケヨンは桜の木を見あげると、口に指を当てた。

「あんたも一緒に行かない?」

彼女は蛇のようにささやいた。

「どこに?」

僕は木から降りた。

「家出」

「家出?」

ケヨンがうなずいた。口を噛みしめていた。僕は木をいじりながら言った。

「ここに隠れていればいいよ。誰にも見つからない」

「弱虫。行きたくなければいいよ」

ケヨンはトランクを引きずって、杉の間の小道を下っていった。僕は走って追いかけた。僕はケヨンからトランクを奪うと引きずった。僕たちは村まで下りてバスに乗った。村の中心から、もっと大きな都市へ行くバスに乗り換えたときには、窓の外には夕暮れが下りてきていた。ガタガタと揺れるバスに座って、ケヨンは口を開いた。

「あんた、なんで私についてきたの?」

僕はすぐには答える言葉がなかった。ケヨンが執拗な目で催促した。

「理由を三つだけ言って」

「……トランクを持ってあげようと思って」

ケヨンはフンと鼻を鳴らした。すました目つきで次、と聞いた。

「ソウルへ行ったことがないから」

「私、ソウルは行かないよ。釜山《プサン》に行くの」

僕は次の答えがすぐには思い浮かばなかった。僕は不安な顔で、椅子にもたれることもできずに背筋を伸ばして座っていた。ケヨンはすでにほかのことを考えているのか、窓の外に目をやり、何も言わなかった。

三十分くらい過ぎたとき、郡の境界を知らせる表示板が見えた。僕にとってはずいぶん遠いところのように感じた。ところが、なんだか来たことがあるようななじみ深い道だと思った。まもなくバスが止まった。窓の外を見ると、検問所の前だった。警察官がバスに乗りこんできて、室内をきょろきょろして叫んだ。

「カン・ケヨン！　オ・ドンス！　スドン小学校カン・ケヨン、オ・ドンス！」

ケヨンと僕はびっくりして、座席の奥深く、頭を引っ込めた。僕は警察がどうやって僕たちの名前を知って呼んでいるのか、ただただ不思議だった。すぐに警察が近づいてきて僕たちの肩を叩いた。

警察は僕たちの首根っこをつかんで通路に立たせると、乗客たちに向かって言った。

「もしも今、お客さんたちの中に無断で家出された人がいましたら、早くお帰りください。検問にご協力ありがとうございました」

警察は挙手敬礼した。乗客たちはくすくすと笑った。運転手が荷物スペースを開けてトランクを下ろしてくれた。

「大人のカバンだから疑いもしなかったよ。ケツの青いガキが色気づいて駆けおちか？」

運転手は僕たちにデコピンをひとつずつくらわせた。

「こいつらときたら、何が家出だよ。この辺りから外に出る道はこの道しかないっていうのに」

僕たちは検問所の木の椅子に罰を受けているみたいに座って、ケヨンのお父さんを待った。ケヨンが息を荒くしてぶつぶつ言った。

「あんたなんか連れてこなけりゃよかった」

こんな結果になってなんだか安心した。そして、ふと思い浮かんだことを三番目の答えのようにつぶやいた。

「そうだ。五歳だか六歳だかわからないけど、その時に来たことがある。だから、僕はこの道を知ってたんだ」

ケヨンは横目でにらんで、僕の足を踏んだ。僕はほかのことを気にかける余裕がなかった。あの時は、母と一緒にこの椅子に座って父を待っていたのか、父と一緒に母を探しに来たのか、記憶がおぼろげだった。

たくさんの日々が素早く過ぎていった。中学生になっても僕たちは相変わらず桜の木に登った。僕たちは古い望遠鏡で互いの顔を交互にのぞいてはからかいあった。

「わあ、女の子も鼻の下に髭があるんだなあ」

「あんたの目、どうしてこんな色なの？　黒じゃなくて茶色だね」

「それはみんなそうだよ。おまえの瞳もちゃんと見れば真っ黒じゃないよ」

本当のところ、望遠鏡は全体が白くかすんで何も見えなかった。僕は暇つぶしのいたずらの合間に、望遠鏡で辺りを見まわしたりした。卓球台は教会の外に出されて、無花果の木の下に置かれていた。ケヨンのお母さんはピアノに近づこうともしなかった。彼女はたまに家の外に出て、何をするでもなく杉林の道を歩きまわった。古物商のおじさんは、犬の檻を作って犬たちを入れた。母はなたと金づちを灰置きのたい肥の中に埋めた。そして時々僕は家出事件以降抱くことになった疑問ばかり考えていた。しかしあの時、母が僕を捨てていったのか、連れていったのか、はっきりと思いだせなかった。

ある日、僕は泉で洗濯をする古物商の婆さんに会った。

「僕が小さい時、うちのお母さん、家出したことあるよね」

婆さんは振りかえって僕を見つめた。

「いつのことだい？　一回か二回はあったね」

「母さんは一人で逃げたの？」

「なんでだね？　浮気男と駆け落ちしたとでも思ったのかね？　誰かのおっかさんは浮気なんかせなんだよ。親父さんに殴られるのがおっかなくて逃げだしたんだ、着替えも持たずにあわてて逃げだしてたねえ。嫁に来た女たちが家出したところで、どうにもならんよ。電話ひとつであっという間に検問所で捕まるんだから」

その夜、僕は下の村の農家から農薬を盗んできた。家の裏にある農薬かごから農薬の瓶を取りだして、水を捨てると盗んできた農薬を入れた。農薬かごはまた棚に戻した。

秋夕《チュソク》を目前にした日曜日は、下の村の貯水池で水を放流する日だった。水利組合は何年かに一度、貯水池の水を完全に空にして、池にいる魚をみんなが自由に捕れるようにしていた。この日には近隣の村の人たちもみんな貯水池に入って、鰻や鯉や鮒を捕まえた。今年は五年ぶりの放流だった。

そのころ、両親の喧嘩は三日目に入っていた。初日には、父が背負子《しょいこ》の棒で甕をふたつも粉々にした。家の中には醤油の匂いが充満した。翌日は一日中、杉林で古物商のおじさんと酒をあおって、犬たちの横でひっくり返って寝てしまった。夜の空気は冷えるので、古物商の家のおばさんがむしろをかけてやっていた。次の日の朝まで森でひっくり返って寝ているのを、僕は桜の木から眺めた。

「あんたの父さんって、どうしていつもああなのかな?」

「男だから」

「男だとみんなああなるの? 確かに私のうちはおばさんが問題ね。最近はお酒を隠しておいてだらだらと飲んでるの。死んじゃったらいいのに」

自分の母親をおばさんと呼ぶのを久しぶりに聞いて、僕はケヨンをじっと見た。ケヨンはくぼんだ目元だとか、笑うときに歯茎が見えるところだとか、ほっそりと長い首なんかが母親に似てきていた。

「今日、貯水池の水を抜いて魚を捕まえるんでしょ。ちょっと連れてってよ」

ケヨンが言った。

「面白くないよ」

「すごく面白いって聞いたよ。行こうよ。女も入れてくれるんでしょ？」

ケヨンが週末の礼拝を済ますのを待っている間に、父がよたよたと家に帰ってきた。家の裏と台所をくまなく見てまわって、なたを探しているようだった。母はエゴマ畑に行っていた。

ケヨンは古い半ズボンにティーシャツを着てバケツをひとつ手に持って現れた。僕たちは下の村の貯水池に下りていった。いつものように近くの村の住民たちも集まって、運動会の時のように込みあっていた。まだ水利組合からは入漁の合図が出ておらず、みんな堤防に集まっていた。バケツとゴムだらいを持って出てきた女たちと、鰻を捕まえる鉤銛《かぎもり》を手入れする若者たち、すでにパンツ一枚になって走りまわるがきんちょたちで堤防は市場のようだった。ケヨンは不思議でしょうがない様子できょろきょろした。朝から水を放流して、水門近くの深いところを除いて貯水池は黒々とした泥の底をむきだしにしていた。

ところどころにできた水たまりには魚たちがぴちぴちはねていた。池の底全体が身をくねらせているみたいだった。

メガホンのサイレンが鳴って、鉤銛の突き手を集める放送があった。まず突き手が鰻を捕まえてその次にほかの人たちを池に入れるようだった。長い竿の先に鋭い鉤を付けた銛を持った若者たちが、貯水池をぐるりと取り囲んだ。すぐに入漁を知らせる呼び笛が鳴った。若者たちは走って池に入っていった。堤防では老人がひとり、太鼓を叩いた。鉤銛の突き手たちは、太鼓の調子にあわせて鉤銛で池底の泥をかきまわしながら貯水池の中心へと集まっていった。突き手の描く円が半径三メートルほどになったとき、鉤銛に突かれた鰻が上がりだした。あちこちで若者たちがくねくねとのたうつ鰻を突きあげた。そのたびに堤防に座っている見物人たちが大喜びで声を上げた。突き手たちは胴上げをするみたいにぐっと円を狭めながら、鰻を山のように突きあげた。一度目の漁が終わると、次はいくつか組に分かれて小さな円を作って鰻を捕まえた。

今度は僕たちも貯水池に入ることができた。ケヨンと僕は浅い水たまりの方に入っていった。すぐに体が泥まみれになった。僕たちは池底の泥に転がりながら素手で魚を捕まえなくてはいけなかった。水たまりでぴちぴちと跳ねる鯉や鮒を捕まえてバケツに入れたり、時には泥の中に隠れている鰻を追いかけた。ケヨンはなんとか鮒を二匹捕まえて喜んでいた。体中に泥がついて、小柄な体の線が現れた。豊満な胸やお尻をほとんど丸出しにして泥に寝ころぶおばさんたちもいた。そんなおばさんたちにそろりそろりと近づいてちょっかいを出すおじさんたちもいた。がきんちょどもは魚を捕まえるよりも、泥の上でたらいに乗って遊ぶのに夢中だった。

濃密な泥が、脇や股の間に入りこむのはとても気持ちよかった。僕は鰻を一匹捕まえてケヨンに近づくと、「へびだ！」と投げつけておどかした。ケヨンは悲鳴を上げて、泥の中に転んだ。泥をかぶって目だけが光る顔で、ケヨンは息を弾ませて立ちあがった。僕は素早く鰻をつかんで差しだすと言い訳した。

「あ、へびじゃないな。鰻だったよ」

でも、ケヨンはまた悲鳴を上げて尻もちをついた。ケヨンは泥をひとつかみこっそり握ると力いっぱい僕に投げつけた。泥は僕の額に命中した。ケヨンがけらけらと笑った。彼女はまた泥を一握り投げつけて、僕も負けずに投げ返した。すぐに泥合戦は周りに広がり、あちこちで悲鳴と笑い声がはじけた。

僕たちが貯水池から出てきたとき、すでに辺りは薄暗くなっていた。体中がだるかった。それでもケヨンと僕はにこにこと笑いながら泉谷に上っていった。僕たちは杉林に着くと泉に向かった。ケヨンは服を着たまま冷たい水で泥を洗い流した。ケヨンは歯をカチカチ震わせた。僕は上の服を脱いで、何度も水をかぶった。その時、古物商の家から気の立った声が聞こえてきた。

「いったい、どこの娘が日が暮れてから泉に出歩いてるんだい。罰が当たるよ、まったく！」

僕たちは動きを止めて、地面にしゃがみこんだ。ケヨンが髪の水気を絞りながらささやいた。

「あんたまだ、洗いきれてないでしょ」

彼女は注意深く水を入れた瓢《ひさご》を持って僕の背中に流した。ケヨンの濡れた髪が背中やわき腹をくすぐった。初めて僕は恥ずかしく、ぎこちない気分になった。彼女も同じだったのか、にこりと笑った。彼女がもう一度、水の入った瓢を手にした。

「頭下げてみて」

彼女がかけてくれる水で髪を洗った。僕が肘や胸に残った水気を手のひらで拭きとっているときケヨンがしゃがんだまま言った。

「ズボン、ちょっと下げてみて」

僕は固まってきょとんと立ちすくんだ。ケヨンは表情のない顔を横に向けた。僕は間違ってうんこを漏らした子どもが母親の前でするように、目をギュッとつぶってズボンを下ろした。僕がこっそりと目を開けると、ケヨンは僕の股間をじっと見ていた。僕はいつまでそうしていればいいのかわからなかった。彼女は何かをつかむように手を伸ばすと、急にぱっと立ちあがった。彼女は明るく言った。

「フン、なんでもないわね」

彼女はずんずん歩いて泉から離れた。僕は大あわてで服とバケツをひとつひとつ拾って追いかけた。家の前まで行く間、僕たちは一言も話さなかった。ケヨンは寒さのせいか体をすこし震わせていたけれど、足音はわざとらしいほど軽快だった。家の前でケヨンはバケツを見おろして言った。

「うちは魚を食べないの。今日はすっごく楽しかった。じゃあね」

ケヨンが桜の木の下で手を振って、駆けていった。

母が明かりもつけない板の間にぼんやりと座っていた。表情が暗かった。見るまでもなかった。父は酒を飲みにどこかに出ていったようだった。僕が服を着替えようと履物を脱いだとき、母が言った。

「誰かの親父さんはね、戸に鍵をかけて引っ込んでいるよ。死んでやるって農薬の瓶を持って入っていって、午後からずっと出てこないんだ」

僕はびっくりして戸の取っ手をつかんだ。戸は中から鍵がかかっていて開かなかった。

僕は取っ手を力いっぱい引っ張った。

「ほっておきな。絶対、農薬を飲むような人じゃない。誰かの母ちゃんのはらわたを煮えくり返らせようと、わざとやっているんだよ。親父さんはあたしをぶっ殺すことはあっても、自分の手で命を絶つような男じゃないよ。息子を残して、絶対にそんなことはできないよ」

僕は庭先の灰置きに走っていき、なたを引っ張りだした。母はすこし驚いた表情だった。僕は戸になたを振り下ろした。農薬の臭いが押し寄せた。電気をつけると、父は板の間の端に体を丸めて倒れていた。吐きだした白い泡が部屋の床にたまっていた。僕はなたを落として、後ずさった。

「まあ!」

母が這うようにして敷居を越えた。僕は裸足で土間に駆け下り頭を抱えた。母は父の頭を膝に乗せて、嗚咽を漏らした。

「あんた、これはどういうことなの。二人してどうやって生きていけって……」

父を葬ってからというもの、僕は桜の木に隠れて過ごした。桜の木の葉が赤く染まった。ケヨンが木陰にやってきて、佇んでは戻っていった。

冷たい風に桜の木の葉が舞い落ちた。ある日、ケヨンが木の上に登ってきた。

「どうしたの、そんなに痩せちゃって」

彼女は手を伸ばしかけて引っ込めた。僕は体を丸めたまま、黙って座っていた。僕たちはしばらく言葉もなく座って時間を過ごした。やがて、ケヨンは口を開いた。

「うち、引っ越しするの。あんたが木から降りてきたら話そうと思ったけど、もう時間がないから」

僕は彼女をじっと見た。血色が悪くやつれているのはケヨンの方だった。ケヨンは涙を浮かべた目で僕の手を引っ張って握った。馬鹿みたいに僕は何も言えなかった。

葉が散って、だんだんと難破船のように変わっていく桜の木の上から、僕はケヨン一家が行ってしまうのを見守った。三年前に比べて、荷物ははるかに減っていた。ピアノもなくなって、本棚もなかった。信徒たちは泉のほとりに集まって祈りを捧げていた。

すると、ケヨンが杉林の小道を戻ってきて、桜の木の下で息を弾ませて手を振った。

「きっと戻ってくるから。あんたを見つけられる鬼は私しかいないんだから」

彼女は小道を走って下りていった。僕はめくれた樹皮が虫の抜け殻のようにくっついている枝の間から、ケヨンが乗ったトラックが遠ざかるのを眺めた。晩秋の日差しが頬に当たって暖かかった。僕は乾いた唇を動かして、ずっと前にバスで言えなかった三番目の答えをつぶやいた。

物語をお返しします

이야기를 돌려드리다

まずは、実に荒唐無稽な話を聞かせることになって、読者には申し訳ない。これまで私は人生だとか世界だとかを分析するという立場で小説を書いてきた。人生は信じがたく理解できないファンタジーの世界に属することもあるという事実は認めるが、少なくとも私は自分の目で見て、自分の心で体験した世界だけを描こうと努めてきた。私の小説に多少の誇張があるとしても、それは人生を取り囲む現実をはっきりと描きだすためだった。

了承を得るついでに、この小説は母のために書いたという事実も明かしておこう。本棚を探してみれば、たまに、この本を誰それに捧げる、という作家の言葉が巻頭に附された本が見つかるが、これまで私は誰かに捧げるような小説を書けなかった。

母はこの数年、認知症によって日々記憶を失い続けている。最近では私が自分の息子だということさえわからなくなった。認知症は近い記憶からすこしずつ擦り減っていき、しまいには自分が誰だったかさえわからなくなる病気だ。最近のことはぽっかりと忘れるが、昔のことをよく覚えているのを単純な健忘症だと思ってはいけない。専門家たちはこれを認知症の典型的な初期症状だとしている。

母の記憶が、まるで携帯電話の液晶画面のバッテリー表示のように消えていくのを、私は目撃することになった。そんな母を見ていると、記憶とは実に物理的な境界線で包まれているように思えた。九月の記憶が消され、八月の記憶が消えた。七十歳の記憶が消され、六十歳の記憶が消えた。母親としての記憶が消え、新婦の記憶が消えると、実家で過ごした記憶まで消えてしまった。

まったくの偶然によって、私たち家族は母の病気に初めて気づいた。私たち夫婦に最初の子が生まれて両親に会いに行くと、母は嫁に向かって何度か謝った。出産の知らせを聞きながらも故郷の方で用事が重なり、これまで会いに行けなかったと言うのだ。私たち夫婦は驚くほかなかった。私たちに子どもが生まれるころ、代々の墓のある山に納骨堂を建てる話があり、両親とも故郷への行き来が多かったのは確かだが、母は忙しい中でも病院の産後ケア施設まで来てくれて妻と孫に会っていったし、この日も私たち夫婦が子どもを抱いて両親に会いに行くのは三度目だった。

認知症と診断されてから、母の病状は日を追って悪くなった。母は辛い食べ物をあまり食べられなかったのだが、父が食べるようにと食卓に上げた青唐辛子をかじっては、あわてて水を飲むことを何度も繰り返した。マンションの出入り口の暗証番号を忘れてしまい、何号棟に住んでいるのかさえ忘れて、家に戻ってこられなくなった。さらに父と喧嘩したと嘘をついた。ところがそれはずいぶん昔の、どうかすると三十代か四十代のころのある日の記憶なのかもしれなかった。

母の記憶が過去に遡っていくにつれ、だんだんと私たちとの意思疎通も不可能になった。私たちには、母の話はうわごとか異常者の一人語りのように聞こえた。養老院に入院させてまもなく、面会に行ったとき、母は養老院の中庭の地べたで草取りの真似ごとをしていた。母の記憶が故郷で畑仕事をしていた時代に戻ってしまったのだ。何年か前、私が雑草について質問したときに「畑へ行けばスベリヒユが敵よ、田んぼに行けばヒエグサが敵……」と、民謡風の歌を歌ってくれた姿が浮かんで、目頭が熱くなった。養老院の中庭にしゃがみこんでいた母を抱えて立たせると、仕事が終わっていない不安そうな顔で中庭を見まわしていた。

そんな母が、ある面会の日、いきなり「チャクセキ!」「キリツ!」と大声をだした。それは私たちが母からは一度も聞いたことのない単語だった。私は母の記憶がすでに、とうとう小学校時代まで戻っていったことに気づいた。おそらく、それは小学校の教室の号令の台詞だったのだろう。その後も母はぶつぶつと独り言を口にしていたが、それがどの時代の記憶に当てはまるのか見当も付かなかった。だからといって、その記憶が母の人生の一部分ではないと否定もできなかった。子どもの私たちには近づけない、深いところにある記憶なのかもしれなかった。例えば、母はおままごとをしているか、赤ん坊になって乳を求めているのか、障子に映った恐ろしい影を見ているのかもしれなかった。

ところが、母が唯一反応する言葉があった。「母さん《オンマ》!」と呼べば「なんだい?」と答え、「ごはんちょうだい」と言えば残念そうな顔を見せた。オンマとごはんはまるで、脳に保存された記憶ではなく、胸に刻みこまれているかのように、または硬くなったかかとの皮膚のように、記憶とは質の異なる何かのようだった。自分が母親だということも忘れ、子どものことも忘れても、その言葉だけには変わらず正常な人のように反応した。だから子どもたちは面会に行くたびにオンマと呼びかけ、ごはんをねだった。

私は〈記憶する〉という言葉を〈記憶すべきだ〉という意味で、数え切れないほど使ってきた。人間は記憶する存在だ、歴史を忘れてはならない、小説は記憶の産物だ、というテーマであえて書いてきた。その言葉の真実について深く悩んだりはしなかった。しかし母を見守っていると、この言葉ほど痛切に身につまされる言葉もなかった。記憶がなければ、その人を誰だと呼べばいいのだろうか。私についての記憶のない母を、これ以上、母と呼べるだろうか。母を見ていると、ふと存在について考え、鳥肌の立つことがあった。あとひとつだけでもいいから、母を記憶にしがみつかせようと私は必死だった。しまいには、悪い記憶でもいいから覚えていてほしいと切に願った。

母の三才、五才、十才を想像したことはなかった。前置きが長くなったが、母と心を通わせようと、私は母の遠い記憶まで見つめようと努めた。それはまた、私の記憶の問題でもあった。私はかつて、自分でも説明できないふわふわとした世界の一部だったということに気づいた。それは母から受け継いだ世界だった。それだけ、母と親和性のある世界だと自信を持って言える。母はそのふわふわした神秘的な世界へと、席を移してしまったようだ。今、母が脈絡なくつぶやいている声は、なんだかその世界についての話ではないかと思われた。

十才のころ、私の額は絶えず熱っぽかった。それは六月のある日の昼間、麦畑で火の玉を見てからのことだった。

山裾まで開墾した畑で男たちは麦の刈り取りに忙しく、私は黒穂を弾き飛ばしたり、雉の雛を追いかけたりして退屈な昼間を耐えていた。気の早い暑さは、麦の穂先のように肌をチクチクと刺した。ひとりずつ畝にまたがって屈み、鎌を振る大人たちの会話は限りなく退屈で、黄色い麦畑の上を飛び交うトノサマバッタやショウリョウバッタの羽の音にも息が詰まった。何も考えず顔を上げたとき、見あげた空に一筋の光が矢のように落ちた。それは白かった。矢の先に茶碗ほどの頭がついていて、尻尾もあった。

大人たちが腰を伸ばした。白い光の筋は頭上で三つに分かれながら南の山裾に消えた。誰かが、またいいところへ行ったなぁ。明日あたり訃報を聞きそうだ。大人たちの間でそんな言葉が交わされた。大人たちが、村と、野原と、その向こうの山と海を確かめるように眺めたので、私もつられて爪先立ちになった。

「ありゃあ、人魂だぞ。今さっきぽっくりいった人の体から出たんだって」

大人たちの目を避けて藁束の裏でタバコをふかしていた長兄が、私に言った。ソウルの製菓工場に勤めていた長兄は、徴集令状が出て里帰りしていた。長兄の言葉を聞いた瞬間、まるで空の火の玉が自分の額に落っこちてきたような感じがした。本当に額が熱く、目の前が黒穂のように暗くなった。私は膝を抱え、畑のあぜ道につんのめるように倒れた。大人たちは暑さにやられたのだと言ったが、人魂が額に飛びこんでくる幻影を消せなかった。

もしもあの時、私がもうすこし大きかったら、頭上を飛んでいった物体が流れ星だと考えただろう。しかし十才、昼間にも流れ星が見えるということを知らない年だった。もちろん、大人たちの嘘を、それが意図的な嘘であれ、無知から来る迷信であれ、知らんぷりできる年でもあった。十才になる都会の少年たちだって、サンタクロースが大嘘だとわかっていながらもそのプレゼントを受け取るように、私もやはりマンテ爺さんやゾーリ男《ジョリベンイ》のような妖怪の存在を信じてはいなかった。

しかし、大人相手にはそんなことはおくびにも出さなかった。祖母や母が「マンテ爺さんが捕まえに来るよ」と弟を脅すとき、私はその隣で大人たちの嘘に乗っかって弟を泣きやませた。それればかりか弟と二人でいるときに泣かれたり、手を焼いたりすると私は大人たちと同じようにマンテ爺さんを利用した。ゾーリ男も同じだった。味噌玉を炊く日に豆をつまみぐいする子どもたちを捕まえていき、裏山の洞窟で蝙蝠を育てて住んでいるというゾーリ男も誰かが作りだした妖怪だとよくわかっていた。

だからといって、大人たちをだまそうと思っていたわけではない。大人をだますなんて……私はむしろ彼らを畏敬していた。とかく妖怪を引っ張りだしてくる大人たちの世界は、すこしばかり秘密めいていた。そのころだったか、それより後だったかわからないが、私は大人たちの世界に対する憧れが子どもを成長させるのだと思っていた。また時が過ぎて、彼らも人生に描く、お粗末な大きな子どもたちだということに気づくことになったのだが。

たとえ流れ星だとわかっていても、おそらく私の額は熱くなっていただろう。

そのころ母が聞かせてくれた多くの物語のおかげで、私には見たいものがたくさんあった。十五日ずつ海と山を行き来しながら暮らすという山太刀魚《サンガルチ》と、百年に一度咲くという竹の花もそうだった。

故郷の村には、太刀魚幕島《カルチマクト》という小さな山があった。幼い私は晩秋になると母に連れられてその山に登り、薪を集めたものだ。その山は名前からもわかるとおり、長いこと島だったものが干拓工事で平野の一部になった土地だった。干拓工事は日本の統治期に行われたので、私はその山が海に浮かぶ姿を見たことはない。故郷には島の名前を持った地名が多かった。ボクサー白仁鉄《ペクインチョル》の故郷、プルム島《ド》だとか、小鹿島《ソロクト》のハンセン病者たちが開拓したオマ島《ド》、かつて帆船が集まって、太刀魚の塩辛がたくさんできたチュク島《ド》だとかいう海辺の村々は、すでに陸地になっていた。おそらく太刀魚幕島は、漁師たちが太刀魚の群れを見張る砦、魚幕《オマク》のある無人島だったのだろう。あるいは、昔はよく上がったというニシンの群れを観察するところだったかもしれない。サンガルチはニシンの群れを追いかけてくる魚だと言われていて「ニシンの王様」という別名もあったから。

母は、父のいとこの家の亡くなったお婆さんが、そのサンガルチを食べたことがあるのだと教えてくれた。そのお婆さんは大阪に実家のある日本人だったが、ある朝、朝食を作りに臼の置いてある中庭に出たところ、柾《まさき》の生け垣で休んでいる、端から端までが歩いて五歩分もあるサンガルチを杵で殴って捕まえたのだという。サンガルチは目が赤く、とげのように硬いたてがみが頭から腰まで生えていて、トンボの羽のような半透明の触覚を持っていたという。昔の話では、死にかけている人もサンガルチを食べれば生き返り、健康な人が食べればたちまち神通力を得るともいわれていた。そのお婆さんはサンガルチをぶつ切りにして釜に入れ、若かぼちゃ五つと一緒に煮て村人たちにふるまった。村に住む家々のうち二軒は不浄だからと食べず、十四軒で分けあって食べた。それ以来、故郷の海からはニシンが上がらなくなったという。

私は母にこのサンガルチの話を何度もねだった。大人になるまでにサンガルチを一度でいいから見たい、というのが願いだった。その願いがかなったのは二十歳を過ぎてからだった。ソウルの六三ビルディングの水族館に行ったとき、剥製となって壁に展示されているその霊物を見たのだ。それは東海《トンヘ》の漁師が捕まえた魚だった。サンガルチ〔リュウグウノツカイのこと〕の実際の姿は、母から聞いたものとそれほど変わらなかった。翼がないだけで、長い胴体やら、鬼瓦みたいな頭、赤いたてがみのようなひれなどは『山海経《せんがいきょう》』に出てくるのがふさわしい獣のように見えた。

私は母を水族館へ案内し、サンガルチの剥製を見せてあげた。母は子どもよりも不思議そうな目でしばらく見つめていたが、やがてこう言った。

「たしかに、大釜一杯分になりそうだねぇ」

私はそんな母を見ながら、子どもたちに物語を聞かせてやろうと荒唐無稽な話を作りだしたのではなく、当の本人がそれまでサンガルチに取り憑かれて生きてきたのではないかと感じた。

当時、母は五十を過ぎて上京し、食堂のまかないや家政婦の仕事に通っていたのだが、私からすると母のソウル生活はうまくいっているようだった。むしろ若い私よりもなじんでいるのではないかと思った。私が初めて就職し、母と一緒に出勤することになった。その時の母は宣陵洞《ソンルンドン》まで仕事に通っていて、私の職場は江南《カンナム》の新沙洞《シンサドン》だった。私たちは地下鉄に乗って出勤していたが、新道林《シンドリム》駅で乗り換えるときに母がいきなり走りだした。ラッシュ時間の新道林駅は昔も今も地獄のような混みようだ。母は人の帳を突っ切って階段を通り、二号線乗り換えのプラットホームへと走った。息を切らせて追いつくと、待機ラインの一番前でハンドバッグを抱えて息を整えていた。次の電車は新道林駅が始発だから、ここに並んでいれば席を取って座れるのだと母は教えてくれた。そして私に「あんたみたいに余裕こいていたらソウルじゃやっていけないよ」とアドバイスをしてくれた。

また、畑仕事に比べたらソウルで金を稼ぐのは朝飯前だと言うこともあった。そしていつも、もうすこし若い時に上京すればよかったと残念がった。母がたくましいおばちゃんになっていく姿が、私には淋しく、また申し訳なくもあったが、これでよかったとも考えた。後に母が認知症と合わせ鬱病と診断されて初めて、私は母のソウル生活がどれほど息の抜けないことだったのか気がついた。母はソウルで短距離選手のように常に緊張して暮らしていたのだ。養老院から一時帰宅をしたとき、家の中のあちこちを素手で拭きながら、奥様が帰ってくる前に掃除を終わらせておかなくちゃとか、この家の人たちは情が足りないよ、など家政婦時代のことをつぶやいた。

　村を取り囲んでいた竹林も、幼い私には常に恐ろしい空間だった。逃亡者となった大人たちが竹林に隠れているという話を何度も聞かされていたし、割れた甕や茶碗のかけらを捨てるのもその竹林だった。なんだか朽ちないものを捨てる墓のように思えた。決定的だったのは村の池で鎮魂の祭祀《クッ》をする様子を見てからで、竹林のイメージはひときわじめじめしたものに変わってしまった。私が生まれる前に若い娘が池に身を投げたのだが、その魂を救いだして慰めるという鎮魂の祭祀が行われたのだ。太刀魚と生きたウサギが池に供物として投げこまれ、長竿の先に木綿の布を結んで水をかきまわし、魂を引っ張りだした。そしてその魂をひょうたんに詰めこんで密封した。何日かたって、友達とチャンバラごっこをするために筍を折りに竹林に入ったとき、そのひょうたんが保管されているのを見て腰を抜かすほどびっくりして竹林を飛びだしてしまった。

私はしょっちゅう悪夢を見て金縛りにあっていたが、そんな時は母が竹の花の話を聞かせてくれた。百年に一度だけ竹林いっぱいに雪が降ったように花が咲くというのだ。そして竹林は枯れ死ぬという。また竹の花が落ちると竹実《チュクシル》と呼ばれる小さい実がなって、鳳凰がそれを食べに飛んでくるそうだ。母方の祖父は日本軍の労務隊に駆りだされて晋州《チンジュ》にいるとき、花を咲かせた孟宗竹の林を見てきたのだという。私はどうしてうちの村の竹林は花が咲かないのか聞いた。それはもうじき百歳になる熊手屋のお爺さんが、竹を間引きしてくれているからだそうだ。なんで？　と私は再び尋ねた。竹の花が咲いたら、竹林はおじゃんになるからねぇ、と母は答えた。

竹林は相変わらず恐ろしかったが、竹の花の話を聞いて以来、竹林は以前とは違って見えた。竹林は私にサンガルチの世界のように神秘的で新しい情熱を呼び覚ました。白い花が満開になった竹林に鳳凰が飛んでくる想像をした。サンガルチだけでなく、竹の花を見ることも、私の願いになった。

それから出会った多くのお年寄りが、私に竹の花に関する話を聞かせてくれた。智里山《チリサン》の近くのタンモル泉で出会った老人は、麻布を広げたように竹の花が咲くのだといった。潭陽《タミャン》の瀟灑園《ソサウォン》の散歩道で出会った羅州《ナジュ》の老人は、稲の花と似ていると言っていた。詩人のソ・ジョンチュン先生は、カンナの花のように上昇をイメージさせる花だと教えてくれた。

あわせて先生は、『妙法蓮華経』の「譬喩品《ひゆほん》」を見ればそのイメージがわかるだろうとアドバイスしてくれた。話す人ごとに違っていたが、竹の花を実際に見た人はいなかった。そして三十歳で麟蹄《インジェ》の点鳳山《チョムボンサン》に登った私は、ついに実際に竹の花を見た。それは孟宗竹や真竹の花ではなく、笹の花だった。孟宗竹や真竹の花もこれと大差ないだろうと思った。それは母の話したように白くはなく、心に抱いてきたように美しくも神秘的でもなかった。羅州の老人の話のように、稲の花のような臙脂色をした糸状の花軸から、黄色く細長い花が地面に向かって伸びていた。しかし一方では、竹の花について聞いていたことがすべて合っているようでもあった。すでに竹の花は私にとって実際の花というより神話に近いものになっていた。

　話が横道にそれたが、もう一度、額が熱っぽかった十歳のころに戻るとしよう。

　麦畑で人魂を見てから、私は異常な体験をするようになった。その最初の兆しは、ある晩見た夢から始まった。当時、私は祖母と同じ部屋を使っていたのだが、祖母が誰かと仲良く話している声を聴いた。時々お隣のお婆さんが遊びに来ていたので、私は話し相手のお婆さんとおしゃべりしているのだろうと思った。夢うつつにポツリポツリと聞こえてくる話は、村の入り口にある瓦屋根のうちのお婆さんがさっき亡くなったという内容だった。二人は残念そうに舌打ちをしていた。その家のお婆さんはすでにかなりの高齢で、家の外に出ることもなくなって久しかったので、私はそれほど驚かなかった。

翌朝、食事の席で私は何も考えずに、大人たちに向かって、あのうちのお婆ちゃんは死んじゃったの？　と聞いた。みんなは急に何を言いだすのか、という表情だった。昨夜、その話をしていたはずの祖母も同じだった。私はようやく自分が夢を見たんだなと考えた。声だけ聞こえる夢だなんて不思議だったが、朝から夢の話をするものではないと言われていたので、私はそれ以上口を開かなかった。

その日は土曜日で、小雨が降っていた。昼食時間に学校から帰るとき、瓦屋根の家では葬式の準備をしていた。その家のお婆さんは母屋とは別の棟で寝起きしていたのだが、嫁が朝食を届けに行ってお婆さんが亡くなっているのを発見したそうだ。お婆さんは昨晩のうちに息を引き取っていたのではないかと大人たちは考えていた。

祖母は鞄を背負って帰ってきた私を呼びつけた。祖母は朝食の席での話は何だったのかと聞いた。私は昨晩の体験を話した。

「おんや、まあ！　悪い婆さんだよ。逝くときにおめえに取り憑いて逝ったんだなあ」

そう言って祖母はあわてて清めの水を手に、裏庭で厄払いを唱えた。

母は気にくわないようで、余計なことをすると言っていた。

そして何日かたって、私は再び夢を見た。上の歯が抜ける悪夢だった。毎朝うちの汚物を豚の餌にもらっていく隣のおばさんがいたのだが、朝になって私はそのおばさんに昨晩の夢の話を聞かせた。いつも周りに話を言いふらすおばさんだったが、うちの祖母と母のことは苦手らしく、私の夢の話を聞いても軽はずみに騒ぎ立てはしなかった。ただそのおばさんが独り言のようにこっそりと「どうしようねぇ、あんたの婆ちゃん、亡くなるみたいだよ」とささやいた。私はなんのことだ？　とおばさんを見つめた。歯が抜ける夢は家族の中から葬式を出す夢なのだが、上の歯が抜けると年長者に異変が起きる兆しなのだと言う。しかし、うちの祖母はぴんぴんしていた。祖母が尿瓶を手に厠から出てくる姿を見て、おばさんはあわてて吐き捨てるように言った。

「ただの夢だよ。あんなにぴんぴんしてるんだから……」

私の夢は四日目に本当になった。祖母ではなかった。同じ村に住んでいた父のいとこの奥さんが亡くなった。その奥さんの死は意外だった。父のいとこは長い間肺を病んでいて、彼が死ぬのならいざ知らず、夫の看病をしながら家庭をしっかりとやりくりしていた奥さんが亡くなったのだから、みんな驚いた。四十代後半の彼女は六人も子どもを産んでいて、最近また妊娠していた。肺病病みが子どもばっかりこしらえて、と言う人もいた。そんな彼女が妊娠中毒症で病院に運びこまれたと思ったら、帰らぬ人となったのだ。

このことがあって、隣のおばさんが母に私の夢のことを伝えたようだった。母は静かに私を呼んだ。

「どこか悪いのかい？」

私はすこしひきつった顔で首を振った。母は私の額に静かに手を乗せた。母の手が熱く感じられた。

「熱はないみたいだけど」

母は心配そうにため息をついた。

「これから何か変な夢を見たら、人に話しちゃだめだよ。オンマに話してね。わかった？」

母は漢方薬を煎じてくれた。そうはいっても私の体に特別変わったところがあったわけではない。額が熱いという感じはあったが、体にほかの変化などはなかった。

ある日、祖母と母が私のことで激しく争った。祖母は祭儀を行う巫堂《ムーダン》「ムーダンは朝鮮のシャーマンのこと。世襲する場合もあるが一般の人が病気をきっかけにムーダンになることもある」を呼んでお祓いをしなきゃならないと言ってゆずらなかった。母は余計なことをして子どもをダメにする気か、と激しく抵抗した。祖母は背中を見せて座りこみ、ぶつぶつ言った。

「あんたこそ、余計なことだとか言って、小さい子どもがどうしてあんな夢を見るんだい。熱が下がらないままムーダンになっちまったらどうするんだね。いつものムーダン呼んどいで。腕がいいんだから」

母は頑として聞き入れなかった。

「今お義母さんがやろうとしてることこそ、余計なことですよ。こんなにちゃんとしている子どもをどうしておかしな子扱いするのかわかりませんね」

母は漢方薬を飲ますたびに私に言った。

「大きくなるときはみんなそういうものだよ。おかしなことなんかひとつもない。気持ちをちゃんと持っていれば大丈夫」

ところが私はまた夢を見た。村に住むあるおじさんが、見知らぬ老人たちと連れ立ってどこかに旅立つ夢だった。私はそのおじさんをよく知っていた。奥さんはムーダンだったが、おじさんは毎日のように峠の酒場に座って酔っぱらっていた。村の人たちは、嫁さんが外を回って稼いでくれるから、あの男は働かなくていいのだと陰口を叩いていたものだ。

私はその夢を誰にも話さなかった。そうしていると恐怖心に襲われた。祖母の言葉のとおり、自分が巫病《ムビョン》にかかってしまったのではないかと、心配だった。そのおじさんに何かあったらどうしようと、私は毎日、峠の酒屋をのぞきに行った。

しかし、訃報を避けることはできなかった。ある夕方、私たちは国道で何かがポンとはじける音を聞いた。私は家族と一緒に夕食を食べているところだったのだが、しばらくして村の人が走ってきて、ムーダンのうちのおじさんが交通事故にあったと教えてくれた。

事故現場は片付けに手間取って、子どもたちまでが凄惨な死体を目撃することになった。手足は比較的きれいだったが、額から上はひきつぶされていて、道路の上には真っ赤な血が流れていた。道で眠りこけていたおじさんに気づかず、バスが通りすぎたそうだ。

母はスカート《チマ》で私の顔を包んで背を向けた。家に帰る途中、私はこらえきれずに泣きだしてしまった。母がしゃがんで、私の涙を拭きながら言った。

「何かあったの？　言ってごらん。また夢を見たの？」

私はうなずいた。そして夢の話をした。母の顔が青ざめた。すこしして、母は何か決心したように唇を噛みしめた。

「明日からオンマと礼拝に通おう。もう一度言っておくけど、なんでもないからね。大きくなるときはみんなそうだから。あんたぐらいの時に、オンマもそうだったんだよ。気持ちをしっかり持っていれば大丈夫」

翌日の早朝、母は寝ぼけている私を背負うようにして教会へ行った。峠を上り下りしながら、母はサンガルチの話やら、竹の花の話やら、不思議な話を聞かせてくれた。

「あんたも今日、聞いたでしょう？　杖で海が割れたり、五つしかないパンを食べた残りで十二籠のパンを作ったりしたっていうじゃない。あんなにたくさんいた大人たちがみんな信じていたね」

あのころはまるで物語の中に住んでいるようだった。何十回も繰り返して聞いた話もある。時には途中で寝てしまい、最後まで聞けない話もあった。私が熱にうかされて見た夢のように、この世はわけのわからないものでいっぱいに満ちているのだと、教えてくれているようだった。

「オンマのうちの先祖のお爺さんにね、王様から表彰された孝行者がいたんだよ。昔、そのお爺さんの母親が病気で寝たきりになってねぇ。春から寝こんで、冬になって、もう冬は越せないなって、みんな思っていたの。この上ない孝行者だったそのお爺さんが、『お母さん、何かしたいことはないですか?』と聞いたんだって。そうしたら『そうさねぇ、こんな婆さんでもスイカを一口食べたらここからパタパタと飛び立てそうだねぇ』って言ったって。冬なのにどこでスイカが手に入ると思う? それでも評判の孝行息子だからね、丸木舟に乗って海に出たのよ。何日かしてある島に着いた。竹林がいっぱい茂った島だった。竹林の中からカラスが騒がしく飛び立っているのが見えてね、おかしいでしょう? だから竹林に入っていったんだって。竹もね、陸地に生えているのとは違って、見たこともない種類だった。竹林の中をずっと進むと、止まっていたカラスの群れが人気に驚いて飛びあがったって。そこに半分に割れてひっくり返った甕があって、その中に子どもの頭ほどのスイカが蔓にぶら下がっていたんだって。もう半分くらいカラスがつついて食べちゃっていたけど、赤く熟れたスイカだった。お爺さんはそれを持ってきて、お婆さんに食べさせたら病気が治って起きあがったんだって。信じられないだろうけど、オンマは信じているよ。何年か前にウンジョン島《ド》ってところにステンレスの器を売りに行っていたことがあったでしょう。十一月だったけど、ある家でスイカを出してくれたの。聞いてみると、その島では夏になるとスイカを蔓ごと土に埋めて次の年の春まで食べているそうだよ」

話が終わると母は「不思議だと思うでしょう。でもすこしも不思議な話じゃないんだよ。オンマの話は全部本当のことだからね」と言った。

母の話が効いたのだろうか。私はそれ以上夢にうなされることはなかった。しかし死に関連したある直観、あるいは霊感のようなものが心をかすめることがあった。それは既視感のようなものだとでもいおうか。とにかく私は、うちの村の人が今年中に五人死ぬという感覚にとらわれた。それは何の根拠もない純然たる感覚で、その感覚を繰り返し思い浮かべているうちに「今年五人死ぬんだ」と信じるようになった。すでに三人死んでいたので、残りは二人だった。そのことが何度も思い浮かんだが、母に話すことができなかった。

私が夢にうなされることがなくなると、母は早朝の祈祷に通うのをやめてしまった。教会の人が来ると、母は申し訳なさそうに言った。

「献金も負担なので」

そうして年が暮れようとしていた。私の予感は的中した。青年が一人、失恋して農薬を飲み、七つの子どもが一年分のキムチを漬ける樽に頭から落ちて死んだ。私はこの胸の痛むいきさつを詳しく伝えることができない。いまだに彼らの家族はもちろん、村の人たちもその死を悲しんでいるから。

その年が終わると、私は熱から解放されたと感じた。額も熱くなくなった。私は母の膝枕でいつまでもお話をねだった。母も息子の心配事からだいぶ解放されていた。話が底をつき、もう話してやることがないと言われることもあった。すると私は、前に聞いた話を引っ張りだしてもう一度聞かせてほしいとねだった。

「物語が好きすぎると、貧乏になるっていうよ」

母は眠気をこらえてそう言ったものだ。

養老院のベッドに横たわる母に話を聞かせてあげようと、私は幼いころに母から聞いた話をできるだけ思いだそうとした。身動きもしないで遠い世界にいるような母に話して聞かせてやるとき、一瞬だけ母の眼がきらりと光るような気がした。それは私が感じるだけかもしれない。しかし、私は母が今、十歳になっていても、二歳になっていても、私の話に耳を傾けていると信じている。世の中のすべての子どもたちはそんなお話が大好きで、その世界に住んでいるのだから。

訳者解説

本書は全成太《チョンソンテ》の四作目の短編集『二度の自画像』の全訳であり、二〇〇九年から二〇一四年までに発表された短編、十二編を収録している。短編集のタイトルは作家の登壇二十年を意識したものだが、日本の読者には現代韓国の姿を映す韓国の自画像ともいえるのではないだろうか。特にこれまで「他者」だと考えていた者たちを受けいれ、戸惑いながらも向き合い、意思疎通を図ろうとする韓国人の姿は、韓国と日本両国の寛容と不寛容を考える契機を与えてくれる。

全成太は、最近では国内外の文学イベントに韓国の代表的な作家として参加することも多く、英語、ドイツ語、タイ語で韓国文学を紹介するアンソロジーに短編が翻訳されているほか、三作目の短編集『オオカミ』が二〇一七年にアメリカで翻訳出版されている。日本で翻訳されているものは本短編集にも収録されている『遠足』（小山内園子訳、クオン、二〇一八)のみである。こちらのシリーズは日本語と韓国語のバイリンガルで読める作品なので、全成太に興味を持った読者には彼の端正な韓国語もぜひ味わってほしい。

作家来歴

全成太は、一九六九年に全羅《チョルラ》南道高興《コフン》郡に生まれた。全羅道は古くから朝鮮半島の中央政府によって冷遇され、経済開発が最も遅れた地方である。特に南海《ナメ》に突き出した半島と多くの島からなる高興は「結婚前に婚約者を連れ帰ると帰省を嫌がって逃げられる」と言われていたほどの僻地であり、その一方で晴天が多いことから宇宙開発センター羅老島《ナロド》がある美しい土地でもある。自身の少年時代を描いた散文集『ソンテ、マンテ、プリブンテ』(チョウンセンガク、二〇一〇)には、全の幼少時代、つまり一九七〇年代になっても薪を拾う日々や、練炭を初めて見て驚く話、同郷のプロレスラーの活躍によって半島に電気がひかれた話などが描かれており、韓国における近代化、開発の地域差を物語っている。三人の兄と姉ひとりの後、五番目に生まれた全成太は、末弟の子守のために小学校入学を一年遅らせたという。そして自宅を出て順天《スンチョン》で高校生活を送ったのち、作家を志し一九八九年、中央大学芸術学部の文芸創作科に進学した。中央大学進学後は学生運動に根差した文学サークルに所属して創作活動を行うが、入学した年の夏に中央大学の総学生会長が変死体で発見される事件が起こり、死因究明のために全学ストライキとなるなど、学生時代を混乱の中で過ごした。当時の経験が全の文学に与えた影響は〈日本の読者へ〉に書かれたとおりである。その後、三十ヵ月の兵役を終え復学後、三年生在学中の一九九四年に季刊文芸誌『実践文学』新人賞に入賞してデビューした。

全成太がデビューした『実践文学』は、一九八〇年三月に自由実践文人協会が主体となり発行したムック誌『実践文学』からスタートした文芸誌である。当時は軍事独裁統治下で文芸活動の多くが制限されていた。大部分の文芸誌が強制廃刊・休刊となり、そのため単発的なムック誌が多く刊行されたが、その中でも実践文学社が発行したムック誌は労働詩人パク・ノヘを発掘するなど八〇年代の労働文学に大きな役割を果たしている。また、最近まで韓国作家会議（当時は民族文学作家会議）とのつながりが強く、作家会議理事長が実践文学社の社長を兼任するのが慣例とされてきた。『実践文学』でデビューした全成太もまた、二〇〇一年より二〇〇三年まで玄基榮《ヒョンギヨン》理事長のもとで同会議の事務局長を務めている。

作家として活動しながらも二〇〇八年からは母校の中央大学で後進の指導にあたり、平行して二〇一〇年からは同大学院修士課程にも在籍し、二〇一五年八月に修士学位を取った。中央大学での教え子には二〇一九年の現代文学賞を受賞したパク・ミンジョンらがいる。二〇二一年より故郷に近い国立順天大学人文芸術学部文芸創作科で専任教授のかたわら創作を続けている。

主要作品

全成太は寡作な作家である。小説に限って言えば、デビュー後二十年で短編集四作と長編一作しかない。ひとつの短編集には五年ほどの間に複数の文芸誌に発表したテーマも作風も異なる作品が収録されることになるが、それらの中でも「韓国人とは何か」を問い続ける姿勢は一貫している。

デビュー作となった「鶏追い」(『実践文学』一九九四年、秋号)は、若くして死んだ友人の葬儀のための鶏に逃げられ、追いかけるエピソードを中心に、開発されていく都会との格差、地方にいる若者の閉塞感を地方色豊かな方言で諧謔的に描いた作品である。初の単行本となった短編集『埋香』は、一九九九年に実践文学社から出版された。内容は農村と都市の階級的な格差を描いた作品が多く、地方を背景としているだけあって方言が効果的に使われており、実践文学社は「豊かで土俗的な文体で新しい農村文学の典範を作り上げた」と紹介している。韓国朝鮮文学者の三枝壽勝は、韓国の伝統的な歌唱劇であるパンソリについて、真剣な物語でもサブストーリーとして滑稽な語りが必ず挿入されており、その諧謔性、おおらかな笑いの精神が韓国文学に引き継がれていること、また特に全羅道の方言はユーモラスに聞こえ、金芝河《キムジハ》、李文九《イムング》ら全羅道出身の作家にこの気質が受け継がれていることを指摘しているが、全羅道の方言を多用し、農村風景を描いてデビューした全成太は、まさにこの系譜に属していると言える。

二作目の短編集『国境を越えること』（チャンビ、二〇〇五）にも、川で牛を拾った農夫のわずかな希望とふがいなさを息子の目を通して描いた「牛を拾う」、少女をとりまく世界の残酷さと閉塞感を描いた「歓喜」など地方の農村を舞台とした作品はあるが、一方で表題作である「国境を越えること」では、韓国人青年のパクが旅行者として国境線を越えることと、日本人女性との肉体関係を通して精神的な国境を越えようとする試みが二重写しに描かれ、海外に出ることで韓国人とは何かを自問する新しい視点を得ている。

短編集『国境を越えること』と同じ年に発表された長編『理髪師の女』（チャンへ、二〇〇五）では、主人公は日本人女性である。彼女は終戦直後に身重の体で子供の父親である朝鮮人の男性について韓国に渡る。死ぬまで韓国で過ごした日本人女性の生涯は、日本統治時代に村人同士の諍いから日本へ強制労働に送られた朝鮮人男性の目を通じて語られる。正式な結婚をしていなかったために子供を奪われ、不当に扱われながらも韓国で生きぬく姿は、日本と韓国との関係の中でどちらが加害者なのか、絶対的な加害者などいるのか、と問いかけている。

また、二〇〇六年にはパク・ヨンヒ、オ・スヨンとの共著でルポタージュ『道で出会った世の中――大韓民国人権の現住所を探して』（ウリ教育）が出版されている。ここで、取材の対象となっているのは、外国人労働者、未婚の若い母親、上級学校に進学しない若年労働者、アジアからの結婚移住女性とその子供たち、ハンセン病患者、日本人妻、衣料品工場のミシン工など、韓国にいながら様々な面で人権が必ずしも保障されていない弱者たちである。

この二作品は主に短編小説を書いてきた全にとっては例外的な著作であり、自身に近い農村の若者の視線で世の中を見たデビュー時の作品から、自分自身ではない他者を描くことに転換する時期に重なっている。社会の片隅で生きる者たちの声を丁寧に拾う作業は、全のリアリズム作家としての姿勢に通ずるもので、取材したテーマの中には、その後、全の作品のモチーフとなったものも少なくない。

二〇〇五年から二〇〇六年にかけて、全成太は韓国文化芸術委員会が実施した作家海外レジデンスプログラムで家族とともに半年間モンゴルに滞在している。このモンゴルでの経験と思考が反映された作品が収録されているのが、短編集『オオカミ』（チャンビ、二〇〇九）である。この短編集は十編中六編がモンゴルを舞台にしており、全にとってモンゴルが特別な場所だったことがうかがえる。作家にとってモンゴルは朝鮮半島の分断を思い起こさせる土地のようだ。収録作の中でも「木蘭食堂」「セカンドワルツ」「南方植物」では、韓国人と北朝鮮の人との出会いが描かれる。「興味深かったのは、社会主義から市場経済へと移行するモンゴル社会であり、不思議なことにそれは私たちの社会を逆さに映す鏡にもなった」と後書きで述べているように、モンゴルに滞在することで作家は資本主義の意味を問うことになる。表題作の「オオカミ」において、その問いは共産主義と資本主義、伝統と近代の関係として幻想的に描かれている。

また、北朝鮮からの離脱民を連想させる「川を渡る人々」、韓国人らしからぬ外見の青年が自らアメリカ系の混血を名乗って英語教師として生きる姿を描く「イミテーション」の二作からは、境界を越える人々、さまざまな境界線上にいる人々への関心を見ることができる。

境界と記憶を描く――『二度の自画像』

全成太が描くのは華やかな世界ではなく、むしろ見過ごされがちな社会の片隅の存在である。そこでは劇的な出来事は起こらない。人々の日常に寄りそい、こまやかに描く世界は悲劇的な状況であっても不思議と曇りがなく、温かい。

本書『二度の自画像』に収録された短編の初出は次の通りである。

「遠足」『創作と批評』二〇一四年夏号
「見送り」『現代文学』二〇一一年五月号
「釣りをする少女」『現代文学』二〇一一年八月号
「えさ茶碗」『緑色評論』二〇〇九年一一〜一二月号
「おもてなし」『本質と現象』二〇一〇年春号
「『労働新聞』」『創作と批評』二〇〇九年夏号
「墓参」『現代文学』二〇一三年八月号
「望郷の家」『黄海文学』二〇一〇年春号
「白菊を抱いて」『世界の文学』二〇一〇年春号
「消された風景」『よい小説』二〇〇九年夏号
「桜の木の上で」『作家世界』二〇一〇年秋号
「物語をお返しします」『文学思想』二〇〇九年九月号

様々な時代と場所を背景とした十二編だが、中でも境界と記憶という二つのテーマを小説集の柱としてあげることができる。

境界をテーマとする作品としては「見送り」「釣りをする少女」「えさ茶碗」「労働新聞」「墓参」「望郷の家」がある。この六作品の登場人物たちは、境界を越え、あるいは境界線の上にあって、作家の言葉を借りれば韓国という〈ひとつの社会から取りこぼされてしまった存在〉と言えるだろう。

まず「見送り」は、韓国で働き帰国する外国人労働者の姿をかつての雇用主の目を通して描いている。韓国と外国という境界線と、外国人労働者と韓国人の雇用主が共有する記憶が反映された作品である。韓国では二〇〇〇年以降、外国から流入した移住民を主題とした「多文化小説」と呼ばれる作品が多く発表された。「見送り」に登場する外国人労働者ソヤの不十分な韓国語や、健康を損なう描写は「多文化小説」に共通する特徴だ。そこには韓国人が支配者であり移住者が被支配者であるという構図が前提とされており、これらの作品では移住者に対する申し訳なさを表明していることが多い。「見送り」においてもソヤから帰国の知らせを聞いて飛行場に駆けつけた理由を、雇用主であった美淑《ミスク》は「自分がどうして空港まで来たのか（……）ソヤに対して申し訳ない気持ちがあったのだろう」と自ら分析し、「忙しい厨房で八つ当たりもしただろうし、店をたたむ前の何か月かは給料日にちゃんと給料を渡せなかった」と回想している。

ソヤは雇用主＝支配者である美淑のことを「しゃちょうさん」と呼んでいるが、ふとしたはずみに、「おねえさん《オンニ》」という言葉が出てしまう。韓国では血縁関係がなくても親しくなった人間を親族間の呼称で呼ぶことがあるが、「姉《オンニ》・妹《ドンセン》」と呼びあう女性二人の関係は時に親しく、共犯的でもある。帰国の荷物を整理する過程で、美淑は二人の思い出が詰まった品々を見つける。捨てていくように言われたソヤは「ぜんぶすてたら、わたしのかんこくせいかつ、なにもない」と反発する。労働者として韓国に入国し、不法労働者となってからも働き続けた韓国の生活は決して苦しいだけのものではない。捨てて帰れない荷物の一つひとつにソヤが韓国で過ごした時間と記憶が詰まっている。「見送り」は、帰国当日の数時間を描きながらもソヤの十年に及ぶ韓国生活を想像させる作品になっているのだ。

ソヤの中で「しゃちょうさん」と「オンニ」の境界線は曖昧で揺れている。美淑にとっても同様だ。実際に移住労働者と韓国人との関係も、支配者と被支配者という単純な二項対立で理解することはできないはずだ。全はソヤに美淑「オンニ」と呼ばせることで韓国社会と移住者との重層的な関係の一片を描き出している。それは同時にソヤが韓国で過ごした十年間に人間らしい意味を持たせるものでもある。

社会や家族、ジェンダーのあるべき規範を重んじる韓国では、シングルマザーや、セックスワーカーに対する偏見も強く残る。彼女たちは、同じ社会で暮らしながらも陰に隠れた存在である。セックスワーカーとして働くシングルマザーとその娘を描いた「釣りをする少女」は、映画『牛の鈴音』（日本公開、二〇〇九）のイ・チョンニョル監督の次回作『蝉の声』の一部として構想された。そのせいか、ト書きのような短文の繰り返しが印象的である。時空を行き来する映画のように、作品は明るい昼の光と夜の闇、時間と場所、平穏と絶望が交差している。

また、「えさ茶碗」には、ベトナムから結婚移住してきた女性が登場する。ベトナム出身の嫁と年老いた姑は言葉が通じないながらも釣りでコミュニケーションをとっている。嫁が犬を蹴飛ばしながら言う「とってくっちまうぞ」という言葉は姑の口癖であり、姑が料理するフナの蒸し物は嫁に教えてもらったものだろう。この二人は自然と家族になっているようだ。

物語の最後の部分は日本の古典落語の「猫の皿」と共通するものだが、原著の作家後書きでは「ロアルド・ダールの物語を私たちの国で巷にある笑い話に置きかえた」としている。

次に「『労働新聞』」は北朝鮮からの離脱民が住む団地が舞台である。管理人の老人たちは古新聞の中から北朝鮮で発行されている『労働新聞』を発見して、団地の中にスパイがいるのではないかと疑心暗鬼になる。韓国社会の北朝鮮への態度は、時の政権によって変わる。しかし、長く続いた反共産主義の考え方は、北に対する恐怖として根強く残っており、すぐに感情を切り替えられないことも事実である。

韓国に来て定着支援施設から団地に移ったばかりの青年は、国旗掲揚の仕方も太極旗の意味も分かっていない。彼が太極旗で古着を包む話は笑い話のようでもあり、『労働新聞』をめぐる謎解きのヒントにもなっている点が興味深い。

「墓参」もまた、南北対立がテーマだ。舞台は敵軍墓地で、そこに眠るのも管理するのも軍人たちだ。この作品では軍隊を通したホモソーシャルな連帯感が描かれるが、その連帯感は女性の生き方を犠牲にしたうえで成立している。職業軍人の夫に合わせて引っ越しを繰り返した人生を嘆く妻を目の前にして、主人公の老人は「嗚咽する妻を見守りながら、自分の、残り少ない人生の階段をコトリと踏んで一段下りた気分」になる。自分たちが誰かを傷つけていないかという自問は、全の作品に繰り返し現れる。そして、この点は現代韓国文学の一つの傾向と言ってよいだろう。

最後に「望郷の家」は南北分断以前から現代へ、北から南へと境界線をまたいで記憶をつなぐ作品である。この作品では老人たちが北で過ごした少年時代、「どうにもならん世の中だった」という反共主義の軍事政権と、現代の記憶が重ねられている。そこから現在の韓国が、いくつもの記憶＝歴史の積み重ねの上にあることがわかる。

前記六作とともに、「遠足」「おもてなし」「白菊を抱いて」「消された風景」「桜の木の上で」「物語をお返しします」は、記憶をより深いテーマにしている。

『82年生まれ、キム・ジヨン』（チョ・ナムジュ著、斎藤真理子訳、筑摩書房、二〇一八）などのヒットにより、日本において韓国文学はフェミニズムと関連付けて語られることが多い。韓国の文学が現実を批判する力を持ち、特に女性にとっての不平等を言語化しつづけていることが大きな要因だ。その背景には、韓国社会で男尊女卑の状況が長く続いたことがある。キム・ジヨンの生まれた八〇年代でも、胎児が女児とわかると堕胎されるケースは少なくなく、九〇年代を舞台にした映画『はちどり』でも、兄たちは当然のように妹に暴力をふるっている。日本と韓国では女性差別の現れ方は違うが、少なくとも全の少年時代の韓国ではよりあからさまに、女性は不自由であり搾取されていたと言えるだろう。その当時を描いた作品が「おもてなし」と「桜の木の上で」である。

「おもてなし」は一九八〇年代の地方都市が舞台である。主人公のヤン係長は大統領閣下の地方巡視儀典の遂行のためにインスタントコーヒーの味にこだわり、部下の女性たちにしずしずとコーヒーを運ぶ訓練をさせ、カップが音を立てるからといって怒鳴りつける。その実、「彼は作戦期間中、パク・ソンイが自分を一号として扱うことを望んでいた」、つまり小権力者が、仕事の遂行にかこつけて自身の欲望を遂げようとしているわけだ。最後にパク・ソンイは成長を遂げる。儀典の成功には一歩近づくが、自分の仕事をやりとげようとするパク・ソンイにとってヤン係長はもはや、かしずく対象ではなく、係長の欲望が達成されることはない。

「桜の木の上で」は、主人公が田舎で暮らした少年時代を回顧する一人称の小説である。木の上から眺める風景描写はすがすがしく、村人総出で行われる貯水池での漁の様子は太鼓の音、泥の触感や冷たさ、村人たちの明るい高揚感を生き生きと伝えている。その一方で、隣のおばさんが逃げ出すほどの暴力や、家を飛び出しても逃げ切れない地方都市の閉塞感、激しい言葉の行きかう大人たちの喧嘩など荒々しい面と、大人になることを拒否する繊細な少年少女の心が描かれている。

原題は直訳すると、「少女は成長し、兄《オッパ》さんたちは楽しい」となり、成長を拒否する少女と憂鬱な少年の記憶を逆説的に表すものだ。日本語にするとリズムがそろわないため、作者と相談のうえで作者が敬愛する大江健三郎の『「自分の木」の下で』(朝日新聞社、二〇〇一)にリズムを合わせ日本語タイトルとした。

次に「白菊を抱いて」と「消された風景」は、韓国の軍事政権の暴力として、最近ようやく日本でも知られてきた一九八〇年の光州事件を扱っている。

「白菊を抱いて」は光州事件から七年後の全羅道の海辺の村が舞台だ。学生時代に光州事件を体験した女性教師、娘を若くして失くした老医師、光州事件で息子を亡くした母親、家庭を捨てて寺の庵で暮らす母子、俗世を離れて仏門に入り、今度は実家の母親まで亡くした尼僧。祖母と二人で暮らす女性教師の教え子も、「死んだ人は絶対帰ってきません」という断固とした態度を見れば、大切な誰かを亡くしているのだろう。女性教師がひそかに思慕する男性の墓への最後の墓参りに、様々な哀悼と共感が重ねて描かれる。

「消された風景」は、光州事件から約三十年が経過した現代の光州が舞台である。新しくなった自宅に、老人は息子を迎える。中年になった息子の意識は少年のまま年を取らず、妄想の中に生きている。老人は息子の妄想に自ら巻き込まれて、あの晩を再現しながら息子のトラウマに向き合う。

これらの作品で全が描き出したのは光州事件から歳月がたっても癒えない心の傷であり、それは韓国の現代史の傷でもあると同時に、民主化された韓国の出発点でもある。

最後に、「遠足」「物語をお返しします」の二作では家族の記憶が描かれる。

「遠足」は、とある祝日の、親子三世代の遠足の風景だ。しかし、幸せに見える家族はその幸せを壊さないように、互いに打ち明けられない思いを隠し持っている。忙しい生活の中で父親を見送った夫のセホは心身ともに疲弊し、親の死に無感覚だった自分に罪悪感を持っている。妻のジヒョンもまた、しっかりしているようで、時に危うく見える。ジヒョンの母親の異変に家族が気づき、幸せのバランスが崩れそうな瞬間にセホは義母に語りかける。「大丈夫ですよ、お義母さん。問題ありませんよ」と。

「物語をお返しします」は冒頭で述べられている通り、母のために書いた個人的な物語であり、小説というよりエッセイに近い。「私についての記憶のない母を、これ以上、母と呼べるだろうか」と自問しながら、認知症の母が失くしていく記憶を補うように、自分が聞かされた物語を母親に返す話である。これはちょうど大江健三郎の「なぜ子供は学校に行かねばならないのか」（『「自分の木」の下で』）を裏返しにした構図になっている。十歳の大江が高熱と死の恐怖で苦しんでいると、母親は自分がもう一度生んで、それまでの話をしてあげると言って慰める。安心した大江少年は快癒するという話だ。著者に尋ねたところ、意図したものではないが『「自分の木」の下で』は好きな作品の一つだそうだ。全と大江の作品では親子関係が逆転しているが、記憶がその人を形作っているという発想は共通している。

本短編集に収録された十二編の作品を通じて、私たちは普遍的なものと、日本とはまったく異なる韓国らしさに出会うだろう。たとえば故郷を思う気持ちは誰もが持つ普遍的なもの、とはいえ、分断によって二度と戻れない故郷への思いは、私たちとは違うはずだ。本書に収められた「望郷の家」には偶然にも故郷の土地を再び踏んだ日のことを、生涯の思い出として生きる老人の話が登場する。このように、かけがえのない思い出さえ口に出せない、反共産主義を掲げる軍事独裁政権が韓国では長く続いた。民主化を求めた光州事件の悲劇は、事件を口にできない時代にもそこにいない人の記憶として消えることなく残っていた。日本と韓国の分かちがたい歴史もまた、人々の記憶に残っている。「物語をお返しします」で認知症のために少女に戻ってしまった母親が口にする号令は日本語だ。「キリッ！」という言葉は、影でもなく光でもなく記憶としてそこに存在している。三十年前、五十年前、八十年前の韓国と当時の日本は、そして二つの国が現在まで経てきた時間はまったく違うのだ。

それゆえに韓国と日本の関係は、常に揺れ動き、衝突し、近づいては離れてしまう。それでも現代の韓国社会を生きる人々と、日本社会を生きる私たちはよく似ている。仕事に疲れた父親、いらいらした母親と過ごす家族の週末。都会の片隅に生きるシングルマザーの、あるいはセックスワーカーの孤独。外国から来たお嫁さんと労働者。そんな私たちによく似た隣人たちの物語にもう少し耳をすますと、別の姿が見えてくる。

なお、この短編集は東京外国語大学出版会の企画公募を通じて出版されることになった。

学友の趙沼振さんが原文と翻訳を読んでくれたのは、たいへん心強くうれしかった。出版会はもちろん、二度の大学生活で出会い、語り、導いてくれたすべての友人と先生方に感謝を記したい。

あっけなく国境が閉じてしまった二〇二〇年に、この翻訳の作業を続けながら作家とのやり取りを繰り返した。離れていても互いを理解できることは心強かった。読者のみなさんに、この作品はどのように届くだろうか。国境が開いて作家と再会できるときにはまっさきに、みなさんの言葉を届けたいと思う。

吉良佳奈江

二〇二一年三月

著者紹介

チョン・ソンテ（전성태　全成太　Jeon Sungtae）

一九六九年、韓国全羅南道高興郡に生まれる。中央大学芸術学部文芸創作科在学中に、都市と地方の間に横たわる問題について方言を効果的に用いて描いた「鶏追い」（『実践文学』一九九四年秋号）で実践文学新人賞を受賞し文壇デビュー。以降、着実な創作活動を続け、二〇〇八年より中央大学で後進の指導にあたる。二〇二一年より国立順天大学文芸創作科教授。作品集に『埋香』（実践文学社、一九九九年、申東曄文学賞〈二〇〇〇年度〉受賞）、『国境を越えること』（チャンビ、二〇〇五年）、『オオカミ』（チャンビ、二〇〇九年、蔡萬植文学賞〈二〇〇九年度〉・無影文学賞〈二〇一〇年度〉受賞）などがある。本著は作家の四作目の短篇集にあたり、収録作「釣りをする少女」で現代文学賞（二〇一一年度）、短編集として李孝石文学賞、韓国日報文学賞（ともに二〇一五年度）を受賞した。

訳者紹介

吉良佳奈江（きら　かなえ）

東京外国語大学大学院総合国際学研究科博士後期課程在籍中。法政大学講師。専門は韓国近現代文学。主な翻訳にチャン・ガンミョン『韓国が嫌いで』（ころから、二〇二〇年一月）、チョン・ミョングァン「退社」『たべるのがおそい』七号（二〇一九年七月）など。

◉物語の島 アジア

二度の自画像

二〇二一年四月三〇日　初版第一刷発行

著者……チョン・ソンテ
訳者……吉良佳奈江
発行者……林 佳世子
発行所……東京外国語大学出版会
東京都府中市朝日町三－一一－一　郵便番号一八三－八五三四
電話番号　〇四二－三三〇－五五五九
FAX番号〇四二－三三〇－五一九九
e-mail tufspub@tufs.ac.jp
装丁者……桂川 潤
印刷・製本……シナノ印刷株式会社

ISBN978－4－904575－88－8